Laila El Omari

Klippentanz

Laila El Omari

KLIPPENTANZ

BAUMHAUS

Dieser Titel ist auch als E-Book erschienen.

MIX
Papier aus verantwortungsvollen Quellen
FSC® C006701

Originalausgabe

Dieses Werk wurde vermittelt durch die Literarische Agentur
Thomas Schlück GmbH, 30827 Garbsen.

Lektorat: Kristin Overmeier
Umschlaggestaltung: Favoritbuero, München
Einbandmotiv: © shutterstock/R. A. R. de Bruijn Holding BV
Satz: Greiner & Reichel, Köln
Gesetzt aus der Adobe Garamond Pro
Druck und Einband: CPI books Ebner & Spiegel, Ulm

Printed in Germany
ISBN 978-3-8339-0263-5

5 4 3 2 1

Sie finden uns im Internet unter www.baumhaus-verlag.de
Bitte beachten Sie auch www.luebbe.de

Vom Winde getragen
die Stimme des Bachs …
Der Wellen Gespräch
auf dem Atem der Nacht …
Christian Morgenstern

PROLOG

Vom Zwielicht in fahles Grau gehüllt, verharrt die Zeit für einige Augenblicke in Trostlosigkeit, ehe sich das Frühlicht in blutroten Schlieren in das dunstige Gespinst mischt, das über den Klippen bereits zerfasert. Wellen schaukeln einen zierlichen Körper in einem Kleid aus nachtblauer Seide – jenes Kleid, das noch in der Nacht zuvor so kühl und glatt durch seine Hände geglitten war, als sie sich weinend abgewandt und er den vagen Versuch gemacht hatte, sie zu trösten. Jetzt wirkt es schlüpfrig und kalt, aber er fragt sich, ob noch etwas von ihrem Duft daran haftet. Ihr Haar, dessen warme, schwere Fülle er noch immer fühlen kann, gleicht Algen, die um ihren Kopf herum ausgebreitet sind, nassglänzend, schmierig.

Am Ufer steht eine Menschenmenge, redet aufgeregt, zeigt auf sie, während sich Taucher bemühen, ihren zwischen den Klippen gefangenen Körper zu befreien. Das Blaulicht der Polizeiautos taucht die Szenerie in bizarres Flackern. Er steht da und beobachtet die würdelose Prozedur, in der ihr Körper mit Stangen hin und her gewälzt wird, in dem vergeblichen Bemühen, ihn zu befreien.

Ganz leicht hebt sich ihr Körper im Wasser. Im Nebel formen sich Schattenwesen, deren Münder aufgerissen sind zu stummen

Schreien, die von Schuld sprechen. Dann löst sie sich, dreht sich leicht auf einer kleinen Welle, wird gehoben und hat die Klippen verlassen, treibt langsam in die Dunstschwaden. Die Männer rufen sich etwas zu, beeilen sich, können sie eben noch erreichen, ehe das Meer sie holt. *Galatea kehrt zurück, woher sie gekommen ist.*

1

Merle hielt sich mit beiden Händen das im Wind
flatternde Haar aus dem Gesicht,
als sie sich umdrehte und Sebastian beobachtete,
der von den Klippen aus das Meer fotografierte.
Unser Sommer, dachte sie.

Burgruinen im Morgendunst waren geisterhafte Schattenwelten. Die Dämmerung blich die Reste nächtlicher Dunkelheit aus und trieb sie in die Winkel zerklüfteter Mauern. Morbide, so nannte Elinors beste Freundin Nina die Faszination für Ruinen inmitten von winterlich kahlem Gestrüpp aus dürren Zweigen. Elinor nannte es märchenhaft wie Dornröschen im Zauberschloss. »Und wer kommt und küsst dich wach?«, hatte Nina gefragt, in jenem spöttischen Tonfall, der stets klang, als müsste sie Elinor festhalten, damit diese der Welt nicht einfach entglitt.

Der Prinz, dachte Elinor, schlägt sich durch das Gestrüpp zu mir und zieht mich in die Welt zurück. Sie schnitt sich selbst eine Grimasse und setzte das letzte Stück ihres Weges fort. Sie würde zu spät zur Schule kommen, aber sie wollte sehen, ob der Frühnebel auch über dem Tal lag. Noch in der Morgendämmerung war sie mit der Fähre nach Königswinter übergesetzt und zu Fuß den Berg hochgestiegen. So früh am Morgen fuhr die Drachenfelsbahn noch nicht, und der Aufstieg dauerte eine gute halbe Stunde. Ein steiler Pfad wand sich das letzte kurze Stück um die Felsspitze herum und führte über eine Plattform vor dem Restaurant am Drachenfels, ein Glaskubus, der erst vor Kurzem fertiggestellt worden war.

Elinor hatte Geschichte in der ersten Stunde – das einzige Fach, in dem eine wirklich gute Note in Aussicht stand, und daher auch das einzige, das sie guten Gewissens schwänzen durfte. Und schließlich war dies ein geschichts- und sagenträchtiger Ort, History live sozusagen, wenn man eine Schwäche für Siegfried hatte, der unter wildem Kampfgeschrei den Drachen erlegte. Leider scheiterte diese Vorstellung immer daran, dass Siegfried seit der letzten Schulaufführung absurde Ähnlichkeit mit Chris hatte, dem Immer-mal-wieder-Freund von Nina. Und wo Siegfried-

Chris war, war auch Kriemhild-Nina nicht weit, und irgendwie machte es keinen Spaß mehr, sich die Sage hier vorzustellen. Das Drama erlebte Elinor schließlich in aller Ausführlichkeit täglich in der Schule, und falls sie doch etwas verpasste, erzählte Nina es ihr später am Telefon, mal triumphierend, meist heulend.

Aber der Weg hatte sich gelohnt, es lag tatsächlich Nebel über dem Tal. Milchiges Rosa des Sonnenaufgangs durchzog zartgraue Schwaden, in die Häuser und Bäume feine Konturen woben. Der Rhein schimmerte silbrig wie unter einem Schleier hindurch. Elinor war bis an den höchsten Punkt der Drachenburg gestiegen, hatte sich auf einen bröckligen Mauervorsprung gesetzt und holte ihre Kamera aus der Tasche. Fotografieren war ihre große Leidenschaft, und sie hatte sogar schon einige Bilder verkauft, die in Kalendern erschienen waren. Einer davon war ein Postkartenkalender gewesen, und ihr gefiel der Gedanke, dass in einer Zeit, in der fast niemand mehr Postkarten schrieb, ihr Bild trotzdem um die Welt geschickt wurde. Sie setzte die Kamera ab und schlang sich den Schal mehrmals um den Hals, sodass sie bis zur Nase eingemummt war. Der schwarze Mantel, zu dessen Kauf Nina sie überredet hatte, mochte zwar schick sein, aber warm hielt er nicht. Die gesteppte Jacke, die Elinor in der Hand gehalten hatte, war von ihrer besten Freundin wortlos zurück an die Stange gehängt worden.

Im letzten Jahr war es früh kalt geworden, und hatte der Winter bis Ende Dezember etwas Mystisches und Feierliches, so wirkte er ab Januar trist, als sei er seiner selbst langsam überdrüssig. Elinor blieb auf dem Mauervorsprung sitzen, bis der Nebel löchrig wurde, ein zerrissenes Spinnennetz, das über dem Tal hing. Sie machte einige Fotos vom Rhein, von der Insel Nonnenwerth und von den sanft geschwungenen grünen Hügeln. Dann stand sie auf und ging mit steifen Beinen und Bewegungen, die wie eingefroren waren, den Pfad zurück. Die zweite Stunde würde sie ebenfalls verpassen, aber weil sie in Erdkunde denselben Lehrer hatte wie in Geschichte, war es ohnehin besser, wenn sie ihm nicht über den Weg lief. Die Gefahr bestand allerdings nicht, wie ihr ein Blick auf die Uhr verriet. Sie musste sich beeilen, um es überhaupt pünktlich zur Mathestunde zu schaffen.

»Schicker Mantel, Elinor«, sagte Clara Schumann und streckte die grazilen Finger, als wollte sie ein neues Klavierstück einüben – ja, ihre Eltern hatten sich bei dem Vornamen etwas gedacht.

»Siehst du?« Nina gab Elinor einen kleinen freundschaftlichen Stoß. »Und du wolltest dieses unförmige Ding kaufen.«

»Mit diesem unförmigen Ding hätte ich jetzt vermutlich keinen kratzigen Hals«, murmelte Elinor.

»Michael hat übrigens nach dir gefragt.« Ein vielsagender Blick quer über den Schulhof in die Raucherecke außerhalb vom Schulgelände folgte. Zwar durfte Michael noch nicht rauchen, aber bei den erwachsenen Oberstufenschülern zu stehen, gab ihm seiner Meinung nach wohl einen Anstrich von Coolness.

»Ah ja.« Elinor sah kurz hin.

»Er sieht gut aus, oder?«

»Hmhm.« Wenn man auf den Typ »Schmieriger Gebrauchtwagenhändler« stand.

Sie war zu spät zu Mathe gekommen, und Herr Lohe hatte auf ihre Entschuldigung, die U-Bahn verpasst zu haben, nur geantwortet: »Zur dritten Stunde grenzt das ja fast an Dreistigkeit.«

Nina schlenderte mit ihr über den Schulhof. »Findest du es nicht gruselig, da oben ganz allein im Dunkeln?«

»Nein, eigentlich nicht.« Vielleicht war sie leichtsinnig, aber irgendwie konnte Elinor sich nicht vorstellen, dass irgendein Verrückter sich dort oben versteckte und darauf wartete, dass sich ein Mädchen allein dorthin verirrte. »Da ist es im Dunkeln auf den Straßen unheimlicher.«

»Na ja, in Dornröschens Märchen haben Drachen ja auch nichts zu suchen …«

In der nächsten Stunde hatten sie Chemie, und Elinor verbrachte die kommenden fünfundvierzig Minuten damit, chemische Gleichungen von der Tafel abzuschreiben und stumm zu beten, dass Frau Wagner sie nicht nach vorne rief. Dieses Mal scheiterten mehrere ihrer Mitschüler an den Formeln, sogar die, die sonst einigermaßen gut waren.

Aus dem Augenwinkel betrachtete sie verstohlen *die Neue*, Carolin Janek, über die Nina aus »gut unterrichteten Kreisen« bereits einen Tag vorher Bescheid gewusst hatte. Sie war Elinor schon in Mathe aufgefallen, danach hatte sie Latein gehabt und Carolin Französisch, sodass sie sie erst in Chemie wiedersah. Sie war ziemlich hübsch, mit karamellfarbenem Haar und Augen, die nur um wenige Nuancen dunkler waren. Chris' Kommentar fiel kurz und knapp aus: »Zum Anbeißen.« Nina schwieg seither stoisch, hatte die Arme den ganzen Unterricht hindurch vor der Brust verschränkt und starrte finster auf die Tafel.

Vor einer Woche hatte das zweite Halbjahr angefangen, eine seltsame Zeit, um die Schule zu wechseln. An ihren Leistungen konnte es nicht liegen, Carolin war eine der wenigen, die an der Tafel nicht versagten. Auch für einen möglichen Schulverweis wirkte sie nicht rebellisch genug, und nicht nur die Jungs, sondern auch Lehrerinnen und Lehrer waren hingerissen. Ja, selbst Elinor fiel es schwer, sich ihr zu entziehen – dabei hatten sie noch nicht einmal miteinander gesprochen. Ähnlich schien es einigen

Mitschülerinnen zu gehen, die sich förmlich überschlugen, ihr die Hefte mit dem bisher behandelten Stoff zuzuschieben oder ihr mit Büchern, die sie noch nicht hatte, auszuhelfen.

Nach der Chemiestunde erhaschte Elinor noch einmal einen kurzen Blick auf sie, dann hatte sie den Raum verlassen, noch ehe die anderen ihre Sachen eingepackt hatten. Elinor stand auf, schob sich den Riemen ihrer Tasche über die Schulter und drehte sich zu Nina um. Die führte gerade mit Chris eine Art stummer Zwiesprache über die Stuhlreihen hinweg. Schließlich wandte Nina sich schulterzuckend ab und hakte sich bei Elinor ein. Chris lächelte Elinor an, zwinkerte und verdrehte die Augen. Ein kleines Verschwörerlächeln, das Elinor nicht so richtig zu deuten wusste.

Auf dem Flur mischten sie sich unter die Schüler, die aus den Klassenräumen strömten, um die Fünf-Minuten-Pause entweder zum Quatschen zu nutzen oder um zu einem anderen Klassenzimmer zu schlendern. Als sie in den Flur einbogen, in dem sie die nächste Stunde hatten, sah Elinor ihre zwei Jahre ältere Schwester Anna mit einigen Freundinnen in ein Gespräch vertieft. Anna ging in die zwölfte Klasse und stand kurz vor dem Abitur.

»Hey, Elli.« Anna winkte ihr zu. »Ich bin mit dem Auto hier, soll ich dich nachher mitnehmen?«

»Nein, danke, ich bin mit dem Fahrrad gefahren.«

»Bei der Kälte.« Anna zog eine komische Grimasse und imitierte ein Schaudern. »Ich hatte mich schon gewundert, warum du heute Morgen so früh weg warst. Vor allem, weil ich dich dann in der Schule überhaupt nicht finden konnte.« Das zweite Zwinkern und Verschwörerlächeln an diesem Tag.

Ehe Elinor antworten konnte, sah sie, wie Carolin aus Annas Klassenraum trat und versuchte, sich zu orientieren. Als ihr Blick auf Elinor und Nina fiel, lächelte sie und ging auf die beiden zu.

»Habt ihr jetzt auch Deutsch? Ich habe schon wieder vergessen, wo ich hinmuss.«

Nina schwieg, was Elinor albern fand. Schließlich konnte Carolin nichts dafür, dass Nina und Chris eine so gestörte Beziehung miteinander führten.

»Am Ende des Flurs«, antwortete sie. »Wir sind auch gerade auf dem Weg dorthin. Ich bin übrigens Elinor, und das«, sie deutete auf ihre Freundin, »ist Nina.«

Wieder dieses Lächeln. »Carolin, aber das wisst ihr wahrscheinlich schon.«

Gemeinsam gingen sie durch den Flur, vorbei an offenen Räumen, aus denen vielstimmiges Gerede drang. »Woher kommst du?«, fragte Elinor, um das peinliche Schweigen zu beenden.

Carolin senkte kurz den Kopf, sodass ihr schulterlanges Haar wie ein seitlicher Vorhang ihr Gesicht verbarg, ganz kurz nur, aber lange genug, um das Zögern zu bemerken. Dann hob sie den Kopf wieder und strich sich das Haar zurück. »Aus Stralsund.«

»Aus dem Osten«, sagte Nina in einem Ton, als erkläre das alles. Manchmal war sie echt zum Fremdschämen.

»Mecklenburg-Vorpommern«, bestätigte Carolin.

»Und warum hast du mitten im Schuljahr die Schule gewechselt?«, fragte Nina.

Carolin zuckte mit den Schultern. »Mein Vater arbeitet jetzt hier. Eine neue Stelle richtet sich nicht nach Schuljahren.« Ihre Stimme war um mehrere Tonlagen abgekühlt, klang nun ebenso wie Ninas. Als sie den Klassenraum betraten, bedankte Carolin sich und ging zu einigen Schülerinnen, die ihr zuwinkten und offensichtlich einen freien Platz für sie organisiert hatten.

»Du warst plötzlich weg«, hörte Elinor eine ihrer Mitschülerinnen sagen.

»Ich musste noch kurz etwas erledigen«, antwortete Carolin.

Nina ließ sich auf ihren Stuhl fallen, zwei Stuhlreihen hinter Carolin. »Bei den Oberstufenschülern?«, murmelte sie gerade laut genug, dass nur Elinor es hören konnte. »Meinst du, sie dealt oder so?«

Elinor verdrehte die Augen. »Klar, Nina. Im vollen Klassenraum in der Fünf-Minuten-Pause.«

»Irgendwas muss sie ja dort gemacht haben.«

»Vielleicht hat sie nach dem Weg gefragt.«

Nina sah Carolin an und schüttelte den Kopf. »Du bist immer so, Elinor: Wenn jemand nett zu dir ist, findest du ihn auch okay. Aber irgendwie ist sie komisch.«

»Sie ist völlig normal. Du findest jedes Mädchen komisch, das Chris hübsch findet.«

Eine blonde Haarsträhne um den linken Zeigefinger gewickelt, die grauen Augen versonnen ins Leere starrend, schwieg Nina einige Sekunden lang. »Ja, fand ich nicht so toll, stimmt schon. Aber ich mag sie trotzdem nicht. Wie man so schön sagt – die Chemie stimmt nicht.«

Gut, das war typisch für Nina. Wen sie mochte und nicht mochte, daran änderte sich später selten etwas. Sie entschied bereits bei der ersten Begegnung, wer ihr sympathisch war, und blieb dann meistens dabei.

»Das heißt aber nicht, dass du nichts mit ihr zu tun haben darfst«, sagte Nina.

Elinor musste lachen. »Vielen Dank.«

»Bist du das, Elli?«, rief Marion Kleist aus dem Wohnzimmer, als Elinor die Wohnungstür aufschloss.

»Ja.« Elinor stieß die Tür hinter sich zu, legte die Schlüssel auf die Kommode und zog sich Mantel und Mütze aus. Ihre widerspenstigen rotbraunen Locken, die sie morgens mühsam in so etwas Ähnliches wie eine Frisur hochgesteckt hatte, band sie nun zu einem bequemeren Pferdeschwanz, dann ging sie ins Wohnzimmer, das am Ende des breiten Flurs lag. Dort kniete ihre Mutter auf dem Boden, vor sich Paletten mit verschiedenen Stofffarbmustern. Als sie Elinor hörte, richtete Marion sich auf, strich sich eine kurze blonde Haarsträhne hinter das Ohr und lächelte.

»Die Entschuldigung habe ich dir schon geschrieben«, sagte sie. »Liegt in der Küche. Aber ich sage dir gleich, ich habe nicht gelogen. Wenn deinem Lehrer der Satz ›Ich bitte Sie, das Fehlen meiner Tochter zu entschuldigen‹ nicht ausreicht, wirst du dir überlegen müssen, wie du dich herausredest.«

Elinor ließ ihre Tasche von der Schulter gleiten. »Woher wusstest du, dass ich geschwänzt habe?«

»Du bist ja sicher nicht gegangen, noch ehe alle wach waren, weil es dich besonders früh in die Schule gezogen hat, oder?« Das dritte Verschwörerlächeln des Tages.

»Danke, Mama, du bist großartig.«

»Ich weiß.« Elinors Mutter beugte sich wieder über die Entwürfe. »Das wird aber bitte nicht zur Gewohnheit, ja? Essen steht in der Mikrowelle, du musst es nur noch aufwärmen. Anna holt Katharina heute vom Kindergarten ab, du hast also frei.«

Katharina war Annas fünfjährige Schwester und der Grund, warum ihr Vater sie verlassen hatte. Er fühlte sich nicht dazu bereit, »jetzt noch einmal mit allem von vorne zu beginnen, wo die beiden Mädchen endlich aus dem Gröbsten raus sind«. Obwohl es nicht für ihre Ohren bestimmt gewesen war, hatten Elinor und Anna alles gehört, damals, als sie noch in dem schönen, großen Haus am Stadtwald gewohnt hatten. Oben am Treppenabsatz sitzend war ihnen kein Wort des Streits entgangen. Einen Monat später war Marion mit den Mädchen ausgezogen. Anna hatte tagelang geweint, und auch Elinor war unglücklich gewesen, denn auch wenn Andreas kein weiteres Baby wollte, war er ein toller Vater und irgendwie auch ziemlich cool.

Anfangs war Anna wütend gewesen auf das Baby und hatte der Kleinen schon gegrollt, bevor diese überhaupt geboren war, und erst spät einsehen wollen, dass in der Ehe ihrer Eltern schon vorher einiges im Argen hatte liegen müssen, wenn eine Schwangerschaft diese zum Scheitern brachte. Sie hatten ja bereits zwei Kinder, und Andreas verdiente als Chirurg und Oberarzt im Krankenhaus wirklich nicht wenig. Für Marion war es eine schwere Zeit gewesen, zwischen ihrem Job als Innenarchitektin und den Kindern zu jonglieren, insbesondere im ersten Jahr nach Katharinas Geburt. Nicht selten war sie auf der Couch über der Arbeit eingeschlafen, und gelegentlich hatte Elinor sie in ihrem Zimmer weinen hören. Mochte sich Andreas auch kurz nach Katharinas Geburt auf seine Vaterpflichten besonnen haben, so war Marions Leben doch eine Zeit lang gewesen, als balanciere sie am Abgrund zum völligen Zusammenbruch entlang.

Als Elinor gegessen hatte, räumte sie das Geschirr in die Spülmaschine und ging in ihr Zimmer. Eigentlich wollte sie mit den Hausaufgaben anfangen, aber das frühe Aufstehen forderte nun seinen Tribut. Mehrmals versuchte Elinor, sich auf die mathematischen Gleichungen zu konzentrieren, aber ständig vermischten sich die Zahlen mitten in den Rechenschritten, bis sie es schließlich aufgab. Eigentlich schlief sie nachmittags nicht gerne, aber normalerweise stand sie auch nicht um fünf Uhr morgens auf. Nur eine Stunde, sagte sich Elinor und legte sich aufs Bett. Der Schlaf kam sofort und mit ihm seltsam wirre Träume, in denen Carolin und Nina sich maskiert hatten und beide in einem kalten Tonfall von Elinor forderten, mit ihnen zu kommen. Elinor wollte sich Carolin anschließen, doch als diese die Maske hob, kam Nina zum Vorschein und lachte sie aus. »Ich hab dir doch gesagt, du sollst ihr nicht trauen.«

Mit wild klopfendem Herzen erwachte Elinor und setzte sich auf. Ein Blick auf die Uhr sagte ihr, dass sie keine halbe Stunde geschlafen hatte. »Was für ein Schwachsinn«, murmelte sie.

2

Einfach die Arme ausbreiten und fliegen, dachte Merle,
während sie aufs Meer blickte.

Für einen Abend hatte die leer stehende Villa am Ende der verwilderten Allee ihre Einsamkeit abgeschüttelt. Durch die Ritzen der geschlossenen Läden schimmerte flackernde Helligkeit, und das Dröhnen der Bässe war ein stetes, unartikuliertes Hämmern. Der Mond warf kaltes Silberlicht auf den Weg.

»Wo bleibst du denn?« Nina, die erst jetzt merkte, dass Elinor stehen geblieben war, drehte sich um.

Elinor beeilte sich, ihre Freundin einzuholen. Wer hierher eingeladen wurde, befand sich in der Hierarchie der Schulhofpopularität mit Sicherheit ziemlich weit oben – und wer wie Elinor als *Begleitung* mitkam, sollte zumindest so tun, als sei dies auch sonst sein gewohnter Lebensraum. Dieses zweifelhafte Vergnügen, *Begleitung* zu sein, wäre ihr vermutlich erspart geblieben, hätte ihre Freundin Chris nicht wieder einmal den Laufpass gegeben.

Die Tür wurde von einem Stopper einen Spalt breit offen gehalten, sodass die Partygäste ein- und ausgehen konnten. Nina stieß den rechten Türflügel auf, und die Wärme, die ihnen entgegenströmte, wirkte nach dem kurzen Gang in der abendlichen Kälte erst wohltuend, dann stickig. Sie schälten sich aus den Mänteln, warfen sie auf einen Berg zu den anderen Jacken und gingen durch den mit Kerzen beleuchteten Korridor – Nina mit diesem kapriziösen Gang und vollkommen in ihrem Element, Elinor langsamer und zögerlicher. Sie tastete in ihrer Tasche nach der Maske, die Nina ihr aufgeschwatzt hatte und von der jedoch im Auto das Gummi gerissen war. Erst war Elinor erleichtert gewesen, weil sie sich ein wenig lächerlich damit vorgekommen war. Jetzt jedoch stellte sie fest, dass sie auf den ersten Blick die Einzige war, die keine trug. »Venezianischer Karneval« war das Motto, und weil diese Party wirklich eine der angesagtesten des Jahres war, hatte sich jeder entsprechend gekleidet. Viele hier hatten sich mit ihren Kostümen große Mühe gegeben, gingen als Harlekine und venezianische Adlige. Erneut tastete Elinor nach der Maske. Vielleicht ließ sich das Gummi ja irgendwie zusammenknoten.

»Sieh dir das an!« Nina umfasste aufgeregt ihren Arm. »Was macht *er* hier?«

Elinor sah sich verwirrt um. »Wer?«

»Chris. Dort, siehst du? In dem blauen Kostüm.«

Nein, sie sah nichts, aber wenn es um Chris ging, hatte Nina eine Art Scannerblick entwickelt. Egal, wie voll der Schulhof war oder wie viele Menschen in der Stadt unterwegs waren, sobald Chris in der Nähe war, gab es für ihn kein Entkommen.

»Wahrscheinlich hat er auch eine Einladung bekommen.«

Nina schnaubte. »Wen kennt er denn so Wichtiges? Er war immer nur mit mir hier.«

Immer war gut, Nina war selbst zuvor nur ein einziges Mal eingeladen gewesen.

»Interessiert mich aber auch gar nicht.« Nina zerrte Elinor hinter sich her auf die Tanzfläche. »Komm, der soll bloß nicht denken, es würde mir was ausmachen, dass er hier ist.«

Dabei hatte gerade das die Strafe sein sollen, dass ihm die begehrte Party an ihrer Seite dieses Jahr versagt blieb.

Elinor tanzte nicht gerne, folgte ihrer Freundin aber dennoch bereitwillig und stellte dann zu ihrer Erleichterung fest, dass einige wenige Jungen und Mädchen ebenfalls keine Masken trugen. Irgendwie war das ja ganz spannend, nicht genau zu wissen, neben wem man gerade tanzte, obwohl Elinor einige ihrer Mitschüler auf Anhieb wiedererkannte. Silvia Scherer aus der 10a war auch mit Kostüm unverkennbar sie selbst und scharte eine Horde Jungen und Mädchen um sich – Nina nannte diese kleine Gruppe die »Schleppenträger«.

Als Elinor sich umdrehte, um ihrer Freundin zu sagen, dass sie sich was zu trinken holen wollte, konnte sie Nina nirgendwo entdecken. Sie schaute sich suchend um, stieß dabei mit irgendwem zusammen und verließ die Tanzfläche.

Bizarre Schatten tanzten über die Wände, ließen abblätternde Tapeten und bröckelnden Putz nicht schäbig, sondern nostalgisch wirken. Weiter hinten verlor sich der Korridor in Dunkelheit, als hätten sich die tanzenden Schatten dort für ihre eigene Feier vereinigt, während sich im Licht des Saals am anderen Ende des Flurs Jungen und Mädchen in bunten Kostümen, Gold- und Silberglanz, zum Takt der Musik bewegten.

»Es wird einfach fantastisch«, hatte Nina gesagt, als die begehrten Einladungen verteilt worden waren, und diesen Satz seither ständig wie ein Mantra wiederholt.

Ja, einfach fantastisch, echote Elinor stumm, während sie ihren langen wallenden Rock – auch so eine bescheuerte Idee ihrer besten Freundin – anhob und ihre schwarze Strumpfhose begutachtete, in der sich eine Laufmasche aus ihrem Schuh wand wie ein blasser Wurm. Mochten andere nur so tun, als gehörten sie dazu, Elinors Welt war das nicht. Sie ließ den Rock wieder fallen und schnippte sich eine Haarsträhne aus der Stirn. Und nun war Nina wie vom Erdboden verschluckt, entweder gegangen oder in irgendeinem verborgenen Winkel mit Chris verschwunden, um Versöhnung zu feiern.

Elinor wusste nie so recht, was sie mit sich anfangen sollte, wenn sie auf Partys allein herumstand, also hob sie den Rock noch einmal an und betrachtete den Verlauf der Laufmasche genauer. Sie hatte nicht aufgepasst und war auf der Suche nach ihrer Freundin mit dem Fuß an irgendetwas Scharfkantigem hängengeblieben. Aber da der Abend schon mit Chris' Auftauchen endgültig im Eimer gewesen war, kam es darauf nun auch nicht mehr an.

»Ich denke, sie verschwindet auch dann nicht, wenn du den Rock noch ein paarmal mehr hochhebst, aber tu dir keinen Zwang an.«

Elinor fuhr herum, spähte in das dämmrige Licht – wer beleuchtete im einundzwanzigsten Jahrhundert eigentlich eine Party ausschließlich mit Kerzen? – und entdeckte in dem breiten Korridor hinter sich eine Gestalt, die vorher ganz sicher noch nicht dort gestanden hatte.

Der Junge kam langsam näher. Ganz nach dem Motto der Party war er in das elegante Kostüm eines Venezianers gekleidet, mit einer Art Dreispitz, Umhang und einer Maske, die sein halbes Gesicht verbarg. Na ja, das hatte wenigstens Stil. Elinors eigenes Kostüm war eine Kreation von Nina, aber die sah sogar in diesem billigen, zusammengewürfelten Plunder super aus, während Elinor ein Spiegelbild entgegengeblickt hatte, das aussah, als käme es aus der Altkleidersammlung.

»Ich warte hier gerade auf jemanden«, sagte sie, weil der Junge keine Anstalten machte, endlich zu gehen.

Ein kleines Lächeln umspielte seinen Mund. »Und ich hätte schwören können, du versuchst gerade, dich zu verstecken.«

»Das wäre doch auch ein Grund zu gehen, oder?«

»Vielleicht verstecke ich mich selbst ja auch.«

Die Augenfarbe war bei dem schlechten Licht hinter der Maske nur zu erahnen, grüngrau, vermutete Elinor. Sein Haar war so dunkel, dass es schwarz wirkte, und wie er sich an die Wand lehnte, wirkte er wesentlich ungezwungener als ihre Klassenkameraden, die sich derzeit alle in betonter Lässigkeit übten. In dem sichtlich teuren Kostüm sah er tatsächlich aus wie ein Mann des neunzehnten Jahrhunderts. Daneben wirkte Elinor in ihrem labbrigen dunkelblauen Rock mit dem straßenköterweißen – cremeweiß hatte Nina es genannt –, an der Brust mit winzigen Knöpfen verzierten Oberteil über einer dunkelblauen geschnürten Bluse mit langen glockenförmigen Ärmeln vermutlich, als habe sie das Motto missverstanden. Sie versuchte unauffällig, ihre Kleidung ein wenig in Form zu zupfen.

»Ich denke, da ist jede Mühe vergeblich.«

Elinor blickte auf und begegnete dem interessierten Blick des Jungen. »Na, besten Dank auch.«

Er ließ wieder dieses kleine Lächeln sehen. Irgendwie hatten diese Masken ja doch was, zumindest wenn darunter ein solches Lächeln war. »Das Oberteil ist schief zugeknöpft, das meinte ich.«

Elinor sah an sich hinab. Tatsächlich, in der Mitte hatte sie einen Knopf übergangen, und das Oberteil wölbte sich dort leicht vor, dafür stand oben am Hals ein Knopfloch über. Aber als sie zu Hause in den Spiegel geschaut hatte, war doch alles in Ordnung gewesen. Dann fiel ihr ein, dass sie auf der Fahrt hierher die Bluse zurechtziehen musste und dafür das Oberteil bis zur Mitte geöffnet hatte. Elinor spürte, wie ihr Gesicht brannte, während sie überlegte, was peinlicher wäre: die Knopfleiste auf- und wieder zuzuknöpfen oder nonchalant darüber hinwegzugehen. Ach, was soll's, dachte sie und öffnete die Knöpfe.

»Nette Villa«, sagte der Junge.

»Hier soll mal jemand ermordet worden sein«, war das Erste, was Elinor dazu einfiel.

Er ließ sich Zeit mit der Antwort. »So?«

»Deswegen wohnt hier niemand, die Besitzer werden es nicht los.«

Wieder dieses Weiche-Knie-Lächeln. »Glaubst du an Geister?«

»Nein, natürlich nicht.«

»Lust auf eine kleine Erkundungstour?«

Der Junge hatte eine Kerze aus dem Halter gelöst, und als sie die beleuchteten Gänge verließen, formte die kleine Flamme seltsame Gestalten aus Schatten und ließ den Stuck wie tiefe Reliefs wirken. Sie kamen in einen breiten Korridor, in dem es staubig und ein wenig schimmlig roch. Von dort aus führte eine geschwungene Treppe hoch.

»Wahnsinn«, murmelte Elinors Begleiter.

Ja, das war es tatsächlich. Sie ging mit einem Fremden, der Dreispitz und Maske trug und den Weg mit einer Kerze beleuchtete, durch ein Geisterhaus. Aber irgendwie hatte das Gruselige immer etwas, das Elinor ganz und gar verzauberte. Die Musik war nur noch in dumpfen Bässen zu hören, das Lachen und Geplauder waren ein leises Summen. Dafür untermalten ihre Stimmen die Stille, und die Luft wurde klamm, als atme das Haus hier Kälte und Einsamkeit. Ein wenig leichtsinnig war das ja schon, dachte Elinor. Ihr kamen die üblichen Warnungen in den Sinn, die ihr Großwerden begleitet hatten. *Geh nicht mit Fremden mit.*

»Ich kenne deinen Namen noch gar nicht«, sagte Elinor und machte sich damit Ninas Eigenschaft zu eigen, Unbehagen mit belanglosen Sätzen zu überspielen.

»Ich deinen auch nicht.«

»Elinor.« Sie wartete. »Und?«

»Ich dachte, der Sinn der Maskierung liegt darin, anonym zu bleiben.«

»Hey, ich habe dir meinen Namen auch gesagt.«

Er grinste ziemlich dreist. »Du trägst ja auch keine Maske.«

Elinor biss sich auf die Unterlippe und beschloss, stoisch zu schweigen. Einer ihrer Mitschüler war es auf jeden Fall nicht, den hätte sie erkannt. Und jemand aus ihrer Parallelklasse? Irgendwie wirkte er erwachsener. Vielleicht erlaubte sich aber auch nur jemand einen dummen Scherz, ließ sie von dem großen Bruder durchs Haus führen, und der würde sie dann, wenn sie nicht mehr wusste, wo sie war, einfach stehen lassen und abhauen. Aber das sollte er ruhig mal versuchen. Elinor war zwar keine besonders gute Schülerin, aber laufen konnte sie, und in der Dunkelheit der einzigen Lichtquelle zu folgen dürfte keine große Herausforderung sein.

»Bist du allein hier?«, fragte sie.

»Nein.«

Elinor wartete, aber mehr kam nicht. Na ja, bei dunkelhaarigen, grünäugigen Jungen mit einem Fünf-Sterne-Lächeln war Schweigsamkeit wohl Teil des Programms. Wenn sie recht überlegte, kannte sie keinen Film und kein Buch, in dem der düstere Held eine Quasselstrippe war.

Holzdielen knarrten unter ihren Schritten, als sie die nächste Treppe hinaufstiegen, und als Elinor die Hand nach dem Geländer ausstrecken wollte, umfasste der Junge ihr Handgelenk.

»Vorsicht«, sagte er. »So alte Häuser haben es oft in sich, und wir wollen ja nicht, dass du die Nächste bist, die hier herumspukt.« Einen Augenblick lang behielt er ihr Handgelenk umfasst, dann ließ er sie wieder los. Dafür kribbelte ihre Haut jetzt dort, wo seine Hand gewesen war.

In den Erkern nistete der Wind, den die undichten Fenster einließen, der schimmlige Geruch wurde stärker, und in das Geräusch ihrer Schritte mischte sich das leise Klappern der Läden.

»Was machen wir eigentlich, wenn wir den Weg nicht wieder zurückfinden?« Elinor fand die Vorstellung, die ganze Nacht mit dem maskierten Unbekannten durch geheimnisvolle Gänge zu wandeln, eigentlich ganz spannend. Und tagsüber konnte man ja dann die Läden öffnen und den Weg im Hellen suchen.

»Die Gefahr besteht nicht. Ich kenne das Haus, auch wenn es im Dunkeln ganz anders wirkt.«

Wie bitte? Elinor starrte ihn von der Seite an, aber er hatte offenbar nicht vor, irgendetwas hinzuzufügen. »Du meinst, du bist jedes Jahr auf dieser Party?«, hakte sie nach.

»Nein, das ist das erste Mal.«

Musik und Stimmen wurden immer lauter, und Lichtschimmer, die wie Nebelschleier waberten, erhellten das Ende des Korridors. Elinor und der Junge gingen weiter und gelangten auf eine weite, geschwungene Galerie, die über den Tanzsaal ragte. Das war wirklich der Wahnsinn, wie in alten Filmen. Sie wollte näher an das Geländer gehen, hielt jedoch, die Warnung im Kopf, inne.

»Weißt du übrigens, wie es zu dieser Geistergeschichte kam?«, fragte der Junge. »Das ist eine alte Geschichte, wie in einem Schauerroman. Die Frau soll von dieser Galerie hier hinuntergestoßen worden sein – von einem eifersüchtigen Liebhaber. Sie schlug inmitten der tanzenden Ballgäste auf. Und seither soll ihr Geist hier herumspuken. Das ist zumindest die romantische Version.«

Elinor hob spöttisch die Brauen. »Also, wenn das deine Vorstellung von Romantik ist, möchte ich dir nicht im Mondschein begegnen.«

Sein Lachen war genauso umwerfend wie sein Lächeln. »Lass es drauf ankommen.«

Das war er, der große Moment, in dem Elinor zum ersten Mal verstehen konnte, dass Frauen des neunzehnten Jahrhunderts Männern auf Bällen ohnmächtig in die Arme sanken.

»In Wahrheit«, fuhr er fort, »ist die Frau schlicht und ergreifend die Treppe hinuntergefallen – ein Unfall, der nie wirklich aufgeklärt wurde. Aber weil es in der Familie so viele Skandale gab, wurde immer von einem Mord gesprochen, und irgendwie ist dieser Ruf an dem Haus hängengeblieben.«

Sie blieben eine Zeit lang auf der Galerie stehen, dann blies der Junge die Kerze aus und ließ sie achtlos zu Boden fallen. Seitlich der Galerie führte eine breite Treppe mit drei Absätzen hinunter in den Saal. Elinor musste sich kurz orientieren. Sie schienen fast eine ganze Runde um den Saal herumgegangen zu sein.

Der Lärm war ohrenbetäubend, und da eine Unterhaltung nur schreiend möglich war, gingen die beiden schweigend auf die Tanzfläche. So ungern Elinor tanzte, dieses leichte Hin- und Herwiegen, während sie verträumt die Musik mitsummte und ihr Gegenüber sein Lächeln sehen ließ, hatte schon seinen Reiz.

»Mit wem bist du hier?«, fragte Elinor, der auffiel, dass er niemanden auf der Tanzfläche beachtete.

»Mit meiner Schwester.«

Elinor stieß die angehaltene Luft aus. »Irgendwie witzig, dass du dich zufällig auch noch in denselben Korridor verirrt hast wie ich.«

Er zwinkerte. »Das war kein Zufall.«

Der Zauber wurde jäh unterbrochen, als jemand ihr ins Ohr brüllte: »Wo warst du denn?«

Nina war unvermittelt hinter ihr aufgetaucht, und Elinor wandte sich zu ihr. Ihre Freundin wirkte verheult, Nase und Augen waren gerötet.

»Was ist passiert?«

»Chris ist mit seiner neuen Flamme hier. Gerade eine Woche«, sie schnippte mit den Fingern, »ist Schluss, und schon hat er eine andere, dieser blöde Kerl. Wahrscheinlich lief da schon die ganze Zeit was.« Nina kramte in ihrer Tasche und zog ihr Handy hervor. »Und dann warst du auch noch verschwunden, und ich habe dich überall gesucht.«

»Ich war mit …«, Elinor drehte sich um, um Nina mit ihrem Begleiter bekannt zu machen, konnte ihn in der Menge aber nirgendwo sehen. Suchend ließ sie den Blick über die Tanzenden schweifen.

»Mit? Wie mit?« Nina hatte gerade sichtlich wenig Lust, sich mit Befindlichkeiten außer den eigenen auseinanderzusetzen.

»Nichts, schon gut.« Sie war nicht enttäuscht, sagte sich Elinor, nur irritiert. Immerhin hatten sie ja nur einen kurzen Spaziergang durchs Haus gemacht. Aber dennoch …

Nina sprach in ihr Handy und hielt sich das andere Ohr zu. Als das kurze Gespräch beendet war, ließ sie das Telefon zurück in die Tasche fallen. »Ich hab Mama gesagt, sie soll uns abholen. Hier bleibe ich keinen Moment länger.« Dass Elinor ebenfalls gehen wollte, war für Nina offenbar selbstverständlich.

Als sie den Saal verließen, blickte Elinor sich noch einmal um, von dem Jungen jedoch war keine Spur zu sehen. Sie schaute hoch zur Galerie, die weit oben unter dem Kuppeldach zu schweben schien und auf der in der Dunkelheit jedoch nichts auszumachen war. Sehen, ohne selbst gesehen zu werden. In dem Korridor, der zum Ausgang führte, setzten die Kerzenflammen ihr flackerndes Spiel fort, und Elinor stellte sich vor, dass ihre morbide Fantasie sie einer Schattengestalt durchs Haus hatte folgen lassen.

3

Sie gab es auf, die Scherben einer zerbrochenen Freundschaft kitten zu wollen. Ist es das wirklich wert? *Ja, ist es, dachte sie und drückte auf die Löschtaste ihres Handys.*

Wieso hat dein Kakao eigentlich mehr Sahne als meiner?«, fragte Nina.

»Vielleicht steht die Kellnerin auf mich«, antwortete Elinor trocken und löffelte die Sahne von dem Getränk, während Nina sie hineinrührte.

»Egal, erzähl weiter. Also, er hat dich mit einer Kerze durch das ganze Haus geführt und ist dann auf der Tanzfläche einfach abgehauen?« Nina tippte sich an die Stirn. »Hm?«

»Nein«, Elinor musste lachen, »kein Spinner.«

Nach der Party hatte Nina im Auto jedes Gespräch verweigert, um Elinor dann mitten in der Nacht anzurufen und eine Lagebesprechung abzuhalten – ein langer, erschöpfender Monolog, der immer wieder durch Tränenausbrüche und ein gelegentliches »Was sagst du denn dazu?« unterbrochen worden war. Und Elinor hatte nicht ausschlafen können, weil sie an diesem Sonntag an der Reihe war, mit Katharina aufzustehen.

»Und du hast keine Ahnung, wer es war? Du hättest ihn mir zeigen sollen, vielleicht hätte ich ihn erkannt.«

Ja, klar.

»Übrigens war Carolin auch da, ich dachte ja erst, sie hätte Chris mitgenommen. Keine Ahnung, wie die nach nur einer Woche an der Schule an eine Einladung gekommen ist.«

»Frag sie doch.« Elinor deutete mit dem Kinn zu der breiten Treppe, die in das obere Geschoss des Cafés führte. »Da kommt sie.« Noch ehe Nina sie daran hindern konnte, hob sie die Hand und winkte ihr zu.

Mit einem Lächeln kam Carolin zu ihnen. »Hallo.«

»Ich habe gehört, dass du gestern auch auf der Party warst«, sagte Elinor. »Schade, dass wir uns nicht gesehen haben.«

»Ja, wirklich.«

Ninas Augenrollen ignorierend fragte Elinor, ob Carolin sich nicht zu ihnen setzen wollte. Irgendwie fand sie es blöd, wenn sie hier ganz alleine saß, weil sie noch nicht so viele Leute kannte.

»Ich warte eigentlich auf meinen Vater und meinen Bruder. Sie suchen noch einen Parkplatz. Also, eigentlich sucht Sebastian, mein Vater sitzt nur daneben, weil mein Bruder noch keine achtzehn ist und nicht allein fahren darf.« Carolin drehte sich zur Treppe und hob die Hand, als ein Mann zusammen mit einem Jungen, der ungefähr in Annas Alter war, die Treppe hochkam. »Da seid ihr ja. Na, hast du einen LKW-Parkplatz gefunden, bei dem selbst du keine Angst haben musst, etwas zu rammen?«, neckte sie den Jungen.

Der verzog das Gesicht und hob eine Braue.

»Das sind Elinor und Nina«, stellte Carolin sie vor. »Elinor, ich glaube, deine Schwester ist in derselben Stufe wie Sebastian.«

Sebastian sah sie an und schenkte Elinor ein Lächeln, bei dem ihr die Knie weich wurden. »Anna Kleist?«, krächzte sie und musste sich mehrmals räuspern. Ausgerechnet jetzt hatte sie natürlich einen Frosch im Hals.

»Ja, wir haben einige Kurse zusammen«, bestätigte er. War ihre Stimme momentan ein rostiger Blecheimer, war seine Sirup auf Samt. »Mein Vater ist ein Kollege von deinem Vater.«

Weil Elinor keine Antwort darauf einfiel, konnte sie nur nicken, was vermutlich ziemlich dämlich aussah.

»Also dann«, sagte Carolin. »Wir sehen uns in der Schule.« Wieder lächelte sie, dann ging sie zusammen mit ihrem Vater und ihrem Bruder zu einem Fensterplatz am anderen Ende des Cafés.

»Wahnsinn«, sagte Nina. »Warum sehen die Jungs in unserer Klasse nicht so aus? Also nicht, dass Chris jetzt weniger gut aussehen würde, aber alle anderen sind ja noch die reinsten Kinder.«

»Hmhm«, murmelte Elinor und sah hinüber zu dem Tisch, an dem Carolins Vater mit dem Rücken zu ihr saß, links von ihm Carolin und rechts, am Fenster, Sebastian. Als spürte er ihren Blick, drehte er sich zu ihr um und ertappte sie beim Starren. Rasch drehte Elinor sich weg. Wie peinlich war das denn?

»Hallo?« Nina winkte mit der Hand vor ihrem Gesicht. »Bist du noch da?«

»Ja.« Sie schob Ninas Hand weg. »Jetzt hör schon auf.« Grüne Augen, dunkle Haare und ein fantastisches Lächeln. »Kann es sein, dass er gestern Abend zusammen mit Carolin da war?«

Nina zuckte mit den Schultern. »Ja, sein kann vieles. Warum? Glaubst du, er ist der geheimnisvolle Unbekannte? Er macht nicht den Eindruck, als würde er dich kennen. Vielleicht ein Filmriss?«

»Na ja, egal.« Nein, natürlich war es das nicht, und Elinor sah Nina an, dass sie das ebenfalls nicht glaubte.

»Wenn er einige Kurse mit Anna zusammen hat, kriegst du bestimmt heraus, ob er da war und vielleicht sogar, was er angehabt hat.«

»Anna war doch gar nicht mit.«

»Na, irgendwer von ihren Freunden wird wohl da gewesen sein.«

Elinor trank einen Schluck Kakao. »Nützt mir ja auch nichts, wenn ich es weiß.«

»Also, wenn er dich erst durchs Haus schleppt, dich dann einfach stehen lässt und danach so tut, als würde er dich nicht kennen, ist das doch auch ein wenig armselig, oder?« Nina stupste sie aufmunternd an. »Heute Abend ist bei Juliane DVD-Abend, komm doch mit, das bringt dich auf andere Gedanken.«

»Ach, ich und Juliane, du weißt doch, dass das in diesem Leben nichts mehr wird.«

»Sind ja auch noch andere da.«

Elinor schüttelte den Kopf und stand auf. »Ich geh mal zur Toilette.« Sie ging die Treppe hinunter, durchquerte den unteren Café-Raum und stieß die Tür zum Untergeschoss auf, die zu einer schmalen, steilen Treppe führte. Sie ging zur Toilette und ließ sich danach im Waschbecken das warme Wasser über die Hände laufen, während sie sich im Spiegel ansah – einer der wenigen Spiegel in Toilettenräumen, die einen nicht aussehen ließen wie eine wandelnde Leiche. Trotzdem hatte Elinor unübersehbar zu wenig Schlaf bekommen, sie war blass, und ihre blauen Augen waren dunkel umschattet. Wieder dachte sie an Carolins Bruder. Er war es bestimmt, so viele Zufälle auf einmal konnte es gar nicht geben. Und jetzt hatte er so getan, als ob er sie nicht kennen würde. Sie dachte daran, wie sie von oben auf die Tanzenden geschaut hatten, dann an das Tanzen, an ihre eigenen viel zu steifen Bewegungen, weil sie so selten und ungern tanzte. An ihr Schweigen, das nur von einfallslosen Fragen und Bemerkungen unterbrochen worden war. Sie schnitt ihrem Spiegelbild eine Grimasse und fuhr mit einer nassen Hand darüber.

»Sag doch wenigstens einmal im richtigen Moment das Richtige.«

»Du bist verliebt«, diagnostizierte Nina, als sie durch die Stadt bummelten. »Glaub mir, die Symptome erkenne ich sofort. Und irgendwie passt es ja auch zu dir, nicht gleich so eine profane Schulhofliebe einzugehen, sondern dich von einem verkleideten Venezianer durch eine leer stehende Villa führen zu lassen. So abgedreht das ist, irgendwie hat es was.«

Ein kurzes verträumtes Lächeln glitt über Elinors Lippen.

»Komm, wir gehen ein wenig shoppen, das lenkt vom Grübeln ab.«

Allein bei dem Gedanken an überfüllte Läden von Esprit, H&M, Promod und wie sie sonst noch alle hießen, bekam Elinor Beklemmungen, ganz zu schweigen von dem Gedränge vor den Umkleidekabinen. »Nein, lass mal, ich brauche gerade keine neuen Klamotten.«

»Ach, wer redet denn von Klamotten?« Zielstrebig führte Nina Elinor zu der großen Buchhandlung im ehemaligen Metropol-Kino.

Die nächste Stunde verbrachten sie mit Stöbern in den verschiedenen Buchabteilungen, und Elinors Laune hob sich wirklich. Obwohl sie sich vorgenommen hatte, erst einmal keine Bücher zu kaufen, solange sie zwei Regalbretter voll von ungelesenen hatte, ließ sie sich von Nina zum Kauf von zwei Taschenbüchern überreden. Als sie bezahlt hatte und die Tüte in Empfang nahm, schien das doch noch ein schöner Tag zu werden. Sie trank mit Nina noch einen Kakao in dem Café, das sich oben in der Buchhandlung befand und von dem aus man den ganzen Marktplatz überblicken konnte. Das Kinoflair war beibehalten worden, und so hatte die Buchhandlung dicke Teppiche, Stuckdecken, eine breite geschwungene Empore und rote Samtvorhänge. Es standen sogar noch einige Kinosessel, von denen aus man auf die Rolltreppe und die Abteilung »Essen und Genießen« blickte. Elinor und Nina hatten die Sessel einmal ausprobiert, wirklich sehr bequem nach einer harten Shoppingtour.

»Wir könnten mal wieder ins Kino gehen«, sagte Nina.

»Gerne, was läuft denn?«

»Ich schaue heute Abend mal im Netz.« Nina winkte den Kellner heran, sie zahlten und machten sich auf den Weg nach Hause. Als sie sich an der U-Bahn verabschiedeten, dämmerte es bereits. Doch Elinor hatte noch keine Lust, nach Hause zu fahren, und entschied sich, noch ein wenig allein am Rhein spazieren zu gehen, um ein wenig Ordnung in ihre wild durcheinanderwirbelnden Gedanken zu bringen, die sich nur noch um Sebastian drehten. Als sie auf der Höhe des Alten Zolls war, unterhalb des Hofgartens am Brassertufer, setzte sie sich auf eine Bank und sah auf das Wasser. Kleine Wellen schwappten ans Ufer, und der Fluss schimmerte, weil er den Himmel spiegelte, der nun, in der Abenddämmerung, bleigrau war. Elinor schlang ihren Schal enger um den Hals und verschränkte die Arme vor der Brust, als könne sie auf diese Weise die Wärme besser halten. Das Tageslicht schwand schnell, und in dem windgekräuselten Wasser schien das Licht der Straßenlaternen wie flackerndes Kerzenlicht im Dunkeln. Elinor projizierte das Gesicht des maskierten Jungen hinein, legte dann Sebastians darüber, und wie bei CSI, wenn zwei Fingerabdrücke im Computer sich anhand von Übereinstimmungen langsam zu einem fügten und so den Täter überführten, wurden die grünen Augen eins, das Lächeln, das dunkle Haar.

»Ach, und wenn schon«, rief Elinor und warf einen Stein ins Wasser.

Carolin Janek tippte Elinor in die Suchmaske von Facebook. Es gab mehrere Personen mit diesem Namen, aber Elinor fand die richtige auf Anhieb. Carolin hatte ein Bild von sich eingefügt, auf dem sie an einer Küste stand, hinter ihr das aufgewühlte Meer und grauer Himmel. Mit einer Hand hielt sie sich das Haar aus dem Gesicht, an dem der Wind wild zerrte. Sie trug einen dunkelbraunen Mantel, stand seitlich zum Fotografen und sah aus, als habe dieser sie gerufen, um die Aufnahme machen zu können. Außer diesem Foto gab das Profil jedoch nichts preis, nicht einmal die Freundesliste. Elinor schickte Carolin eine Freundschaftsanfrage und wartete auf die Antwort. Währenddessen surfte sie ein wenig im Netz, chattete mit Nina und ließ sich die Ergebnisse der Mathe-Hausaufgaben durchgeben.

Nina: *Nützt dir allerdings nicht viel ohne die Rechenwege.*

»Jaja«, murmelte Elinor und tippte eine Antwort in das Chatfenster.

Elinor: *Mache ich noch, ich will nur vergleichen.*

Offenbar war Carolin auch online, denn im nächsten Moment kam die Bestätigung der Freundschaftsanfrage, und neugierig klickte Elinor sich durch das Profil. Mit einem *Pling* kam die nächste Chat-Nachricht von Nina.

Nina: *Ne, oder?*

Elinor musste nicht fragen, was Nina meinte, schließlich stand es deutlich in ihrer Chronik.

Elinor: *Ja und? Ich finde sie nett.*

Nina: *Dann kannst du ja jetzt Sebastians Bild runterladen und per Photoshop mit Maske und Umhang versehen. Vielleicht hast du dann ja den großen Unbekannten entlarvt.*

»Hmhm, ist klar.« Elinor klickte sich durch Carolins Fotos, fand aber zu ihrer Enttäuschung fast nur Landschaftsaufnahmen und noch zwei Bilder, auf denen Carolin selbst war. Auf einem stand ein dunkelhaariger Junge schräg neben ihr, von dem jedoch nur der Hinterkopf zu sehen war. Als Nächstes nahm sich Elinor Carolins Freundesliste vor. Da waren zwei Sebastians, aber keiner hieß Janek. Der eine war blond, der andere hatte eine Landschaftsaufnahme im Profil. Gut, nicht jeder gab seinen echten Namen an, und so klickte Elinor auf *Sebastian Marquardt.* Der gehörte allerdings leider ebenso wie Carolin – und Elinor selbst – zu denen, die ihr Profil komplett sperrten, weder seine Freundesliste war zu sehen, die Elinor mit Annas hätte abgleichen können, noch seine Fotos. Also verglich sie die Landschaftsaufnahme mit denen von Carolin.

»Das ist ja total gestört«, murmelte sie. Wie eine Stalkerin.

Bei einer Aufnahme schien es wirklich eine Übereinstimmung zu geben, allerdings konnte sie Sebastian Marquardts Foto nicht vergrößern und genauer in Augenschein nehmen. Sie schaute in Annas Freundesliste und in denen von einigen ihrer Stufenkameraden nach, fand aber keinen Sebastian Marquardt. Mit einem *Pling* machte Nina sich bemerkbar.

Nina: *Du, Chris ruft gerade an. Bin weg für heute. Wir sehen uns morgen.*

Elinor tippte einen kurzen Abschiedsgruß und schloss den Browser. Mit einem Seufzen machte sie sich an Mathe und schaffte es sogar, einige Aufgaben zu lösen – wenn auch mit wenig zufriedenstellenden Ergebnissen –, als sie die Wohnungstür hörte. Anna kam von einem Kinoabend zurück. Um sie nicht gleich zu überfallen, wartete Elinor kurz, dann stand sie auf und ging zur Tür.

»Hallo.«

Anna hängte eben den Autoschlüssel an den Haken über der Kommode. Sie drehte sich um und lächelte. »Hi, noch wach?«

»Ich muss noch Mathe machen.«

»Brauchst du Hilfe?« Anna hatte Mathe-LK und war eine der Kursbesten. Ebenso wie Nina hatte sie es in Naturwissenschaften einfach drauf.

»Wenn du nicht zu müde bist, wäre das wirklich lieb. Irgendwie kommt nicht das raus, was rauskommen soll.«

»Klar, ich esse nur schnell was.« Anna strich sich das blonde kinnlange Haar zurück und schob die vorderen Strähnen hinter die Ohren.

»Ich bin heute einem Mitschüler von dir begegnet«, sagte Elinor beiläufig. »Seine Schwester geht in meine Klasse, und sein Vater arbeitet im selben Krankenhaus wie Papa.«

»Sebastian Marquardt?« Anna grinste. »Hübsches Kerlchen, nicht wahr? Leider etwas zu jung für mich.«

»Na ja, doch sicher nicht mehr als ein paar Monate.«

»Das ist wie bei dir mit deinen Mitschülern, Elinor, die aus den oberen Jahrgängen sind einfach interessanter. Also, in meinem Fall die Studenten.« Sie zwinkerte, und Elinor fragte sich, ob da gerade jemand im Rennen war.

»Ich warte in meinem Zimmer auf dich, okay?«, sagte sie.

»Ja.« Anna verschwand in der Küche, und kurz darauf war das Hantieren mit Geschirr zu hören.

Wieder in ihrem Zimmer öffnete Elinor den Browser erneut und klickte sich bei Facebook durch Carolins Chronik, insbesondere durch ältere Statusmeldungen, aber da standen nur Belanglosigkeiten. Na ja, was hatte sie auch erwartet? Carolin würde wohl kaum schreiben: »Bin wegen Dealerei von der Schule geflogen.« Oder: »Mussten die Stadt verlassen, nachdem mein Bruder das Auto seiner Lieblingslehrerin geschrottet hat.«

Wie zufällig landete Elinor wieder auf der Profilseite von Sebastian Marquardt, als seien dort eine Stunde später große Enthüllungen zu erwarten. Die Maus kreiste über dem Button mit der Freundschaftsanfrage.

»Ich bin so weit«, rief Anna, und eilig schloss Elinor den Browser.

4

Sag später nicht, ich hätte dich nicht gewarnt.
Und wenn schon, dachte Merle und löschte die SMS.

Wie zufällig verlangsamte Elinor ihren Schritt, als sie auf dem Weg zur dritten Stunde an einem Klassenraum vorbeikam, in dem sich gerade Annas Geschichtskurs einfand. Sie winkte ihrer Schwester zu, konnte jedoch bei ihrem flüchtigen Blick Sebastian nicht sehen.

»Geh doch mit Anna einen Kaffee trinken und sag ihr, sie soll ihn mitbringen.«

»Tolle Idee, Nina.«

»Da vorne steht deine neue Freundin.« Nina deutete auf Carolin, die gerade im Gespräch mit Silvia Scherer aus der 10a war. »Du könntest sie ja mal besuchen, dort läufst du dem großen Unbekannten bestimmt über den Weg.«

So lange musste Elinor jedoch nicht warten, denn als sie in der Pause zwischen der vierten und fünften Stunde zur Toilette lief, begegnete ihr Sebastian auf dem Flur. Er verließ gerade den Raum, war jedoch im Gespräch mit einem Lehrer. Etwas unschlüssig wurde Elinor langsamer, ging auf ihn zu und an ihm vorbei, ohne jedoch den Eindruck zu haben, wahrgenommen zu werden. War ja klar. Sie stopfte die Hände in die Manteltaschen und bog in den kleinen Gang zu den Toiletten ab. Nina war mit einigen Freundinnen schon auf den Schulhof gegangen und wartete dort auf sie. Elinor hatte ihr aufgetragen, ihr in der Cafeteria einen Schokoriegel zu holen, der Magen hing ihr bereits in den Kniekehlen, denn sie hatte verschlafen und es nicht mehr geschafft, sich etwas zu essen einzupacken.

Während sie sich die Hände wusch, warf sie noch einmal einen prüfenden Blick in den Spiegel. Der rostfarbene fransige Schal sah zu dem Mantel wirklich gut aus und passte zu ihren Haaren. Bei so etwas war Nina stilsicher, Elinor hätte den Schal nach einem ersten Blick nicht einmal von der Stange genommen. Sie trug ein wenig Lippenbalsam auf und band ihr Haar noch einmal neu zusammen, was allerdings vergebliche Mühe war, denn die vorderen, kürzeren Locken rutschten gleich wieder heraus. Im letzten Sommer war Elinor auf die bescheuerte Idee gekommen, es mit einer neuen Frisur zu probieren, und hatte ihre langen Haare auf Kinnlänge abgeschnitten. Zwar hatten Nina und etliche Klassenkameradinnen ihr gesagt, dass ihr der neue Look super stehen würde, aber Elinor war sich vorgekommen, als trage sie einen Wischmopp auf dem Kopf. Inzwischen waren die Haare wieder bis zu den Schultern gewachsen, und nur die vorderen Strähnen, die eine Art Pony gebildet hatten, reichten ihr nun bis zum Mund.

Mit Schwung öffnete Elinor die Tür und zuckte erschrocken zusammen, als sie jemanden in der Nische gegenüber lehnen sah, die Arme vor der Brust verschränkt, die Tasche auf dem Boden abgestellt. Sebastian hob einen Mundwinkel zu einem schiefen Lächeln.

»Na, Elinor, läufst du mir wieder davon?«

»Äh …?«

Das Lächeln wurde breiter. »Auf dem Maskenball letzte Woche. Meine Schwester hatte mich zu sich gerufen, während du mit deiner Freundin gesprochen hast, und als ich zurückkam, warst du weg.«

Na super, vielen Dank, Nina.

»Meiner Freundin ging es nicht so gut, und sie wollte sofort nach Hause.« Elinor fühlte sich auf einmal etwas taumelig, und ihr Herz schlug schneller. »Als ich mich von dir verabschieden wollte, warst du auf einmal nicht mehr da.«

»Tja, klingt, als hätten wir uns beide gegenseitig gesucht.«

Ganz ohne ihr Zutun verzog sich ihr Mund zu einem breiten

Grinsen. »Ja, sieht so aus. Ich war mir übrigens gestern ganz sicher, dass ich dich erkannt habe, du hättest ruhig was sagen können.«

»Na ja, ich musste doch annehmen, dass du vor mir davongelaufen bist. Und mal ehrlich, mich vor meinen Vater, meine Schwester und deine Freundin zu stellen und zu sagen ›Ich bin übrigens der Maskenmann von gestern‹ klingt doch irgendwie krank, oder?«

Elinor lachte. »Ja, allerdings.« Sie zwinkerte ihm zu. »Das Kostüm war aber trotzdem klasse.«

Er grinste. »Hat ja auch meine Schwester ausgesucht.«

»Meins stammt aus Ninas Ideenfundus.«

»Wie es aussieht, brauchen wir beide jemanden, der uns für Partys einkleidet. Dein Kostüm hat mir allerdings auch gefallen, deine Freundin hat Geschmack.«

Elinor lächelte zögernd zurück und versuchte an seinem Gesichtsausdruck abzulesen, ob er sich gerade über sie lustig machte.

Sebastian nahm seine Tasche auf und klemmte sie unter den Arm. »Ich habe jetzt eine Freistunde und bin mit ein paar Freunden verabredet.«

Ein wenig enttäuscht nickte Elinor und bemühte sich, das Lächeln nicht entgleiten zu lassen.

»Ich komme noch zur sechsten und habe danach frei. Wie sieht es bei dir aus? Hast du Zeit für eine Cola?«

Heute musste sie Katharina abholen, Anna hatte bis vier Uhr nachmittags Schule. »Ja, aber nur bis halb vier.« Das sollte locker reichen, um die Kleine aus dem Kindergarten zu holen.

»Super, dann treffen wir uns am Haupteingang.«

Sie gingen gemeinsam bis zur Treppe, als der Gong das Ende der großen Pause ankündigte. Sebastian winkte Elinor noch einmal kurz zu, dann lief er hinunter und bahnte sich in der Pausenhalle einen Weg durch den Strom entgegenkommender Schüler. Für einige Sekunden blieb Elinor oben an der Treppe stehen und sah ihm nach, dann ließ sie sich von den Schülermassen zurück durch den Flur ziehen und war als Erste wieder im Klassenzimmer.

»Mensch, wo warst du denn?« Nina warf einen Schokoriegel auf den Tisch und zog ihren Mantel aus. »Ich habe die ganze Zeit draußen auf dich gewartet.«

Elinor grinste breit. »Rate mal, wen ich getroffen habe.«

Ninas Mund formte ein stummes O, dann ließ sie sich auf ihren Stuhl fallen und beugte sich leicht vor. »Erzähl!«

»Wir sind nach der Schule verabredet.«

»Und hat er dir auch gesagt, warum er Samstagabend einfach abgehauen ist?«

»Ist er gar nicht, er hatte kurz mit seiner Schwester gesprochen, und als er zurückgekommen ist, war ich weg. Wir sind ja ziemlich überstürzt aufgebrochen, falls du dich daran erinnerst.«

»Was lässt er dich auch einfach stehen, um mit seiner Schwester zu quatschen?«, antwortete Nina ungerührt. Klar, wo Carolin involviert war, durfte keine Gnade erwartet werden. Und als Elinor diese mit Chris plaudernd den Raum betreten sah, ahnte sie auch, dass sich daran so bald nichts ändern würde.

»Hast du ihn angesprochen oder er dich?«, fragte Nina, wobei sie Chris und Carolin betont ignorierte.

»Als ich gerade zu euch gehen wollte, stand er dort in dem kleinen Gang und hat auf mich gewartet.«

»Er hat dir vor der Toilette aufgelauert?«

Elinor verdrehte die Augen, und Nina lachte. »Entschuldigung.

Also, lass dich mal ansehen.« Sie schürzte die Lippen. »Hm, mit den Haaren lässt sich so auf die Schnelle nichts mehr machen. Vielleicht noch ein wenig Kajal und Lipgloss?« Sie griff nach ihrer Tasche.

»Hey, wir gehen nur was trinken, sonst nichts.«

»Trotzdem.« Nina kramte in ihrer Tasche.

»Auf keinen Fall«, antwortete Elinor nachdrücklich. »Wie sieht das denn aus, wenn ich nach der Schule total aufgebrezelt ankomme. Er hat mich doch vorhin schon gesehen.«

»Na ja, stimmt auch wieder.« Seufzend ließ Nina ihre Tasche zu Boden gleiten. »Außerdem ist es gut, wenn man sich beim nächsten Date noch steigern kann.«

Also, *Date* war jetzt ein bisschen hoch gegriffen, aber noch ehe Elinor etwas erwidern konnte, betrat ihr Geschichtslehrer das Klassenzimmer. Das Kinn auf eine Hand gestützt folgte sie dem Unterricht nur mit halbem Ohr, ließ das Zeitalter der Reformation an sich vorübergleiten und überlegte, wo sie mit Sebastian hingehen würde. Hatte sie überhaupt genug Geld dabei? Rasch tastete Elinor nach ihrem Portemonnaie, zog den Reißverschluss auf und sah hinein. Zehn Euro, das sollte reichen.

Nach Geschichte hatten sie in der sechsten Stunde Physik, die einzige Naturwissenschaft, mit der Elinor etwas anfangen konnte. Zwar sagten sowohl Anna als auch Nina, dass wer Physik versteht, auch Mathe verstehen muss, aber Diskussionen waren da überflüssig, denn immerhin war Elinor der wandelnde Beweis dafür, dass die These falsch sein musste. In Physik hatte sie auf dem letzten Halbjahreszeugnis nur eine Drei bekommen, und es war auch nicht zu erwarten, dass sie künftig ein Überflieger in dem Fach werden würde, aber in Mathe stand sie immer auf der Kippe zwischen Vier und Fünf, und wenn sie nicht aufpasste, könnte ihre Versetzung in die Elf ernsthaft gefährdet sein. Aber an diesem Tag war sie in Physik ebenso wenig bei der Sache wie in Geschichte, und zweimal wurde sie aufgerufen, ohne eine Antwort geben zu können. Herr Eisenfeld, der aussah wie ein Physiker aus dem neunzehnten Jahrhundert, schaute sie über den Rand seiner Brille hinweg streng an und sagte, dass Anwesenheit allein nicht ausreiche, um eine Note zu halten. Ja, wusste sie alles, und beim nächsten Mal, das nahm sie sich fest vor, würde sie es wieder rausreißen.

Als der Gong die Stunde beendete, stand Elinor auf und griff nach ihrem Mantel, hielt dann jedoch inne und zögerte. Auf keinen Fall als Erste unten stehen und auf ihn warten. Er sollte nicht denken, dass sie nachmittags nicht auch etwas anderes hätte tun können.

»Was ist los?«, fragte Nina. »Hast du es dir anders überlegt?«

»Nein.« Elinor knöpfte ihren Mantel zu und legte sich den Schal um den Hals.

»Das wird schon gut laufen, und wenn nicht, klingel einmal auf meinem Handy durch, dann rufe ich dich an, und du sagst ihm, du müsstest dringend nach Hause.« Nina grinste. Mit dieser Nummer kannte sie sich aus.

»Ist ja keiner von den komischen Typen, mit denen du dich immer triffst«, stichelte Elinor, während sie den Raum verließ, und bekam einen kleinen Rippenstoß von Nina. Ihre Freundin ließ sich gelegentlich von den Jungen aus ihrer Stufe einladen, und während sie dann im Café saßen, kam der große Katzenjammer und der Gedanke an Chris. Jedes Mal, wenn Nina mit einem Jungen ausging, konnte Elinor damit rechnen, dass ihr Handy klingelte.

»Da steht er ja schon.« Nina seufzte. »Ist echt ein Hübscher.«

»Hallo.« Sebastian sah erst Elinor an, dann Nina, die sich allerdings, noch ehe Missverständnisse aufkommen konnten, verabschiedete.

Die Kälte prickelte im Gesicht, als sie das Schulgebäude verließen, und Elinor atmete tief durch. Sie überlegten kurz, wo sie hingehen sollten, und einigten sich dann darauf, sich an den Rhein zu setzen. Das erste Kennenlernen war meist ein langsames Vortasten, in dem sich Schweigepausen oft unangenehm dehnten. Im Café saß man einander gegenüber, rührte in der Tasse, spielte mit der Zuckerdose und überlegte, was man als Nächstes sagen sollte, was man von sich preisgeben konnte, wenn man sich noch fremd war. Ging man allerdings spazieren und saß draußen am Rhein, hatten Schweigepausen etwas Einvernehmliches, man schwieg sich nicht an, sondern man schwieg gemeinsam.

Sie holten Kakao und gingen durch den Hofgarten. Am Alten Zoll nahmen sie die steile breite Treppe, die von dem hoch aufragenden Bastionsbau hinunter zur Rheinpromenade führte. Unten angekommen setzten sie sich auf eine Bank und sahen auf den Rhein – schimmerndes Grau, das von zwei Frachtkähnen durchpflügt wurde.

»Bist du oft hier?«, fragte Sebastian.

Elinor hob die Schultern. »Wenn ich Zeit habe, gehe ich nach der Schule hier spazieren. Oder ich fahre von Godesberg aus mit der Fähre rüber und gehe hoch ins Siebengebirge.«

»Wir hatten daheim das Meer direkt vor der Tür. Carolin und ich waren oft auf Rügen.«

Elinor wartete darauf, dass er weitersprach, aber er schwieg, nippte an seinem Kakao und blickte wieder aufs Wasser. Die Frage danach, ob er seine Heimatstadt vermisste, lag ihr auf der Zunge, aber etwas hinderte sie daran, sie zu stellen. Er wirkte kühl, distanziert, und obwohl er derjenige gewesen war, der dieses Treffen vorgeschlagen hatte, machte er es ihr schwer, mit ihm ins Gespräch zu kommen, wirkte nachdenklich und verschlossen. Als sie mit ihm durch das Haus gegangen war, hatte sie gedacht, das läge vielleicht einfach an der Atmosphäre, dem Maskieren, eben allen Dingen, die wie gemacht waren für Geheimnisvolles. Aber vielleicht war das einfach seine Art, dieses Unnahbare. Bei Nina hätte er damit verloren, aber auf Elinor wirkte das unwiderstehlich.

»Warst du schon einmal auf dem Drachenfels?«, fragte sie.

Er schüttelte den Kopf. »Nein, ich bin zwar schon öfter hier zu Besuch gewesen, aber Ausflüge standen da nie auf dem Programm.« Ebenso wie Elinor hatte er seine Hände um den Becher gelegt. Künstlerhände, hätte ihre Mutter gesagt. Chirurgenhände, hätte ihr Vater gesagt. Elinor mochte schöne Hände, das war nach den Augen immer das Nächste, worauf sie achtete. Ein Mensch konnte noch so gut aussehen, wenn sie seine Hände nicht mochte, fand sie ihn unattraktiv.

»Woher kanntest du das Haus, in dem die Party war?«, fragte Elinor.

»Wir kennen die Besitzer schon lange, und einmal, als wir hier waren, haben sie es uns gezeigt. Mein Vater hatte überlegt, es zu kaufen, aber dieser alte Kasten hätte Unsummen an Renovierungskosten verschlungen.«

Jetzt war wenigstens geklärt, warum er und seine Schwester eingeladen gewesen waren. Nina und ihre kruden Theorien, dabei klärte sich alles oft so selbstverständlich. »Ich glaube, die ganze Schule wäre enttäuscht, wenn der venezianische Karneval ausfallen würde, das ist immer *das* Event im Winter.«

Er sah sie an. »Und du? Wärst du auch enttäuscht?«

Elinor knibbelte am Rand des Bechers. »Nein, ich habe es nicht so mit Partys, ich war nur dieses eine Mal dort, und das auch nur, weil zwischen Nina und ihrem Freund mal wieder Schluss ist.«

»Meine Schwester musste mich auch beinahe mit Gewalt hinschleifen.« Er hob einen Mundwinkel zu diesem schiefen Lächeln, bei dem Elinors Herzschlag immer einen Takt aussetzte. »Und als ich dann da war und mir überlegt habe, unter welchem Vorwand ich gehen kann, habe ich dich gesehen, wie du genauso unbehaglich herumgestanden hast wie ich.«

»Also war es ein glücklicher Umstand, dass wir beide gegen unseren Willen hingegangen sind.« Der scherzende Tonfall glitt ihr mit überraschender Leichtigkeit von den Lippen.

»Ja, das war es wohl.« Er stellte seinen leeren Becher neben sich auf die Bank. »Was machst du da oben am Drachenfels? Nur die Landschaft ansehen, oder hast du irgendein Steckenpferd, das dich hochtreibt?«

»Ich fotografiere, am liebsten in Sepia und am liebsten Ruinen und leer stehende Häuser.«

»Warum gerade die?«

»Irgendwie wirken sie so unterschiedlich, meist sind sie traurig, als würden sie an alte Zeiten denken, und selbst das unterscheidet sich je nach Perspektive oder Jahreszeit.«

Er musterte sie, und Elinor fragte sich, ob er das, was sie gerade gesagt hatte, vielleicht albern fand.

»Und warum«, fragte er schließlich, »fotografierst du sie? Weil du gerne traurig bist?«

»Nein«, antwortete Elinor. »Ich weiß auch nicht ... Ich habe das Gefühl, dass ich anderen die Welt durch meine Augen zeigen kann. Ein kleines Detail hier und da betont vor einem verblassenden Hintergrund, und schon ändert sich die Sicht auf die Dinge.«

Er nickte. »Ein schöner Gedanke. Früher«, sagte er und stockte kurz, »früher habe ich auch fotografiert.«

»Und? Hattest du ein Lieblingsmotiv?«

Sein Blick wurde wieder dunkel, verschlossen. »Abgründe«, antwortete er.

Elinor holte Katharina ab und ging sogar noch mit ihr auf den Spielplatz, was ihr allein normalerweise zu langweilig war. Katharina strahlte, und Elinor hatte Zeit zum Nachdenken, während sie auf der Bank saß und der Kleinen beim Spielen zusah. Ein Treffen, dachte sie, in das sie viel zu viel hineininterpretierte. Sebastian war neu in der Stadt und in der Schule, er hatte noch keine richtigen Freunde – und auf der Party hatten sich eben zwei Außenseiter gefunden. Offenbar fand er sie ganz nett, also verabredete er sich mit ihr – nicht mehr und nicht weniger.

Elinor war noch nie richtig verliebt gewesen, kleinere Schwärmereien, klar, aber was richtig Ernstes war das nicht gewesen. Es gab so vieles, was sie interessierte und das sie vom Leben wissen wollte, und irgendwie wollte sie das nicht mit dem Falschen teilen. Ihre Mutter hatte ihr einmal gesagt, sie solle sich ruhig Zeit damit lassen. »Es ist noch keine zu spät dran gewesen, aber viele zu früh«, sagte sie stets. Das war typisch Marion. Auf der einen Seite die toughe, moderne Innenarchitektin, auf der anderen Seite hatte sie für fast jede Situation irgendeine altmodische Lebensweisheit parat, die irgendwie immer genau den Nagel auf den Kopf traf.

Eine Stunde später gingen sie heim, Elinor machte sich etwas zu essen warm, dann half sie Anna dabei, die Küche aufzuräumen, staubsaugte und setzte sich an die Hausaufgaben. Während sie über Mathe brütete, zwang sie sich dazu, den Internetbrowser geschlossen zu lassen. Wenn sie erst einmal damit anfing, würde sie bis in die Nacht an den Hausaufgaben sitzen und hätte trotzdem nichts geschafft.

Als sie schließlich fertig war und ihre Schulsachen zusammengeräumt hatte, loggte sie sich bei Facebook ein. Sofort sprang ein Chatfenster auf.

Nina: *Wie war's?*

Elinor: *Erzähle ich dir morgen, ok?*

Nina: *Na gut, aber lass keine Einzelheiten aus!*

Elinor schickte ihr einen Smiley, der unter einer Sonnenbrille breit grinste, und schloss das Chatfenster. Sie hatte eine Freundschaftsanfrage, und mit wild klopfendem Herzen klickte sie darauf. Sebastian Marquardt. Elinor nahm die Anfrage an und scrollte durch die Chronik. Mit einem *Pling* öffnete sich das Chatfenster.

Nina: *Na, das ging ja flott.*

Elinor: *Dass du es siehst, auch.*

Nina: ☺

Zu ihrem Bedauern entdeckte Elinor auf Sebastians Seite keine Fotos von ihm, da war nur das Landschaftsprofilbild und ein Album mit Fotos von Rügen. Auch gab seine Chronik nicht viel über ihn preis, es waren kaum Einträge darin. Die Freundesliste war wesentlich kürzer als die von Carolin, die immerhin hundertdreiundfünfzig »Freunde« hatte, während es bei Sebastian nur knapp über sechzig waren. Wahrscheinlich war er noch nicht lange dabei. Elinor zögerte kurz, ob es zu aufdringlich war, ihm einen Gruß an die Chronik zu schreiben, aber immerhin hatte er ihr ja die Anfrage geschickt, und das hatte er bestimmt nicht getan, damit sie sich anschwiegen.

War schön heute mit dir am Rhein. Nein, das ging gar nicht.

Wünsche dir noch einen schönen Abend. Das war gut, ganz unverbindlich. Elinor klickte auf »Posten«, dann schloss sie den Browser und nahm den Roman zur Hand, in dem sie derzeit las. Allerdings konnte sie sich nicht so richtig konzentrieren, öffnete alle paar Minuten den Browser, um zu sehen, ob Sebastian ihr geantwortet hatte. Nichts. Auch eine Stunde später: nichts. Seufzend las Elinor weiter in ihrem Buch. Vielleicht fand er das ja doch irgendwie aufdringlich, immerhin kannten sie sich noch gar nicht. Ach, Blödsinn, das war Facebook, da schrieb einem jeder an die Chronik.

Nina war offline, und als Elinor auf die Uhr schaute, bemerkte sie, dass es schon nach elf war. Morgen früh würde sie kaum aus dem Bett kommen. Müde war sie allerdings auch nicht. Sie stand auf und zog die Jalousien hoch. Das Licht ihrer Schreibtischlampe war gedimmt, sodass Elinor nach draußen gucken konnte, aber immer noch hell genug, damit die Dunkelheit ihr ihr Spiegelbild zurückgab. Transparent, gläsern, zerbrechlich und doch so, als könne sich jeder, der ihr nahe kam, an ihr schneiden.

Sie setzte sich hin und öffnete ihr Mailprogramm, um noch schnell zu überprüfen, ob ihre letzte Buchbestellung inzwischen versandt worden war, doch die einzige E-Mail, die im Posteingang war, war von *secretagent2014@gmx.de*. Elinor wollte sie bereits löschen, als sie den Betreff las: *Sebastian auf Rügen*. Für einen Moment zögerte sie irritiert, dann öffnete sie die E-Mail.

Anstelle eines Textes sah Elinor ein Foto, das eine Küste mit Klippen zeigte – ein Sommerbild, das Wasser glitzerte und schlug in gischtigen Wellen gegen die Küste. Ein dunkelblauer Schriftzug verschwand fast im Himmel. PASS AUF DICH AUF.

Elinor starrte auf das Foto, dann öffnete sie Facebook erneut und öffnete bei Sebastians Fotos den Ordner mit dem Titel »Rügen«. Eines der Bilder war identisch mit dem, das sie per E-Mail geschickt bekommen hatte. Carolin war auf diesem Foto markiert und zwei weitere Freunde von Sebastian. Darunter stand »Der letzte Sommer mit Galatea«.

5

Sie mochte es nicht, wenn ihn andere Mädchen umschwärmten, und mindestens eine von ihnen war in der Schule immer an seiner Seite. »Was bedeuten die schon?«, sagte er.

Elinor war zu spät zur ersten Stunde gekommen – sie hatte sich nicht entscheiden können zwischen dem blauen Rollkragenpullover, der ihre Augen betonte, und dem schwarzen, der so schön schlank machte. Als der blaue schließlich das Rennen gemacht hatte, war der Bus, mit dem sie so eben noch pünktlich gekommen wäre, gerade weg. In der zweiten Stunde hatte Nina Hauswirtschaft und Elinor Latein, sodass sie erst in der großen Pause zum Reden kamen.

»Also, außer ein bisschen Gequatsche über Ausflugsorte und Fotografie lief nichts?« Nina wirkte enttäuscht.

»Was soll denn da gelaufen sein, wir kennen uns doch noch gar nicht.«

»Na ja, du hast wohl recht, die wirklich ernsten Sachen brauchen Zeit, ist ja schließlich keine flüchtige Partygeschichte.«

Sie tauschten ein Verschwörergrinsen, und Elinor wusste, dass Nina eben an dieselbe Geschichte dachte wie sie. Als sie letzten Sommer auf einer Party gewesen waren, hatte ein Junge sich für besonders einfallsreich gehalten und sie unter dem Vorwand, ein wenig im Garten des Gastgebers spazieren zu gehen, in eine Gartenlaube geführt, in der Absicht, dort das volle Programm zu starten. Dass er damit erfolglos blieb, hatte gehörig an seinem Stolz gekratzt – schließlich hatte man einen Ruf zu verteidigen –, und am kommenden Tag in der Schule bekam Elinor mit, wie er sie einigen Mitschülern gegenüber als frigides Miststück bezeichnete. Nina hatte daraufhin eine Idee gehabt, bei der jedoch einiges Zureden nötig war, um Elinor zu überzeugen. Diese war daraufhin in den nächsten Copy Shop gegangen, hatte sich ein T-Shirt mit der Aufschrift »Frigides Miststück« bedrucken lassen und war am darauffolgenden Wochenende mit Nina zu einer Party gegangen, auf der der verhinderte Verführer ebenfalls anwesend war. Es war zu laut gewesen, zu voll, und die Musik war Mist, aber der Moment, als dem Jungen bei ihrem Anblick das Grinsen aus dem Gesicht gerutscht war, war es wert gewesen.

»Wollt ihr euch bald wieder treffen?«, fragte Nina.

Elinor hob die Schultern. »Wenn es nach mir geht, schon …«

»Vielleicht solltest du dann einfach den nächsten Schritt machen.«

Ja, dachte Elinor, vielleicht. Wenn diese blöde Mail nicht gewesen wäre, wegen der sie sich die halbe Nacht Gedanken gemacht hatte. Andererseits war es gut möglich, dass das einfach irgendein Spinner war, der sie ärgern wollte, schließlich konnte sich jeder aus Sebastians Freundesliste das Foto auf den Rechner laden. Aber nichtsdestotrotz blieb eine leise Unruhe, und ihrer Euphorie war ein kleiner Dämpfer versetzt worden.

Carolin gesellte sich zusammen mit Clara Schumann und Chris zu ihnen. »Ich habe für heute Abend einige Leute zu mir eingeladen, vielleicht kochen wir und gucken dann einen Film. Habt ihr Lust, auch zu kommen?«

Noch ehe Elinor zusagen konnte, schüttelte Nina den Kopf. »Wir müssen noch den Essay für Englisch machen.« Dabei mied sie Chris' Blick.

Elinor hätte ihr am liebsten einen Tritt vor den Knöchel verpasst.

»Na gut, dann ein anderes Mal«, sagte Carolin und ging weiter.

»Spinnst du? Was soll denn das?«, fragte Elinor wütend.

»Hast du gesehen, wie Chris sich an sie ranschmeißt?«

»Und was habe ich damit zu tun?«

»Na hör mal, du bist meine beste Freundin!«

»Ja, und deshalb habe ich Sebastian nicht nur auf der Party quasi einfach stehen lassen, sondern verpasse heute Abend auch noch die Gelegenheit, ihn zu sehen. Abgesehen davon muss der Essay erst in einer Woche fertig sein, eine bessere Ausrede ist dir wohl nicht eingefallen, ja?« Elinor sah zu Carolin, die sich zu einer Gruppe Oberstufenschüler gesellt hatte, und ihr Herz machte einen Satz, als sie Sebastian sah, der ebenfalls auf die Gruppe zugeschlendert kam. »Ach, weißt du, ich gehe jetzt hin und sage ihr, dass wir das mit dem Essay ein anderes Mal machen und ich doch komme.« Elinors Herz schlug so schnell, dass ihr Atem rascher ging, und sogar ihre Knie schienen auf einmal eine seltsam weiche, nachgiebige Konsistenz zu haben. Sie näherte sich der Gruppe, und Sebastian, der sie als Erster bemerkte, lächelte sie an.

»Na«, sagte er, »wie geht's?«

»Ganz gut.« Elinor strich sich einige gelöste Haarsträhnen aus dem Gesicht, dann wandte sie sich an Carolin. »Wir haben das mit dem Essay verschoben, ich komme doch.«

»Super«, sagte Carolin. »Dann sind wir zu zehnt. Und nachdem ich Sebastian schon verpflichtet habe, heute zu Hause zu bleiben, ist Chris auch nicht der Hahn im Korb.«

Elinor wandte sich wieder an Sebastian, ihre nächsten Worte erstarben ihr jedoch auf den Lippen, als sie bemerkte, wie Sophie Karstein, eine der beiden Geschwister, deren Eltern die leer stehende Villa in der Südstadt gehörte, die Hand auf Sebastians Arm legte und sich mit dem Oberkörper leicht an ihn lehnte. Für eine reine Freundschaft war das eine zu vertraute Geste, nicht nur die Berührung an sich, sondern auch, wie sie leicht den Kopf neigte, sein Ohr fast mit den Lippen berührte und ihm etwas zuraunte, was er mit einem Nicken beantwortete. Elinor biss sich auf die Unterlippe und fühlte sich auf einen Schlag ziemlich ernüchtert. Ob Sophie auch kommen würde? Nun, sie würde es ja merken. Sophie warf ihr einen kurzen Blick zu und sah wieder weg. *Pass auf dich auf.* Vielleicht versuchte da jemand, Konkurrenz wegzubeißen.

Nina hatte aus der Ferne natürlich alles genauestens beobachtet. »Hat er was mit Sophie?«, fragte sie sofort, als Elinor zurückkam. Diese zuckte gespielt gelassen mit den Schultern.

»Keine Ahnung, ich hatte dir ja gesagt, dass er sie kennt.«

»Na ja, kennen ist eine Sache …«

»Ach«, sagte Elinor schnell, »ist doch egal. Ich gehe auf jeden Fall heute Abend hin. Wenn da was zwischen den beiden laufen würde, hätte er mir doch sicher gestern gesagt, dass Sophie seine Freundin ist, anstatt das so allgemein zu halten.«

Nina sah zu Chris, der immer noch bei Carolin stand. Auf einmal wirkte sie traurig. »Ja, kann schon sein.«

Als der Gong zum Ende der Pause ging, blieb Elinor noch stehen und sah, wie sich die kleine Gruppe der Oberstufenschüler zerstreute. Sebastian schloss sich einigen Mitschülern an und winkte ihr im Vorbeigehen zu. Sophie war nicht mehr an seiner Seite.

Bis zur Südstadt war es von Kessenich aus, wo Elinor wohnte, nur ein Katzensprung, und pünktlich um achtzehn Uhr setzte Anna sie vor der eleganten Villa ab, in der Sebastian und Carolin wohnten. Ein kopfsteingepflasterter Weg führte vom Tor hoch zum Haus. Anna lehnte sich leicht über den Beifahrersitz und schnalzte anerkennend.

»Schick.«

Scherzhaft deutete Elinor mit einer einladenden Geste zum Haus. »Du kannst ja mitkommen.«

»Zum Kindertreff?« In gespieltem Entsetzen verzog Anna den Mund.

»Hey, von wegen Kindertreff. Außerdem ist Sebastian auch da.«

»Zu jung, habe ich dir doch schon gesagt.« Anna zwinkerte. »Außerdem nehme ich an, du möchtest nicht die ganze Zeit unter den wachsamen Blicken deiner großen Schwester verbringen.«

»Na ja, so gesehen hast du recht.« Elinor fragte sich, ob Anna etwas von ihr und Sebastian mitbekommen hatte. Wie sich das anhörte, sie und Sebastian.

»Na los, hau schon ab. Und ruf an, wenn ich dich abholen soll.«

»Mach ich. Bis dann.«

Elinor ging durch das offene Tor den von mehreren dezent in den Büschen versteckten Lampen beleuchteten Weg entlang. Sie hatte nachmittags noch einmal bei Facebook reingeschaut und gesehen, dass Sebastian ihren Abendgruß nachts doch noch beantwortet hatte. Zwar auch nur mit einem lapidaren »Gute Nacht«, aber besser als ignoriert zu werden war das allemal.

Eine breite Treppe führte hoch zur Haustür, und Elinor las den Aufdruck auf der bronzefarbenen Platte, in die die Klingel eingelassen war.

RALF UND SEBASTIAN MARQUARDT

CAROLIN JANEK

Nervös zupfte sie noch einmal an ihrer Jacke, vergewisserte sich, dass ihr Rollkragen richtig saß, und fühlte nach ihren Haaren, die sie mit vielen kleinen Spangen hochgesteckt hatte. Dann drückte sie den Klingelknopf, und ein dunkler, warmer Gong ertönte. Kurz darauf war hinter dem Milchglas der Tür ein Schatten zu sehen, und im nächsten Augenblick stand Elinor Carolin gegenüber.

»Hallo, komm rein. Die anderen sind schon in der Küche.«

»Hallo.« Elinor zog ihre Jacke aus, die Carolin – perfekte Gastgeberin – ihr direkt abnahm und an die Garderobe hängte.

In der Küche standen bereits Chris, Clara und fünf weitere Klassenkameradinnen. Kein Sebastian. Clara hob einen kleinen Topf von der Herdplatte, bewegte ihn leicht, als wollte sie etwas darin verteilen, und fragte, wo die Zwiebeln blieben.

»Hier«, rief Serena, ein rothaariges Mädchen mit irritierend dunklen Augen – Erbe ihres spanischen Vaters. Sie stand an der Kochinsel in der Mitte der Küche und war offenbar mit der unangenehmsten Aufgabe betraut.

»Mensch, wie machst du das, dass dir die Augen nicht tränen?«, fragte Judith, die gerade Tomaten mit kochendem Wasser überbrühte.

»Wasser in den Mund nehmen.« Serena blies zur Demonstration die Backen auf.

»Chris, du könntest dich auch mal nützlich machen«, sagte Clara.

»Ich hatte doch gesagt, ich werfe die Spaghetti ins Wasser.«

Kurz darauf klingelte es erneut, und Carolin verließ die Küche, um zur Tür zu gehen. Drei Mädchen waren gekommen, Eliv und Judith aus Elinors Klasse und eins aus der Parallelklasse, das sie nur vom Sehen kannte. Die Küche wurde voll, und beim Kochen ging es entsprechend chaotisch zu.

»Hallo, Elli.« Judith hatte immer schon diese übersprudelnde Art gehabt und fiel jedem gleich zur Begrüßung um den Hals. »Warum hast du Nina nicht mitgebracht?«

»Sie hatte heute Abend schon was vor.«

»Ah ja.« Ein vielsagender Blick zu Chris folgte, und Judith nickte.

»Nina hat eh was Besseres verdient«, sagte Eliv.

»Du, ich glaube, die schenken sich beide nichts«, widersprach Judith. »Aber sag mal«, sie neigte sich näher zu Elinor. »Beatrix sagte, sie hätte dich mit Carolins Bruder am Rhein gesehen.«

Was Schulhofgetratsche anging, war Bonn ein Dorf. »Ja, wir haben uns mal nach der Schule getroffen.«

»Ich dachte, der ist mit Sophie zusammen«, mischte sich Serena ein.

»Carolin«, Judith senkte ihre Stimme, »hat mal erzählt, was Mädchen angeht, sei ihr Bruder ziemlich unbeständig. Mal hier, mal da, sie laufen ihm nach, und er sagt halt nicht gerne nein.«

»Außerdem«, sagte Serena, »soll da angeblich eine ziemlich üble Sache mit einer Ex von ihm gelaufen sein. Aber was genau, weiß ich auch nicht, ich hab's auch nur so um zehn Ecken gehört.«

Judith legte Elinor den Arm um die Schultern. »Also, mach uns keinen Kummer, ja?« Sie grinste, und Elinor stieß sie scherzhaft mit dem Ellbogen an.

»Wir waren bisher einmal am Rhein, okay?« Sie zwang sich zu einem unbeschwerten Ton, lachte das Unbehagen einfach aus der Kehle.

Sie wechselten das Thema, Elinor warf hier und da einen Gesprächsfetzen mit ein, unterhielt sich ein wenig mit Carolin, die zwischen ihnen allen hin und her lief, und gesellte sich schließlich zu Chris, der dazu abkommandiert worden war, die Soße zu rühren. Er meinte es jedoch mit dem Kochlöffel etwas zu gut, und als er einen kräftigen Rührstoß machte, landete ein kleiner Schwall Soße daneben und spritzte auf Elinors helle Jeans.

»Oh, sorry.« Chris sah wirklich zerknirscht aus. »Ich hatte dich gar nicht gesehen.«

»Na ja, auch wenn da keiner steht, muss man nicht wie ein Berserker in dem Topf herumrühren«, sagte Carolin und nahm einen Lappen, um die Bescherung vom Boden aufzuwischen. Sie wandte sich an Elinor und deutete zur Tür. »Rechts die letzte Tür ist das Gäste-WC.«

»Danke.« Elinor warf Chris noch einen vernichtenden Blick zu und verließ die Küche. Erst jetzt wurde ihr bewusst, wie stickig es dort gewesen war, trotz geöffneter Fenster. Sie kochte nicht gerne, und daran änderte sich auch nichts, wenn sie es in Gemeinschaft tat.

Der Flur endete an einem Bogen, hinter dem im Dunkeln Farne zu sehen waren und eine breite Fensterfront. Zur Rechten lag die Tür zum Gäste-WC, das ungeheizt und dementsprechend kalt war, vor allem, da auch noch das Fenster offen stand.

In einem Korb lagen flauschige Gästetücher und Waschlappen. Elinor nahm sich einen der Lappen und beeilte sich, ihre Jeans so gut es ging zu reinigen, was bei Tomatensoße allerdings ein hoffnungsloses Unterfangen war.

»Mist.« Genervt rieb sie über den Fleck, schimpfte dabei vor sich hin und gab schließlich auf.

Als sie wieder im Flur stand, hörte sie das gedämpfte Gelächter und Geplauder aus der Küche. Einen Moment noch Atem holen, ehe es wieder in den dampfigen Raum ging. Sie dachte an das, was Judith und Serena über Sebastian gesagt hatten. Nun gut, sie kannte ihn nicht, und wenn er wirklich so war, wäre das ein guter Grund, ihn zu meiden. Wäre es. Aber vielleicht hatte auch sie diese kleine selbstzerstörerische Ader in sich wie Nina. *Für mich wird er sich ändern.* Aber klar doch, Elinor. Sie wollte sich bereits seufzend auf den Weg zurück in die Küche machen, als ihr Blick wie magisch angezogen wurde von dem Türbogen zu ihrer Rechten, den Farnen und der breiten Fensterfront. Als sie einen zögernden Schritt zu dem Durchgang machte, um einmal in den Raum hineinzublicken, stockte ihr der Atem. Das war so ziemlich der großartigste Wintergarten, den sie je gesehen hatte. Bläuliches Mondlicht fiel durch die breite Fensterfront in einen Raum, in dem Farne und das dichte Blattwerk hoch aufragender Pflanzen Schatten warfen. Auf den ersten Blick wirkte der Raum wie ein Labyrinth, eingerichtet im Kolonialstil mit Bänken, Stühlen, Tischen und zwei Truhen aus dunklem Holz. Fasziniert ging Elinor näher ans Fenster und blickte in den Garten. Im Sommer konnte man die Verglasung vermutlich komplett beiseiteschieben. Ganz vorsichtig berührte sie das Fenster mit den Fingerspitzen, berührte die ihres transparenten Spiegelbildes, durch das hinweg sie den Garten sah. *Der Garten in mir*. Könnte glatt ein Buchtitel sein.

Sie drehte den Kopf leicht nach rechts und war im nächsten Moment wie gefangen im Blick eines anderen Spiegelbildes, das sie ansah, regungslos und still. Mit einem erschrockenen Aufkeuchen fuhr sie herum und fand sich Sebastian gegenüber, der auf einer Bank im Schatten riesenhafter Farne saß.

»Ich …« Elinor stieg das Blut heiß ins Gesicht. »Ich war gerade im Bad und …«

»… habe den Weg zur Küche nicht gefunden?«, half Sebastian ihr weiter. »Dabei sind diese Schnattergänse doch nicht zu überhören. Du übrigens auch nicht bei deinem Geschimpfe, und ich habe mich gefragt, welchen Anlass es dafür auf der Toilette gibt.«

Elinor deutete auf den Fleck auf ihrem Oberschenkel. »Tomatensoße.«

»Das geht mit Wasser nicht raus.«

»Ja, danke, weiß ich inzwischen auch.«

Sebastian hatte die Beine lang von sich gestreckt und hielt in einer Hand eine Flasche mit undefinierbarem Inhalt. »Setz dich doch.«

Elinor zögerte kurz, weil sie befürchtete, es könnte Carolin gegenüber unhöflich sein, einfach nicht wiederzukommen.

»Keine Sorge«, sagte Sebastian, als habe er ihre Gedanken erraten, »in der Küche sind schon ausreichend Leute, um das Essen zu verderben, und Carolin ist da relativ unkompliziert.«

»Okay«, antwortete Elinor gedehnt und ging zu ihm. Die Bank war gerade breit genug für zwei Personen, und Elinors Arm streifte Sebastians, als sie sich setzte.

Er reichte ihr die Flasche. »Magst du?« Selbst im Dunkeln schien ihm nur wenig zu entgehen, und so bemerkte er auch, dass sie für den Bruchteil einer Sekunde zögerte. »Fassbrause. Keine Sorge, ich habe nicht vor, dich abzufüllen.« Ein kleines Lachen schwang in seiner Stimme mit.

Elinor setzte die Flasche an die Lippen, nahm einen Schluck und gab sie ihm zurück. »Also nicht, dass du jetzt denkst, ich würde öfter einfach so in fremden Häusern herumlaufen …«

»Nein, ich kann's schon verstehen, auch wenn es mich bei jedem anderen geärgert hätte. Aber die meisten wären nicht so hier reingekommen wie du.« Er legte den Kopf zurück und sah hoch zum Blätterdach. »Du warst ein Teil der Schatten und der Stille.« Er reichte Elinor erneut die Flasche, und ihre Fingerspitzen kribbelten, als sie die seinen berührte.

»Eigentlich mag ich die Dunkelheit nicht so sehr«, gestand Elinor.

»Warum nicht?«

»Manchmal macht sie mir Angst.«

»Die Dunkelheit selbst oder das, was sich darin verbirgt?«

Elinor sah ihn an und erschauerte leicht. Als sie ihm die Flasche zurückgab, verharrten seine Finger einen Atemzug lang auf ihren und glitten dann darüber hinweg, was ein wildes Flattern in ihrem Magen auslöste.

»Ich finde die Dunkelheit in der Stadt beunruhigender als in der Einsamkeit«, sagte Elinor.

Sebastian sah sie an, forschend, als versuche er, etwas auszuloten. »Und was, wenn das, was dir Angst macht, davon erfährt und dir dort auflauert?«

Wieder durchlief Elinor ein Schauer, und sie schüttelte unwillig den Kopf. »Hör auf, das ist ja gruselig.«

Die Stimmen aus der Küche wurden lauter und drängten ganz offensichtlich aus der Küche heraus. Lachen, Geschirrklappern, beruhigende Normalität. Schweigen senkte sich zwischen Elinor und Sebastian, seltsam träge dieses Mal, und Elinor war, als würden ihr die Glieder schwer. Selbst wenn sie gewollt hätte, hätte sie sich nicht von der Bank erheben können.

»Was haben die eigentlich gekocht?«, fragte Sebastian.

»Spaghetti.«

»Sah das aus, als würde sich das Aufstehen lohnen?«

»Keine Ahnung, als es gerade anfing, definierbar nach Essen auszusehen, hat mich Chris mit der Soße vollgesaut.«

Sebastian trank einen Schluck aus der Flasche. »Ich glaube, ich schaue später, ob der Kühlschrank noch was hergibt. Zumindest ein bisschen Lernfutter sollte zu finden sein.«

Gedankenverloren rieb Elinor über den Tomatenklecks auf ihrem Hosenbein. »Stehen bei dir auch Klausuren an?«

»Hmhm, Mathe und Biologie.«

»Hast du beides im LK?«

»Ja, ich wollte eigentlich neben Mathe Physik nehmen, aber der Kurs ist nicht zustande gekommen.«

»Ich wünschte, ich könnte Mathe schon zur Elf abwählen, aber das geht ja leider nicht.«

Er sah sie an. »So schlimm?«

»Schlimmer. Anna kann wirklich gut erklären, aber ich glaube, ich bin ein hoffnungsloser Fall.«

»Hoffnungslose Fälle gibt es nicht. Du musst versuchen, dich dafür zu interessieren, dann klappt es.«

»Das sagt sich so leicht. Ich finde Mathe einfach langweilig.«

»Und genau deshalb verstehst du es nicht. Es kann ziemlich spannend sein, wenn man einmal den Bogen raus hat.« In seiner Stimme schwang echte Begeisterung mit. »Reicht es für die Versetzung?«

»Das will ich hoffen.«

»Wenn ich meinen Klausurenblock hinter mir habe, kann ich mit dir lernen, wenn du möchtest. In Stralsund habe ich Nachhilfe gegeben, und nur weil du es bei Anna nicht verstehst, heißt das nicht, dass du es nie können wirst. Jeder erklärt anders, und bei dem einen funktioniert das, bei dem anderen muss vielleicht mit anderen Erklärungen gearbeitet werden.«

Elinors Herz machte einen wilden Satz. »Das wäre großartig.«

Ein kleines Lächeln spielte um Sebastians Mundwinkel. »Gut, abgemacht.« Er hielt ihr die Flasche hin, als wolle er ihr Abkommen besiegeln, und Elinor trank den letzten Schluck.

In das angenehme Schweigen schwappten Stimmen, Lachen, Geschirrklappern.

Schritte waren zu hören, dann erschien Carolin, sah von ihrem Bruder zu Elinor, dann wieder zu ihm zurück. »Telefon für dich. Sophie.«

Sebastian erhob sich und nahm das Telefon entgegen. »Bis dann«, sagte er zu Elinor und verließ den Wintergarten.

Diese wandte sich an Carolin. »Sorry, dass ich einfach weggeblieben bin.«

»Ich habe mir schon gedacht, dass du bei *ihm* bist.« Carolin lächelte. »Keine Sorge, ich bin schon daran gewöhnt, meinem Bruder Freundinnen abzutreten.«

Sie sagte es freundlich, aber Elinor glaubte, einen verletzten Unterton herauszuhören, und hatte sofort ein schlechtes Gewissen.

»Komm«, sagte Carolin, »wir haben schon angefangen zu essen, und Sebastian kommt vermutlich nicht so bald zurück. Wenn er mit Sophie quatscht, dauert's meistens länger.«

Elinor zuckte etwas steif mit den Schultern und bemühte sich um ein lässiges »Klar«.

Sie setzte sich zwischen Serena und Chris, aß ohne nennenswerten Appetit, beteiligte sich halbherzig an dem Geplauder und half nach dem Essen, die Teller aufeinanderzustapeln. Eine Stufe führte vom Esszimmer ins Wohnzimmer, wo schon alle den Fernseher belagerten. Serena rückte beiseite, um Elinor Platz zu machen, während Carolin sich auf den Boden setzte, allerdings nicht neben Chris, der hoffnungsvoll beiseitegerutscht war.

Von dem Film bekam Elinor nur wenig mit, ihre Gedanken schweiften zu Sebastian und Sophie. Es war kurz nach zehn, als der Film vorbei war, und da sie am nächsten Tag Schule hatten, machte sich Aufbruchstimmung breit.

»Ich kann dich fahren«, schlug Chris vor. »Ich bin mit dem Roller hier, dann braucht deine Schwester nicht zu kommen. Liegt doch sowieso auf dem Weg, und einen zweiten Helm habe ich für alle Fälle eh immer dabei.«

Erstaunt sah Elinor ihn an. »Oh, danke.« Sie steckte das Handy wieder ein. Im nächsten Moment trat Sebastian ein und legte das Telefon auf die Kommode.

»Du gehst schon?«, fragte er Elinor.

Sie war versucht, nein zu sagen und noch ein wenig zu bleiben, aber dann dachte sie daran, wie er – vermutlich über die gesamte Filmlänge – mit Sophie geredet hatte, und sie nickte.

Als sie im Flur ihre Jacke anzog, sah sie die gerahmten Fotografien an den Wänden. Komisch, dass ihr die vorher nicht aufgefallen waren, lag wohl an der Aufregung. Es waren Schluchten, Bruchkanten von Felsen, steile Klippen.

»Wer hat die Bilder gemacht?«, fragte sie Sebastian, der an die Wand gelehnt stand, während Chris noch ein paar Worte mit Carolin wechselte.

»Ich«, sagte er, ohne die Fotos anzusehen.

Wieder wanderte Elinors Blick zu den Bildern. »Die sind fantastisch.«

»Ja, war sozusagen mein Steckenpferd.«

Als sie das Haus verließen, sah Elinor die Fotos noch einmal an. Klippen und Schluchten, obwohl in bestechend klaren Farben, stets von bläulichen Grautönen beherrscht, in denen hier und da das Grün von kargem Gestrüpp oder das Weiß aufschäumender Gischt Akzente setzten. Irgendwie schön und bedrohlich zugleich. *Abgründe.*

6

»Ich kann gar nicht hinsehen,
wie du so dicht am Rand balancierst«, sagte Merle,
während sie Sebastian beim Fotografieren
auf den Klippen beobachtete.

Hast du wenigstens herausbekommen, warum sie verschiedene Namen tragen?«, fragte Nina am nächsten Tag in der großen Pause.

»Nein, ich konnte ja schlecht so indiskret nachfragen.«

»Finde ich aber echt nett von Chris, dass er dich heimgefahren hat.«

»Der wollte wohl, dass ich für ihn ein gutes Wort einlege, damit du genau das denkst.«

Nina nickte und wurde – ganz untypisch für sie – rot. Alarmiert taxierte Elinor sie genauer. »Sag nicht, du und er …«

Etwas unbehaglich zuckte Nina mit den Schultern. »Na ja, er rief letzte Nacht an und hat sich für alles entschuldigt.«

»Vermutlich, weil er bei Carolin abgeblitzt ist.«

»Ach die, von der will er doch gar nichts, die findet er nur ganz nett. Oder war da gestern irgendwas?«

»Außer dass er die ganze Zeit in ihrer Nähe war, nicht.«

»Na dann …« Wieder zuckte Nina mit den Schultern.

Elinor seufzte. Das Drama ging mal wieder von vorne los.

In den kommenden Tagen sah sie Sebastian in der Schule so gut wie gar nicht. Der Klausurenblock stand bevor, und alle waren mit Lernen beschäftigt. In den Pausen standen die Oberstufenschüler beisammen und diskutierten, in den Freistunden saßen sie im Oberstufenraum und lernten. Weil Anna nun so richtig im Stress war, übernahm Elinor einige von ihren Aufgaben, half ihrer Mutter bei der Hausarbeit und war den Rest der Tage mit ihrem eigenen Schulkram beschäftigt. Ihr Vater hatte sich einige Tage freigenommen und nahm seine jüngste Tochter zu sich, sodass Marion mehr Luft hatte für ihre Arbeit und Elinor nicht jede freie Minute Babysitterdienste übernehmen musste.

Mit Nina traf sie sich ab und zu, allerdings musste die auch nicht so viel lernen, sie war in allen Fächern ziemlich gut. Wenn

Elinor nur an die nächste Mathearbeit dachte, bekam sie Panikattacken. Anna hatte versprochen, mit ihr zu lernen, und normalerweise erklärte sie auch immer alles so gut, dass Elinor es verstand – immerhin gab ihre Schwester jüngeren Mitschülern bezahlte Nachhilfe, und das mit einigem Erfolg –, aber sobald sie die Klassenarbeit schrieb, verflüchtigte sich alles, was sie bei den Übungen so gut hinbekam, wie in einen Nebel und war einfach nicht mehr zu fassen. Nicht selten war sie dabei den Tränen nahe, aber je verzweifelter sie nach dem Wissen grub, umso weiter schien es sich zu entfernen. Nina sagte, das käme daher, weil sie einfach nicht sicher genug im Stoff sei.

»Du lernst zu oberflächlich«, erklärte sie. »Das muss sitzen, von den Grundlagen an, nicht nur der aktuelle Stoff. Dann klappt das auch.«

»Also gut«, seufzte Elinor und schlug das Buch auf, blätterte darin herum. »Noch mal ganz von vorne.« Sie hatte noch zwei Wochen, und wenn sie sich da auf Mathe konzentrierte, könnte es klappen. Englisch stand auch an, aber da hielt sie bisher immer eine stabile Zwei, in Deutsch schwankte es, Interpretationen konnten auch schon mal eine Eins werden, wenn ihr der Text lag, aber meist waren Zweien oder auch mal eine Drei an der Tagesordnung. Ebenso Französisch. In Latein würde es vermutlich wieder nur zur Vier reichen, aber solange sie das Latinum schaffte, war das in Ordnung.

Als sie ein paar Gleichungen auf den Zettel gekritzelt hatte, schweiften ihre Gedanken wieder zu Sebastian. Gelegentlich sah sie ihn mit Sophie zusammen, aber so richtig innig schienen sie nicht zu sein. Vielleicht doch nur gute Freunde? Elinor öffnete den Browser und loggte sich bei Facebook ein, allerdings war kaum jemand online, und auch auf Sebastians Pinnwand stand nichts Neues. Sie klickte sich durch seine Fotos und blieb beim »letzten Sommer mit Galatea« hängen. Sebastian kam aus Stralsund, einer Stadt, von der Elinor bisher nur den Namen gekannt hatte.

Wikipedia schrieb dazu: *Stralsund ist eine Stadt in Mecklenburg-Vorpommern im Nordosten Deutschlands. Sie gehört zum Landesteil Vorpommern. Die Stadt liegt am Strelasund, einer Meerenge der Ostsee, und wird aufgrund ihrer Lage und der Bedeutung als touristisches Zentrum als* Tor zur Insel Rügen *bezeichnet. Gemeinsam mit Greifswald bildet Stralsund eines der vier Oberzentren des Landes Mecklenburg-Vorpommern. Stralsund ist die Kreisstadt des Landkreises Vorpommern-Rügen. 1234 erhielt die Hansestadt Stralsund das Lübische Stadtrecht. Die Altstadt gehört seit 2002 mit dem Titel Historische Altstädte Stralsund und Wismar zum UNESCO-Weltkulturerbe.*

Die Bildersuche über Google spuckte Fotos aus, die nahelegten, dass sich der letzte Sommer mit Galatea auf Rügen abgespielt haben musste. Elinor tippte ins Suchfeld »Rügen« und »Galatea« ein. 138 000 Treffer, aber keiner davon gab viel her. Elinor stand auf und zog ein altes Sagenbuch aus dem Regal.

Galatea (die Milchweiße): Nymphe der griechischen Mythologie, eine der Nereiden, Tochter des Nereus und der Doris.

Genervt schloss Elinor das Buch. Das war doch alles Mist. Sie stand auf, schnappte sich ihre Kamera und ihre Tasche und verließ das Zimmer.

»Ich gehe noch ein wenig raus«, rief sie durch Annas geschlossene Zimmertür. Von drinnen war nur ein zustimmender Laut zu hören.

Der restaurierte Altbau, in dem Elinor mit ihrer Familie lebte, hatte zwei Stockwerke und ein Hochparterre, insgesamt waren es drei Wohnungen. Über eine breite Holztreppe kam man in ein geräumiges Erdgeschoss, von wo aus eine Tür zum Keller führte und dessen Boden mit Mosaiksteinen gefliest war. Elinor holte ihr Fahrrad aus dem Keller, schob es über den Hof und radelte zum Rhein.

Am Schlossgarten hinter der Uni stieg sie ab und schob das Rad das letzte Stück. Es dämmerte bereits, und wenn sie noch ein paar schöne Bilder machen wollte, musste sie sich beeilen. Sie schloss das Fahrrad ab und ging mit der Kamera am Rhein entlang, aber irgendwie wollte ihr das Fotografieren an diesem Tag nicht so recht von der Hand gehen, als spürte die Kamera, dass sie nur halbherzig bei der Sache war, und sträubte sich. Elinor sah sich im Display die Aufnahmen an, von denen nur eine einzige brauchbar war, und auch die sah aus wie ein Amateurfoto. Sie versuchte es noch ein paarmal aus verschiedenen Perspektiven und mit Motiven, die nicht direkt am Wasser lagen, aber so richtig war an diesem Tag nichts rauszuholen. Schließlich gab sie es auf und spazierte einfach ein wenig am Ufer entlang, dann nahm sie ihr Fahrrad und ging in die Stadt. Als sie durch die Fußgängerzone bummelte, entdeckte sie in einer Chocolaterie ein bekanntes Gesicht. Carolin saß am Fenster, einen mittelgroßen Becher vor sich, das Kinn auf die Hand gestützt und sah irgendwie traurig und gedankenverloren aus. So kannte man sie gar nicht, meist war sie gut drauf. Einen Moment lang zögerte Elinor, dann gab sie sich einen Ruck, schloss das Fahrrad ab und ging ebenfalls hinein. Die Wärme trieb ihr das Blut in die Wangen, und sie wickelte sich den Schal vom Hals.

Carolin bemerkte sie erst, als sie unmittelbar vor ihr stand.

»Hallo«, sagte Elinor. »Ich habe dich gerade beim Vorbeigehen gesehen und dachte mir, ich schaue mal kurz rein.«

Carolin lächelte. »Das ist lieb. Wie geht's?«

»Ganz gut.«

»Willst du dich setzen, oder musst du direkt weiter?«

Elinor legte ihren Schal auf den Stuhl gegenüber von Carolin. »Ich habe Zeit. Mit Mathe wird es heute eh nichts mehr. Ich hole mir nur schnell einen Kakao.« Weiße heiße Schokolade mit Sahne war so ziemlich eine der besten Erfindungen der Neuzeit.

»Bist du allein hier?«, fragte Elinor, als sie mit dem Becher – der größtmöglichen Portion – an den Tisch zurückkehrte.

»Eigentlich mit meinem Bruder«, antwortete Carolin, »aber der hat seinen Kaffee getrunken und ist dann mit Sophie los. Brüder halt.« Sie wirkte genervt.

Elinor versetzte die Tatsache, dass Sebastian mit Sophie unterwegs war, einen Stich. »Sind die beiden zusammen?« Sie versuchte, die Frage beiläufig klingen zu lassen, und löffelte Sahne aus ihrer Tasse.

»Weiß ich ehrlich gesagt nicht, zumindest eng befreundet. Also, sie war schon länger in ihn verliebt, aber das ist nichts Neues, auf Sebastian fahren sie ja ständig alle ab, das war auf unserer alten Schule nicht anders. Aber Sophie, na ja, die konnte schon früher gut mit ihm, und jetzt, wo er hier wohnt …« Carolin zuckte mit den Schultern. »Und vermutlich endet die Sache in Tränen, aber die Erfahrung muss eben jedes Mädchen machen, das sich auf ihn einlässt.«

Elinor hob die Brauen. »Ist er wirklich so drauf?«

»Ich sehe ihn wohl in der Hinsicht etwas kritischer, weil er mein Bruder ist.« Carolins Blick ging durch sie hindurch, wurde weit und dunkel, als verberge sich hinter ihren Worten etwas, das ihr Angst machte.

Schweigend ließ Elinor das sacken.

»Deine Eltern sind auch geschieden?«, fragte Carolin.

»Ja, seit ein paar Jahren.«

»Mein Vater ist Musiker, aber erfolglos. Als ich vier war, hat er meine Mutter verlassen und sagte, er wolle seine Karriere vorantreiben. Ich war damals todtraurig. Meine Mutter hat dann, als ich sieben war, Ralf – also meinen jetzigen Vater – kennengelernt und geheiratet.«

»Siehst du deinen, ähm, richtigen Vater noch gelegentlich?«

»Nein, er zahlt jeden Monat Unterhalt und schreibt mir zum Geburtstag eine Karte. Er arbeitet als Versicherungsvertreter, also so lange, bis seine Karriere endlich in Schwung kommt.« Ein verächtlicher Zug lag um Carolins Mund. »Bei Sebastian lief es ähnlich, seine Eltern haben sich scheiden lassen, als er fünf war. Seine Mutter ist in die USA, wollte Model werden oder so. Gehört haben sie von ihr allerdings seitdem nicht mehr viel. Anfangs hatte sie wohl häufiger mal angerufen und wollte mit Sebastian sprechen, aber das hat Ralf nicht erlaubt.« Carolin lächelte, als sei die Angelegenheit irgendwie belustigend. »Schon komisch, wie sich das manchmal fügt, nicht wahr? Ich glaube, deshalb haben sich meine Mutter und Ralf auf Anhieb so gut verstanden, beide hatten ja ein ähnliches Schicksal, vom Ehepartner verlassen und allein mit einem kleinen Kind.«

»Und deine Mutter …«, begann Elinor zögerlich.

»Ist vor zwei Jahren gestorben.« Carolin drehte den Becher zwischen ihren Händen. »Tja, so kann's gehen, nicht wahr?«

Zwei Jahre, gut möglich, dass das der Grund für den Umzug war – fort von den Erinnerungen. Der letzte Sommer.

»Wer war eigentlich Galatea?«, fragte sie unvermittelt und ohne so recht zu überlegen.

Carolin blickte von der Tasse auf, verengte die Augen leicht und wirkte auf einmal ganz starr. »Wie kommst du auf sie?«

Okay, Elinor hatte offenbar vermintes Feld betreten, verführt von Carolins Redseligkeit. »Ach, ich hatte den Namen auf einem Foto gelesen.«

Carolins Blick verschloss sich. »Frag Sebastian doch einfach, wenn du es unbedingt wissen musst.« Sie holte ihr Handy hervor und blickte auf die Uhr. »Wir sehen uns.«

Elinor drehte sich um, sah ihr nach und wollte noch etwas sagen, aber ihr kam kein Wort über die Lippen. Was war das denn bitte? An der Tür stieß Carolin fast mit Nina und Chris zusammen, die gerade das Café betraten. Es wurde ein kurzer Gruß ausgetauscht, dann hatte Ninas Scannerblick Elinor bereits erfasst, und sie kam zielstrebig zu ihr, die Wangen von der Kälte gerötet, während die Augen mit ihrem Lächeln um die Wette strahlten. Allerdings war Elinor ihre Verstörtheit offenbar anzusehen, und Ninas Lächeln schwand.

»Ist etwas passiert?«

»Nein, ich …« War sie zu neugierig rübergekommen? Was würde Carolin Sebastian erzählen? Dass sie hinter seinem Rücken nach privaten Dingen fragte? »Ich muss mal an die frische Luft.« Sie wandte sich von Nina ab, schnappte Mantel, Schal und Tasche und lief aus dem Café. Im Laufen zog sie sich den Mantel an, hängte die Tasche über und schloss eilig ihr Fahrrad auf. Durch die Scheibe sah sie Nina mit Chris diskutieren, sie gestikulierte, gab ihr durch eine Geste zu verstehen, sie solle bleiben, während sie auf Chris einredete. Elinor jedoch stieg auf ihr Fahrrad und radelte davon. Sie fuhr einfach drauflos, ohne so recht ein Ziel zu haben, Hauptsache in Bewegung. Ihr Handy vibrierte in der Tasche, das war bestimmt Nina, aber Elinor hatte jetzt keine Lust, zu reden. Sie fuhr bis zur Adenauerallee und von dort in eine kleine Seitenstraße, die zur Rheinpromenade führte. Hier verlangsamte sie die Fahrt etwas. Ja, vielleicht war die Frage etwas zu persönlich gewesen, aber hey, wenn es persönlich war, was hatte es dann offen zugänglich in einem sozialen Netzwerk zu suchen? Und selbst wenn Carolin dazu nichts sagen wollte, das war ja kein Grund, sie gleich so anzublaffen. Vermutlich rannte sie jetzt zu Sebastian und erzählte ihm die Sache in ihrer komischen verdrehten Version. Elinor stieg vom Fahrrad. So ein blöder Mist. Sie kramte das Handy aus der Tasche und tippte eine kurze SMS an Nina. *Ich melde mich morgen.*

Kurz darauf vibrierte das Handy. *Alles klar, Süße. Pass auf dich auf.*

Elinor schob das Rad bis zum Rhein und stützte sich mit den Armen auf, um in das dunkle Wasser zu sehen. Dann schaute sie zum gegenüberliegenden Ufer, zu den Lichtern der Stadt und von dort aus weiter zu den bewaldeten Hügeln des Siebengebirges, die nun wie ein schwarzer Scherenschnitt wirkten. *Abgründe.* Den ersten Schritt dorthin hatte sie bereits getan.

7

Wenn sie unglücklich war und aufs Meer schaute,
funkelnd und glitzernd in der Sonne oder
dunkelgrau und aufgewühlt im Sturm, fragte sie sich,
wie es sein mochte, sich einfach aufzulösen.

Obwohl Elinor an diesem Samstag hätte ausschlafen können, war sie schon um acht Uhr wach.

»Hast du besondere Pläne heute, oder was machst du um diese Zeit hier?«, fragte ihre Mutter, die – ganz notorische Frühaufsteherin – bereits am Frühstückstisch saß.

»Ich konnte nicht mehr schlafen.« Elinor goss sich eine Tasse Kaffee ein, kippte reichlich Milch dazu und setzte sich an den Tisch. Normalerweise trank sie nur selten Kaffee, aber an einem Morgen wie diesem musste das einfach sein. Sie strich sich die wirren Locken zurück und zog einen Stuhl heran, auf den sie die Füße stellen konnte. Solche Tischmanieren ließ Marion nur beim Frühstück am Wochenende durchgehen. Elinor nahm ihr Handy und tippte eine Nachricht an Nina. *Ruf an, wenn du wach bist.*

»Andreas trifft sich heute mit Anna in der Stadt«, sagte Marion. »Er hat gefragt, ob du auch mitkommst. Katharina bringt er vorher wieder nach Hause, ihr hättet also wirklich Zeit für euch.«

»Weiß ich noch nicht.« So richtig in Stimmung war Elinor nicht, auch wenn Stadtbummel mit Andreas hieß, dass dabei mindestens ein neues Outfit raussprang.

Marion betrachtete sie aufmerksam, sagte jedoch nichts. Schweigend trank Elinor ihren Kaffee, aß eine Scheibe Brot und ging dann in ihr Zimmer, wo sie einen Bildband hervorkramte, in dem sie eine Zeit lang versank. *Weltreise 1900 in farbigen Bildern.* Kopfreisen in Fotos, das half normalerweise gegen jedes Stimmungstief.

Als sie merkte, dass auch das nichts half, stand sie auf, schaltete den PC ein und blätterte während des Hochfahrens in einigen ihrer letzten Fotoabzüge. Irgendwann wollte sie auch ein Buch herausgeben, eine Bilderreise durch Europa in Sepiatönen.

Und wenn das klappte, dann vielleicht als Nächstes Afrika oder Asien … Derzeit waren das aber alles nur Träumereien, aber immerhin waren schon einige schöne Bilder von Spanien, Schweden und Portugal in ihrer Sammlung. Sie legte die Abzüge zurück in die Schreibtischschublade und öffnete den Internetbrowser. Eine private Nachricht war bei Facebook für sie eingegangen, und ehe Elinor sie öffnete, spürte sie, wie ihr Herz schneller schlug. Ein kurzer Blick in ihre Freundesliste zeigte ihr, dass Sebastian sie noch nicht entfreundet hatte, das war sicher ein gutes Zeichen. Sie öffnete die Nachricht. Von Carolin, spät in der Nacht abgeschickt.

Hallo Elinor, tut mir leid wegen heute Nachmittag. Ich war einfach schlecht drauf, weil ich enttäuscht war, dass das Treffen mit Sebastian so blöd gelaufen ist. Und dann hast du – natürlich ohne es zu wissen – ein Thema angeschlagen, auf das ich derzeit noch etwas dünnhäutig reagiere. Nichts für ungut, ich hoffe, du bist mir nicht mehr böse, dass ich einfach gegangen bin. Wir sehen uns in der Schule. Carolin

Elinor knabberte an ihrer Unterlippe, während sie die Nachricht noch einmal las und überlegte, ob sie direkt antworten sollte. War ja alles gut und schön, aber das war doch kein Grund für so einen Abgang, noch dazu vor allen Leuten im Café. Allerdings spürte Elinor, wie ihr Ärger bereits schwand, ohne dass sie etwas dagegen hätte tun können, und sie ahnte schon, dass er sich bis Montag in der Schule ganz verflüchtigt haben würde. Offenbar gehörte Carolin zu den Menschen, denen man nicht lange böse sein konnte, und immerhin hatte sie sich entschuldigt.

Als Elinor gerade ins Antwortfeld klickte und anfangen wollte zu schreiben, sagte ihr eine von Vibrieren untermalte Melodie, dass eine Nachricht auf ihrem Handy angekommen war. An die

Töne auf ihrem neuen Smartphone musste sie sich erst einmal gewöhnen. Sie griff danach. Vermutlich Nina, die mit einem dieser klassischen Sinnlos-Texte à la »Okay, ich melde mich gleich« antwortete.

Lust auf Frühstück? Sebastian

Konnte man hyperventilieren und gleichzeitig in Ohnmacht fallen? Elinor starrte auf die Nachricht, als könnte sie sich selbst zerstören, wenn sie eine Taste berührte. Dann gab sie sich einen Ruck und drückte auf »Antworten«. Und jetzt? *Bin in fünf Minuten unten?* Sie überschlug die Zeit, die sie zum Duschen, Haare föhnen und Anziehen brauchte. Wenn sie sich beeilte, konnte sie in einer halben Stunde fertig sein.

In einer halben Stunde? Wo? Elinor

Sie stand auf, öffnete ihren Kleiderschrank und machte eine schnelle Bestandsaufnahme. Ja, so hatte sie sich das vorgestellt, ausgerechnet ihre Lieblingsjeans war in der Wäsche. Vielleicht die schwarze? Etwas zu overdressed für ein Frühstück. Obwohl zu der schwarzen der kastanienbraune Pullover gut aussah, und der wiederum war leger genug. Nach einigem Kramen – Ordnung ist eine Tugend, sagte ihre Mutter immer – hatte Elinor den Pullover gefunden. Prüfend legte sie die Jeans aufs Bett, den Pullover darüber und betrachtete das Ganze kurz mit geschürzten Lippen. Ja, das ging. Dann kündigte das Handy die Ankunft einer neuen Textmeldung an.

Geht klar, ich hole dich ab. Schickst du mir deine Adresse?

Abholen? Erst vor einigen Tagen hatte Chris sie nach Hause gebracht, nun holte Sebastian sie an der Tür ab. Kamen gute Manieren etwa wieder in Mode?

Okay, bis in einer halben Stunde (ab jetzt). Sie fügte noch ihre Adresse ein und drückte auf »Senden«.

»Mama?« Auf dem Weg ins Bad schaute Elinor in die Küche und sah ihre Mutter mit einem Kaffee auf dem Stuhl am Fenster sitzen und lesen. Ihr Lieblingsplatz am Wochenende, wenn sie sich beim Frühstück richtig Zeit ließ.

»Ich gehe in einer halben Stunde raus.«

Marion blickte von ihrem Buch auf. »Mit Nina?«

»Nein.« Elinor spürte, wie ihre Wangen heiß wurden. »Sebastian, er ist bei Anna in der Stufe, und sein Vater arbeitet im selben Krankenhaus wie Papa.«

Marion hob die Brauen, dann lächelte sie. »Na, das war ja eine lange Personenbeschreibung. Wo trefft ihr euch?«

»Er holt mich ab.«

»Wie nett. Kommt er hoch?«

»Äh, nein, ich werde wohl runtergehen. Ich meine, vielleicht wird Anna wach, wenn er gerade kommt, und sie findet das vielleicht nicht so toll, wenn sie ihrem Mitschüler dann im Schlafanzug und ganz verschlafen im Flur begegnet.«

»Ja, das denke ich auch. Wann kommt er?«

Elinor warf einen Blick auf die Uhr. »In sechsundzwanzig Minuten.«

»Na dann mal schnell, der Countdown läuft.«

Duschen, eincremen, anziehen, Schminkbestände von Anna durchforsten, für eine leicht getönte Tagescreme entscheiden, ganz dezent ein wenig Kajal auftragen, Lippenbalsam suchen, Schaum in die Haare, föhnen und irgendwie bändigen – Elinor ging den Ablauf wie eine Liste durch, die abgehakt werden musste. Sie steckte die Haare hoch und warf einen prüfenden Blick auf die Uhr im Badezimmer. Noch drei Minuten. Als sie im Flur gerade auf dem rechten Bein balancierend den Reißverschluss ihres linken Stiefels hochzog, läutete es. Aussehen wie ein Filmstar, gute

Manieren und pünktlich auf die Minute. Ob der genmanipuliert war?

Elinor drückte den Knopf der Sprechanlage. »Ich komme runter«, sagte sie, rief »bis später« in die Küche, zog ihren Mantel an, wickelte sich rasch einen schwarzen Schal um, schnappte sich ihre Tasche und war zur Tür raus.

»Ich hatte mich eigentlich auf Wartezeit eingestellt«, sagte Sebastian grinsend, nachdem sie sich begrüßt hatten.

»Ich auch.«

Sebastian lachte, dann klopfte er auf den Sattel seines anthrazitfarbenen Sportrads. »Fahren wir mit dem Rad oder mit dem Bus?«

Fahrrad, entschied Elinor und holte ihres aus dem Keller. Während der Fahrt kam eine Unterhaltung nicht infrage, weil man die meiste Zeit nur hintereinander fahren konnte. Am Bahnhof stellten sie die Fahrräder in den Unterstand, ketteten sie zusammen und gingen über die Straße in die Fußgängerzone.

»Irgendwelche besonderen Wünsche?«, fragte Sebastian.

»Nein, ich vertraue mich ganz deiner Führung an.«

»So soll es sein«, antwortete er feixend und erntete dafür einen kleinen Stoß gegen den Oberarm.

Er entschied sich für das Café, in dem er ihr quasi das erste Mal unmaskiert begegnet war. Sie gingen in die obere Etage und ließen sich an einem Tisch direkt am Fenster nieder.

»Ich hatte gar nicht damit gerechnet, dass du so schnell antwortest«, gestand Sebastian, während sie in der Karte blätterte. »Immerhin ist Wochenende. Keine Langschläferin?«

»Geht so. Manchmal gehe ich am Wochenende ganz früh raus und genieße die Ruhe. Heute stand allerdings nichts auf dem Programm, ich konnte einfach nicht mehr schlafen.« Nachdem Elinor ihre Wahl getroffen hatte, reichte sie ihm die Karte. Er schaute nur kurz rein, klappte sie zu, und im nächsten Moment stand auch schon die Bedienung vor ihnen und nahm die Bestellung auf.

»Carolin hat mir von gestern erzählt«, sagte Sebastian. »Tut mir leid, dass sie dich so angefahren hat.«

Dann hatte Carolin also mit Sebastian gesprochen. Elinor zuckte mit den Schultern, als sei die ganze Sache völlig belanglos. »Ist schon okay.«

Als Sebastian den Kopf leicht neigte, fiel ihm eine dunkle Haarsträhne in die Stirn. »Hm, finde ich eigentlich nicht. Sie hat ein wenig überreagiert.« Er sah sie an, und im Licht, das durch die breite Fensterfront fiel, wirkten seine Augen wie das tiefe Grün schattiger Seen. »Es ist ja eigentlich kein Geheimnis.«

In dem Moment kam die rothaarige Kellnerin mit einem Tablett und stellte Kakao, Teller, zwei kleine Körbchen mit Croissants und Brötchen, verschiedene Sorten Marmelade, Honig, Butter und Nutella auf den Tisch. Sebastian wartete, bis sie wieder gegangen war, ehe er weitersprach.

»Eigentlich hieß sie Merle, sie war eine Freundin von Carolin, und ich war mal ziemlich verliebt in sie.«

Eine Liebesgeschichte. Auf einmal war sich Elinor sicher, dass sie das nicht hören wollte. Sebastians Stimme klang, als sei diese Liebe unglücklich ausgegangen und er selbst noch nicht darüber hinweg.

»Na ja«, fuhr er fort, »auf jeden Fall hat sie sich ebenfalls in mich verliebt, und irgendwie ist die Freundschaft mit Carolin daran zerbrochen. Warum, wusste keiner so recht, ich muss allerdings sagen, dass mir das egal war – solange Merle meine Freundin war, hat mich nicht interessiert, ob sie die meiner kleinen

Schwester geblieben ist. Klingt blöd, aber wenn man verliebt ist, wird man egoistisch, nicht wahr?«

Elinor nickte nur. Diese Erfahrung hatte er ihr voraus.

»Galatea habe nur ich sie genannt, das war eine Art Spielerei zwischen uns. Sie ist geschwommen wie ein Fisch, das Wasser schien ihr eigentliches Element zu sein, und ich hatte sie mal aus Spaß Galatea genannt, die Nereiden-Tochter. Sie hatte silberblondes Haar und war sehr blass – sie selbst mochte das nicht, weil sie jedes Mal in der Sonne krebsrot wurde und danach genauso blass blieb wie vorher. Da fand sie ›die Milchweiße‹ nicht besonders schmeichelhaft.« Er lachte kurz, wirkte für einen Moment richtig erheitert, aber dann brach das Lachen ab, versank in einer düsteren, verschlossenen Miene. »Mehr steckt hinter dem Namen eigentlich nicht. Klingt geheimnisvoller, als es ist.«

Elinor strich Butter auf ihr Croissant. »Und deshalb reagiert Carolin so dünnhäutig auf die Frage nach ihr? Weil die Freundschaft zerbrochen ist?«

»Nein.« Sebastian griff nach einem Brötchen, schien es jedoch im nächsten Moment vergessen zu haben, während er gedankenverloren den Blick aus dem Fenster schweifen ließ. Dann sah er Elinor wieder an. »Weil Merle tot ist.«

Die Minuten danach zerliefen in Schweigen. Elinor lagen etliche Fragen auf der Zunge, die sie jedoch nicht zu stellen wagte. Etwas in Sebastians Augen hielt sie davon ab, eine seltsame Starre in seinem Blick, als sei sein Bewusstsein schon längst abgeglitten und nicht mehr hier bei ihr. Irgendwie unheimlich.

Als Elinor nach der Serviette griff, umschlossen Sebastians kühle Finger die ihren, ein leichter Druck, den sie zurückgab. Und für einen Moment woben sich kleine, neu erschaffene Vertrautheiten in das Schweigen. Dann jedoch ließ Sebastian ihre

Hand los, und der Schatten einer vergangenen Liebe schob sich erneut zwischen sie.

Beide versuchten, die Schweigepause durch Belanglosigkeiten zu füllen, während sie aßen, und als sie gezahlt hatten, verließen sie das Café und gingen zurück zum Bahnhof, wo die Räder standen. Wenigstens hielt sich Sebastian nicht mit typischen Floskeln wie »Es war sehr schön« oder so auf.

»Also dann.« Sebastian schien auf einmal unsicher.

»Also dann«, echote Elinor.

»Wir sehen uns, ja?«

Elinor nickte nur.

Unvermittelt legte Sebastian die Hand an Elinors Wange, dann neigte er sich vor, bis ihre Gesichter nur eine Handbreit voneinander entfernt waren. Elinors heftiger Herzschlag schluckte ihren Atem und trieb ihn wie gehetzt über ihre leicht geöffneten Lippen. Sebastians Kuss war eine kaum spürbare Berührung, ein sanftes Gleiten über ihren Mundwinkel, dann richtete er sich auf, mied ihren Blick.

»Ich …« Sebastian wirkte, als müsse er sich von Wort zu Wort tasten. »Ich dachte, ich könnte von ihr erzählen, und nun ist sie wie ein Gespenst, das man aus dem Schlaf gerissen hat.« Damit wandte er sich ab, stieg auf sein Rad und fuhr davon, ließ Elinor zurück, irritiert und bestürzt.

Glücklicherweise hatte Marion sich jeden Kommentar verkniffen, als Elinor nach einem kurzen Gruß wortlos in die Küche ging und aus dem Gefrierschrank eine Dose Eiscreme nahm.

»Nina hat angerufen«, rief ihr Marion noch hinterher, und Elinor schnappte sich im Flur das Telefon und verschwand in ihrem Zimmer. Eine Dreiviertelstunde später hatte sie Nina die Geschichte in allen Details erzählt, dabei die Dose zur Hälfte leer gelöffelt und mit zwischen Ohr und Schulter festgeklemmtem Hörer einhändig tippend die Nachricht von Carolin mit einem lapidaren »Ist schon okay« beantwortet.

»Also meine Meinung zu *ihr* kennst du, die hat sich auch nach der Entschuldigung nicht geändert«, sagte Nina. »Das war einfach ein bescheuerter Abgang, aber darüber brauchen wir auch gar nicht weiterzudiskutieren. Was *ihn* angeht, ist das schon schwieriger.«

Er hat mich geküsst. Aber aus irgendeinem Grund wollte sie davon nichts erzählen, noch nicht.

»Du kennst doch Sophies Bruder«, sagte Elinor stattdessen. Er war in derselben Stufe wie Elinor und Nina, und von ihm hatte diese die Einladung zur Karnevalsfeier bekommen. »Kannst du ihn nicht mal unauffällig fragen, ob zwischen seiner Schwester und Sebastian was läuft?«

»Hm, ne, so eng bin ich nun auch wieder nicht mit ihm. Aber ich schicke ihr mal eine Freundschaftsanfrage. Eigentlich kenne ich sie kaum, aber das interessiert bei Facebook ja eh niemanden.«

Bei Sebastian war der Beziehungsstatus gar nicht bezeichnet, das hatte Elinor bereits als Erstes überprüft. Als sie jetzt jedoch die Chronik öffnete, hatte Sophie etwas gepostet.

Sophie Karstein *freut sich auf den Nachmittag mit dir.* ♥

»Ach, diese Herzchen schickt doch jeder jedem«, sagte Nina, als Elinor ihr davon erzählte. »Sie ist übrigens online, gerade kam die Bestätigung.« Elinor hörte zwei Mausklicks. »Bei Beziehungsstatus steht ›Es ist kompliziert‹. Na ja, vielleicht will er mit ihr nur befreundet sein, und in dich ist er verliebt. In der Chronik steht sonst nur der übliche Kram, von Sebastian allerdings nichts. Aber sag mal«, es raschelte, und kurz darauf klang Ninas Stimme, als habe sie etwas im Mund, »das mit seiner früheren Freundin ist ja mal echt heftig. Ob sie krank gewesen ist?«

»Vielleicht hatte sie auch einen Unfall.« Wie auch immer, tragisch war es auf jeden Fall.

»Ich wollte dir übrigens gestern noch hinterherlaufen, aber Chris hat gesagt, wenn du allein sein möchtest, soll ich das respektieren.«

»Aha.« So einfühlsam kannte man Chris sonst gar nicht. Vermutlich wollte er einfach nicht, dass Nina ihn zugunsten ihrer besten Freundin stehenließ.

»Du, es klopft grad an, ich melde mich später noch mal, ja?«

Sie verabschiedeten sich, und Elinor legte das Telefon beiseite, nahm einen Löffel Eis und kaute auf einem Stück dunklem Keks herum. Gedankenverloren öffnete sie ihr Mailprogramm. Drei E-Mails, zwei davon Werbung, die dritte von *secretagent2014@gmx.de*. Mit einem flauen Gefühl im Magen öffnete Elinor die Mail.

Von: secretagent2014@gmx.de
An: elli1998@web-online.de
Datum: 12. März 2014
Betreff: Sebastian und Merle.

Merle hat sich nicht warnen lassen. Was ist mit dir?

Elinors Herz schien einen Takt auszusetzen, um dann umso heftiger zu schlagen. Sie las den Satz mehrmals, dann fuhr sie mit dem Mauszeiger zögernd über die Datei im Anhang, bis sie schließlich daraufklickte. Es war ein eingescannter Zeitungsartikel, ein Foto auf der linken Seite zeigte ein Mädchen, unbeschwert lachend, mit grünen Augen und langem blonden Haar.

23. Januar 2013

Das Mädchen auf den Klippen – Unfall oder Verbrechen?

Weiterhin Rätsel gibt der Tod der sechzehnjährigen Merle F. auf. Zeugen berichten von einem Streit, den sie abends zuvor in einem Café auf Rügen mit dem gleichaltrigen Carsten M. (Name von der Red. geändert) gehabt haben soll. Nach einem heftigen Wortwechsel hatte das Mädchen das Café verlassen, sichtlich aufgebracht. Freunde des Jungen sagten aus, bei den beiden habe es sich um ein Paar gehandelt, Besucher des Cafés, die Bruchstücke des Streits mitbekommen haben, sprechen von einer Eifersuchtsszene.

»Ja, sie war gelegentlich eifersüchtig und schrecklich besitzergreifend«, sagt ein Mitschüler der beiden.

Ein Zeuge gibt an, spätabends bei einem Spaziergang zwei Personen auf den Klippen gesehen zu haben, kann jedoch aufgrund der Dunkelheit nicht eindeutig sagen, ob es sich bei einer der beiden um Merle F. gehandelt hat. Hat sich in jener Nacht ein Eifersuchtsdrama auf den Klippen abgespielt, das für das junge Mädchen tödlich endete?

Mit wachsendem Entsetzen las Elinor den Artikel ein weiteres Mal, dann öffnete sie mit zittrigen Fingern Google und tippte »Merle« und »Rügen« ein. Fast 30 000 Ergebnisse, aber schon eines der obersten schien ein Treffer zu sein. Sie klickte darauf, und ein weiterer Zeitungsartikel öffnete sich.

21. Januar 2013

Tragischer Tod auf Rügen

Es war ein schreckliches und gleichsam tragisches Bild, das sich einem jungen Spaziergänger heute kurz nach der Dämmerung bot. Ein Mädchen lag tot am Fuß der Klippen. Wie die Polizei mitteilte, handelt es sich um eine sechzehnjährige Schülerin aus Stralsund, Merle F., die bereits in der Nacht zuvor von ihren Eltern als vermisst gemeldet worden war. Noch ungeklärt ist die Frage, ob es sich um einen Unfall handelt oder ob Fremdverschulden vorliegt.

Dem Artikel war ein Archiv-Bild von den Klippen beigefügt, das die Stelle bezeichnete, wo das Mädchen gestürzt war. Erschüttert las Elinor den kurzen Artikel noch einmal, während ihr Herz so heftig klopfte, dass ihr die Worte vor den Augen flimmerten. Unten auf der Seite führte ein Link zum Artikel vom 21. Januar, den sie per E-Mail bekommen hatte, und einer zu einem weiteren, der später datiert war.

30. Januar 2013

Sturz von den Klippen – tödlicher Fehltritt?

Nachdem laut Polizeibericht keinerlei Beweise für ein Fremdverschulden vorliegen, kann davon ausgegangen werden, dass der tragische Tod von Merle F. die Folge eines nächtlichen Spaziergangs über die Klippen war. Sowohl Familie als auch Freunde schließen Selbstmord aus.

»Dafür war sie nicht der Typ«, sagt ihre Schwester. »Probleme waren eine Herausforderung für sie.«

Ist sie bei Nacht allein spazieren gegangen und hat dabei einfach einen falschen Schritt gemacht? Oder war ihr Kummer doch so groß, dass dieser Schritt in vollem Bewusstsein geschah? Eine Antwort darauf kann Merle F. nicht mehr geben.

Elinor starrte auf den Artikel, während das Eis vergessen in der Dose schmolz. *Merle hat sich nicht warnen lassen.* Sie klickte noch einmal auf die Mail und öffnete das PDF. Gedanken wirbelten wie wild durch ihren Kopf. Wenn Sophie ihn so lange kannte, musste sie dann nicht über den Vorfall Bescheid wissen? Angst machte es ihr offenbar nicht. Aber es war auch keine Angst, die Elinor umtrieb, vielmehr hatte sich ein Unbehagen tief in ihr festgesetzt. Sie dachte an Merle, die allein über die Insel gelaufen war – möglicherweise getrieben von Verzweiflung über diesen Streit. *Merle hat sich nicht warnen lassen.* Das war es, was sie beunruhigte, stärker als die Umstände ihres Todes. Andererseits hätte derjenige dann doch sicher der Polizei mitgeteilt, dass es einen begründeten Verdacht gegen Sebastian gab. In den Zeitungsartikeln wurde darauf jedoch nicht eingegangen, da hing alles an ihrem letzten Streit.

Nun ergab auch der Umzug mitten im Schuljahr einen Sinn, denn einen solchen Verdacht wurde man nicht so leicht wieder los, vor allem, wenn die Zeitungen einen »Freispruch aus Mangel an Beweisen« suggerierten. Gut möglich, dass die Betroffenen erst gewartet hatten, ob die Sache vielleicht doch irgendwann im Sande verlief, und schließlich Konsequenzen gezogen hatten, als das nicht der Fall war.

Elinor klickte auf Ninas Profil, um ihr eine Privatnachricht mit den Links zu schicken, hielt dann jedoch inne. Sebastians seltsames Schweigen, das so abrupt einsetzen konnte, die Art, sich so zögernd zu öffnen – was, wenn sie genau das tat, was die Menschen um ihn herum zweifellos in Stralsund getan hatten? Einen solchen Verdacht wurde man möglicherweise lebenslang nicht mehr los. Wäre Elinor an seiner Stelle, würde sie sich vermutlich innerlich krümmen vor Angst, dass die Geschichte mitsamt ihren Verdächtigungen und stummen Verurteilungen sie auch Jahre später wieder einholen könnte.

Sie schloss Facebook und las die Artikel noch einmal. Das Mädchen auf den Klippen. *Abgründe.* Elinor stand auf und ging zum Fenster, sah auf die triste Straße und fröstelte leicht, als ahnte sie, dass das aus dem Schlaf gerissene Gespenst einer auf den Klippen zerschellten Liebe bereits in ihr Leben kroch wie nächtlicher Dunst über das Nachtigallental.

8

Merle wollte jede dieser dummen Nachrichten einfach abtun,
aber sie trafen nun einmal zielgenau in ihren wunden Punkt,
und so konnte sie gar nichts dagegen tun,
dass jedes dieser Worte in ihr keimte und Wurzeln schlug.

Wie in der Woche zuvor sah Elinor Sebastian in der Schule nur im Vorbeigehen. Ob er merkte, dass ihre Blicke länger an ihm hingen, dass sie auszuloten versuchten, was er vor ihr verbarg? Von Anna wusste sie, dass es gerade sehr stressig war und sie Mengen an Hausaufgaben und Lernstoff zu bewältigen hatten. Wenn Elinor sich vorstellte, dass sie selbst nur noch gut zwei Jahre bis zum Abitur hatte, wurde ihr ganz flau im Magen.

Als Elinor mit Nina auf dem Schulhof stand, konnte sie Sebastian und Sophie mit einigen Mitschülern an der Heizung neben dem Fenster sehen, und sie bekam den Eindruck, dass die gegenseitige Zuwendung der beiden irgendwie auf zwei verschiedenen Ebenen verlief. Sebastian sprach, lächelte gelegentlich, während Sophie keine Gelegenheit ausließ, ihre Worte dadurch zu untermalen, dass sie ihn berührte, mal seinen Arm, seine Schulter, mal ein freundschaftlicher kleiner Stoß, zwischendurch mal ein Lachen, bei dem sie den Kopf zurückbog. Wenn Sebastian dem nicht bald mehr Aufmerksamkeit schenkte, würde sie sich vermutlich wie eine Schlange um seinen Körper winden.

»Meine Güte, muss die verzweifelt sein«, ätzte Nina.

Elinor erwiderte nichts, sondern sah die beiden an, während Gedanken um Merle in ihrem Kopf kreisten. Und wenn die Mails nun doch von Sophie kamen? War sie tatsächlich so eifersüchtig? Das würde ja heißen, dass Sebastian erzählt hatte, zwischen ihnen liefe etwas. Aber warum ging er nicht ein klein wenig auf Abstand? Weil es ihm gefiel? Oder weil es ihm einfach egal war?

»Ach«, Nina stieß sie freundschaftlich an, »jetzt komm schon. Wenn er *darauf* steht, ist er eh nicht der Richtige für dich.«

Chris gesellte sich zu ihnen und schob besitzergreifend den Arm um Ninas Taille, flüsterte ihr etwas ins Ohr, und Nina hob die Schulter, als ob sein Mund ihren Hals kitzelte, dann lächelte sie. Elinor wandte sich ab und sah wieder in die Pausenhalle. Merle. Sophie. Und wo stand sie selbst? Plötzlich wurde sie wütend auf ihn, wütend darüber, dass sie ihn nicht durchschaute, wütend, weil er sich von Sophie so vereinnahmen ließ. Im selben Moment schaute Sebastian nach draußen, und ihre Blicke trafen sich. Ein zögerliches Lächeln spielte um seine Lippen, und er zwinkerte ihr zu, dann wurde seine Aufmerksamkeit wieder von Sophie beansprucht, die sich an ihn lehnte, eine Hand an seiner Brust, und etwas sagte. Gemeinsam verließen sie den Platz an der Heizung und gingen in Richtung Oberstufenraum. Kurz darauf ertönte der Gong, der das Ende der Pause ankündigte.

Nach der Schule fing Sebastian Elinor bei den Fahrrädern ab. »Hast du noch Zeit, etwas trinken zu gehen?«

»Nein.« Sie wandte sich ab.

»Stimmt etwas nicht?«

Elinor schloss ihr Fahrrad auf und steckte das Schloss auf dem Gepäckträger zusammen, dann sah sie Sebastian an. »Du meinst, außer dass du gerade versuchst, eine Nummer nach der anderen abzuziehen?« Sie spürte selbst, dass sie unangemessen zickig klang, konnte daran aber jetzt nichts ändern.

Er zog die Brauen leicht zusammen. »Du meinst, ich und Sophie …«

»Gestört hat dich ihr Getätschel ja offensichtlich nicht«, schnitt Elinor ihm das Wort ab.

»Da läuft nichts, wir sind nur Freunde.«

»Und was sind wir?«

Er zögerte. »Das wird sich zeigen.«

»Dann wartest du mit der Küsserei künftig besser, bis du es genauer weißt.«

Sein Blick verschloss sich, wurde kalt. »Na ja, also einen Kuss würde ich das jetzt nicht gerade nennen.«

Elinor schossen die Tränen in die Augen, und sie wandte sich ab.

»Hör zu, ich meinte nicht …«

»Schon klar, lass es einfach.«

»Wäre nett, wenn du mich mal ausreden lassen würdest. Dann könnte ich dir erklären …«

Aber auch diesen Satz durfte er nicht beenden, denn Elinors Handy spielte seine Melodie mitten hinein. Erleichtert über die Unterbrechung zog Elinor das Telefon aus der Tasche. Es war ihre Mutter. Der Kindergarten hatte sie angerufen, Katharina war umgeknickt, und der Fuß schwoll immer weiter an.

»Ich habe jetzt einen Kunden und kann nicht weg. Gehst du bitte und holst sie«, sagte Marion, »und dann nimm ein Taxi zum Krankenhaus. Ich habe Andreas schon Bescheid gesagt, ruf ihn an, sobald du angekommen bist.«

»Klar, mache ich.«

»Und beeil dich, ja?«

»Bin schon so gut wie da.« Elinor ließ das Handy in ihre Tasche gleiten. »Ich muss los, meine kleine Schwester hat sich wahrscheinlich den Fuß verstaucht und muss ins Krankenhaus.«

Sebastian nickte. »Okay. Wir sehen uns.«

»Klar.« Elinor stieg aufs Fahrrad und fuhr los. Kurz darauf kam sie in Rekordzeit und völlig außer Atem im Kindergarten an. Während sie ihr Fahrrad in den Ständer schob, suchte sie im Handy nach der Nummer der Taxizentrale. Für solche Notfälle hatte ihre Mutter ihr extra Geld gegeben, das sie im Portemonnaie separat verwahrte. Bisher hatte sie dies allerdings nie in Anspruch nehmen müssen.

»Katharina, du wirst abgeholt«, krähte ein Mädchen, kaum dass Elinor das Gruppenzimmer betreten hatte. Katharina saß auf einer Bank, Tränenspuren im Gesicht, einen Fuß im Schuh, den anderen, der in der Tat erschreckende Ausmaße angenommen hatte, in einem blauen Strumpf.

»Ach, Süße.« Elinor ging vor ihrer Schwester in die Hocke und nahm sie in die Arme. »Was machst du für Sachen, hm?«

»Sie sollte sofort ins Krankenhaus«, sagte die Erzieherin.

»Das Taxi müsste jeden Moment hier sein.« Elinor hob ihre Schwester hoch. »Na komm, wir besuchen jetzt Papa.«

Katharina sah sie argwöhnisch an. »Er gibt mir aber keine Spritze, oder?« Sobald Andreas ihr in seiner Funktion als Arzt begegnete, schien Katharinas Meinung nach ein gesundes Misstrauen angebracht.

»Nein.« Das konnte Elinor guten Gewissens sagen, denn er behandelte seine eigenen Kinder nicht. Sie verließ mit ihrer Schwester den Kindergarten, und in eben diesem Moment fuhr das Taxi vor.

»Zur Uniklinik«, wies Elinor den Fahrer an, als sie mit Katharina Platz genommen hatte.

Die Fahrt hoch zum Venusberg dauerte etwas mehr als zehn Minuten, und Elinor rief Andreas schon auf dem Weg dorthin an, damit er ungefähr wusste, wann er sie zu erwarten hatte. Und wirklich, er stand bereits auf dem Parkplatz, als das Taxi nahe der Ambulanz zum Stehen kam. Er bezahlte den Fahrer, noch ehe Elinor das Geld hervorgekramt hatte, und hob Katharina aus dem Auto.

»Na, Prinzessin, wie geht's dir?«

»Ich bin umgeknickt.« Katharina schlang die Arme um seinen Hals. »Elinor sagt, du gibst mir keine Spritze.«

»Da hat sie vollkommen recht.«

Die beiden verstanden sich gut, aber das konnte den Bruch zwischen Marion und Andreas nicht mehr kitten. Zwar kamen sie oberflächlich gut miteinander aus, aber das lag wohl eher daran, dass sie sich nicht so oft sahen.

»Und wie geht es dir?«, wandte er sich an Elinor, als sie das Krankenhaus betraten. »Was macht die Schule?«

»Ganz gut«, wich Elinor aus.

»Mathe klappt jetzt besser?«

»Ich versuch's zumindest.«

Ihr Vater lächelte aufmunternd. Sie bogen in einen breiten Korridor ein, und weil Andreas Katharina auf den Armen trug, hielt Elinor ihm die Türen auf. Katharina war ganz die Tochter ihres Vaters, die gleichen graublauen Augen und dunkelbraunen Haare. Bestimmt bedauerte Andreas, dass er so viel aus ihrem Alltag verpasste.

»So, da wären wir. Dr. Marquardt wird sich um dich kümmern.«

Elinors Magen fühlte sich an, als hätte jemand dort einen Schwarm Schmetterlinge freigelassen.

»Bleibst du hier, Papa?«, fragte Katharina.

»Ja, natürlich.«

Dr. Marquardt lächelte Elinor an und gab ihr die Hand. »Du bist in Carolins Klasse, nicht wahr?« Dann wandte er sich an Katharina. »So, junge Dame, dann wollen wir uns das mal ansehen.«

Elinor setzte sich auf einen Stuhl und beobachtete, wie Sebastians Vater behutsam Katharinas Knöchel abtastete. Dabei stellte er Fragen, bewegte den Fuß sacht, was Katharina sofort mit Protest beantwortete. So würde Sebastian sicher auch aussehen, wenn er in dem Alter war. Keine so üble Vorstellung. Dr. Marquardt wirkte exakt wie eine ältere Ausgabe seines Sohnes, selbst das ruhige Timbre seiner Stimme hatte Ähnlichkeit, auch wenn sie vom Klang her anders war. Ob sie und Sebastian wohl noch miteinander zu tun hatten, wenn er im Alter seines Vaters war? Es gab ja Beziehungen, die während der Schulzeit begannen und dann ewig hielten. Aber, rief Elinor sich im nächsten Moment zur Ordnung, noch wusste sie ja nicht mal, ob das, was Sebastian für sie empfand, über eine Freundschaft hinausging. *Also einen Kuss würde ich das jetzt nicht gerade nennen.* Selbst in Gedanken gesprochen war der Satz wie ein Schlag in die Magengrube. Und trotzdem glitt ihre Vorstellung wieder ab zu einem Sebastian, mit dem sie auch dann zusammen war, wenn er bereits studierte und sie noch zur Schule ging. Wenn er arbeitete und sie noch studierte, wenn …

»Elinor?« Andreas' leicht erhobene Stimme legte nahe, dass er bereits mehrfach versucht hatte, sie anzusprechen. Erst jetzt wurde Elinor bewusst, dass sie Dr. Marquardt die ganze Zeit versonnen anstarrte, und sie spürte, wie sie schlagartig rot wurde, als er ihren Blick leicht verwundert erwiderte.

»Äh, ja?« Elinor wandte sich ab und sah ihren Vater an.

»Möchtest du mit Katharina in der Cafeteria auf Anna warten oder lieber ein Taxi nehmen? Anna könnte in einer halben Stunde hier sein. Ansonsten rufe ich sie nämlich an und sage ihr, sie braucht nicht zu kommen.«

Elinor hatte eigentlich keine große Lust auf die Krankenhaus-Cafeteria, aber sie wusste, wie gerne Katharina Kakao draußen trank, für sie war das jedes Mal etwas Besonderes, und im Lernstress kam sie derzeit ohnehin etwas zu kurz.

»Wir warten hier und trinken einen Kakao, okay, Katha?«

Katharina klatschte in die Hände. »Ja!«

Dr. Marquardt verband den Fuß, nachdem er Salbe darauf verteilt hatte. »Nur eine kleine Verstauchung, sieht schlimmer aus, als es ist.«

Andreas hob Katharina hoch. »Danke, Ralf.«

»Dafür nicht.«

Elinor gab Dr. Marquardt die Hand und folgte Andreas hinaus in den Gang. »Hast du noch ein wenig Zeit?«, fragte sie.

»Nein, ich muss wieder hoch. Ich bringe euch noch schnell zur Cafeteria. Sag Marion Bescheid, dass ich mich heute Abend melde.«

In der Cafeteria setzte Andreas Katharina auf einen Stuhl. »Bis dann, Prinzessin.« Er gab ihr einen Kuss und wurde dafür mit einem herzhaften Schmatzer auf die Wange belohnt.

»Wir sehen uns, Elinor. Wann ist deine nächste Klassenarbeit?«

»Nächsten Dienstag. Mathe.«

»Das wird schon, und wenn nicht, überlegen wir uns etwas, ja?« Er drückte ihr aufmunternd die Schulter, dann ging er.

Elinor holte zwei Becher Kakao, nippte aber nur an ihrem und verzog den Mund. Viel zu süß. Ihrer Schwester hingegen schien er zu schmecken.

Der Geräuschpegel lag ziemlich hoch, und es war ein stetes Kommen und Gehen. Elinor lauschte auf Katharinas Geplauder über Neuigkeiten aus dem Kindergarten und ließ ihren Blick schweifen. Eine Gruppe aus drei Ärzten, zwei Ärztinnen und zwei Krankenschwestern saß einen Tisch weiter, in ein Gespräch über die Abläufe auf den verschiedenen Stationen vertieft. Elinor wollte gerade ihr Handy aus der Tasche holen, als sie in der Bewegung stockte und ihr Blick an einer bekannten Person hängenblieb.

Es war Sophie Karstein, die mit einem Arzt diskutierte. Hatte Nina nicht mal erzählt, der Vater der Karstein-Geschwister sei

Neurologe oder so? Sophie und der Mann waren jedenfalls zweifellos vertraut miteinander, und es schien, als legte sie gerade eine ordentliche Szene hin. Der Mann sah sich immer wieder um, als wollte er sich vergewissern, dass niemand ihnen zuhörte. Ihm war dieser öffentliche Auftritt unübersehbar peinlich. Als er mit ihr sprach, wirkte er ebenfalls aufgebracht, wusste im Gegensatz zu ihr jedoch, sich dies nicht allzu offensichtlich anmerken zu lassen. Als Sophie erneut ansetzte, etwas zu sagen, bedeutete er ihr mit einer knappen Geste zu schweigen und redete weiter. In diesem Moment kündigte ein Vibrieren des Handys eine Nachricht an, Elinor ignorierte es jedoch und beobachtete Sophie. Diese wandte sich nun abrupt von dem Arzt ab und lief davon, das Gesicht verzerrt, als würde sie weinen. Elinor sah ihr nach, dann öffnete sie den Text.

Bin auf dem Parkplatz. Anna

»Komm, wir müssen los«, sagte Elinor, stellte die beiden Becher auf das Tablett und brachte es zum Tablettwagen. »Kannst du laufen, oder soll ich dich tragen?«

»Mein Fuß tut noch zu weh zum Laufen.«

»Das dachte ich mir schon.« Elinor hängte sich die Tasche über die Schulter, dann hob sie ihre Schwester hoch, wobei sie übertrieben laut ächzte, was der Kleinen ein Kichern entlockte.

Auf dem Parkplatz schaute sie sich kurz suchend um, dann entdeckte sie Annas roten Fiat 500, den sie von ihrem Vater zum achtzehnten Geburtstag bekommen hatte. Marion war zwar der Meinung gewesen, ein Gebrauchtwagen hätte es auch getan, aber so war Andreas eben. Als Anna sie sah, stieg sie aus und kam ihnen entgegen, um Elinor Katharina abzunehmen.

»Na, ist der Fuß noch dran?«

»Ja, er ist nur ein bisschen gebrochen«, sagte Katharina.

»Leicht verstaucht«, korrigierte Elinor.

Als sie vom Parkplatz fuhren, sah sie Sophie, die mit ihrem Fahrrad das Gelände ebenfalls verließ, jedoch in die entgegengesetzte Richtung abbog. Sie weinte immer noch.

9

Merle hatte Sebastians Schritte gehört. Sie drehte sich um und erwiderte sein Lächeln. »Warum zieht es dich eigentlich immer im Dunkeln zu den Klippen?«, fragte er.

Sonntagmorgen um halb sechs aufzustehen war hart, auch wenn Elinor am Abend zuvor extra früh ins Bett gegangen war. Aber die Aussicht darauf, einige Stunden für sich zu haben und mit der Kamera hoch ins Siebengebirge zu fahren, trieb sie rasch aus dem Bett. Die ganze Woche war mit Lernen vollgestopft gewesen, und gestern Abend hatte Elinor einen Punkt erreicht, an dem sie sich keine weitere mathematische Gleichung merken konnte. Was sie brauchte, war ein Morgen an der frischen Luft, um wieder einen klaren Kopf zu bekommen.

Sie packte eine Thermoskanne Tee seitlich in die Tasche, außerdem eine Tüte mit zwei belegten Brötchen. Da sie zu Fuß hoch zur Drachenburg gehen wollte – die Drachenfelsbahn fuhr erst ab zehn Uhr –, zog sie ihre gefütterten flachen Stiefel an, in denen einem auch nach einer Stunde nicht die Füße wehtaten. Heute würde sie auch nicht den neuen Mantel anziehen, sondern den etwas wärmeren aus dem Vorjahr. Zwar waren die Temperaturen inzwischen milder – einen richtigen Winter hatten sie ja ohnehin nicht gehabt –, aber morgens konnte es immer noch empfindlich kalt sein. Sie zog den Gürtel eng um die Taille, hängte sich die Tasche über die Schulter, nahm den Schlüssel von der Kommode und verließ die Wohnung.

Anstatt mit der Bahn nach Godesberg und von dort aus weiter mit der Fähre fuhr Elinor an diesem Morgen direkt mit der U-Bahn nach Königswinter und nahm dafür in Kauf, noch ein ordentliches Stück mit dem Rad fahren zu müssen. Den Aufstieg selbst machte sie zu Fuß, und sie nahm auch das Rad nicht mit hoch.

Die Luft war kalt, und Elinors Atem ging in kurzen Zügen, während sie den anstrengenden Weg zurücklegte. Aber sie fühlte sich wunderbar frei, und selbst die Aussicht darauf, nachmittags wieder an den Schreibtisch zu müssen, war nicht mehr ganz so schlimm wie an den Tagen zuvor. Sie würde die Arbeit am Dienstag einfach schreiben, ohne sich zu stressen. Mehr als lernen konnte sie nicht, und irgendwie würde sie es schon schaffen, in ihren Problemfächern wenigstens eine Vier auf dem Zeugnis zu bekommen. Um die Nachhilfe in den Sommerferien würde sie trotzdem nicht herumkommen, da waren sich ihre Eltern ausnahmsweise mal einig. Im Juli stand noch der Urlaub an, zwei Wochen nach Madeira, das würde dann die lernfreie Zeit werden. Marion und Andreas legten viel Wert darauf, dass sie wenigstens einmal im Jahr als Familie verreisten – also die Mädchen abwechselnd mit ihr oder mit ihm. Dieses Jahr war Andreas dran, und Elinor freute sich schon darauf. Trips mit ihm waren immer abenteuerlich.

Inzwischen hatte der Morgen eine graue Färbung angenommen und schüttelte langsam die schwarzen Nachtschleier ab. Als Elinor oben ankam, musste sie erst einmal kurz verschnaufen. Sie blickte über die Mauer, die um die Plattform verlief, ins Tal, wo sich der Tag aus Nebelschwaden erhob. Dies waren die Momente, in denen man im Leben ertrinken konnte.

Nachdem sie wieder zu Atem gekommen war, machte Elinor sich an den letzten Aufstieg, ging den schmalen, sich sanft windenden Pfad hoch, vorbei an zerfallenen Mauern und Sträuchern, die den Weg säumten. Wo im Sommer ein dichtes Laubdach grünschattige Nischen warf, reckte sich nun ein Gespinst aus kahlen Zweigen. Dieses Stück des Weges mochte Elinor am liebsten, denn gerade in der Stille des Morgens war ihr, als wäre der erste Schritt hinauf der in eine andere Zeit, und sie stellte sich vor, was wäre, wenn die Welt bei ihrer Rückkehr eine andere wäre. Wie ein Erwachen aus dem Dornröschenschlaf, um bei Ninas Bild zu bleiben.

Oben angekommen stellte Elinor ihre Tasche ab und hängte sich die Kamera um den Hals. Sie legte sich auf den Rücken und machte Bilder von den Mauerruinen vor den roten Schlieren der Morgendämmerung. Dann fotografierte sie den Rhein, ein schimmerndes Band, in dem sich Rot, Gold und silbriges Grau mischten. Nach einigen Aufnahmen nahm Elinor die Thermoskanne aus der Tasche. Heiß floss der Tee in den Plastikbecher. Dazu aß sie eines der Brötchen und dachte, dass das Leben an manchen Tagen so herrlich einfach sein konnte.

Schließlich schraubte sie den Deckel zurück auf die Thermoskanne, steckte sie in die Tasche und stand auf. Noch ein paar Fotos, jetzt, wo das Licht sich verändert hatte, dann würde sie ein Stück weit hinunter auf den Pfad gehen und dort noch einige andere Perspektiven wählen. Da es mit ihrem geplanten großen Bildband wohl noch etwas dauern würde, könnte sie ja mit etwas Kleinem wie »Historische Reisen durchs Rheinland« beginnen.

Als Elinor sich mit der Kamera über das Schutzgitter lehnte, sah sie wenige Meter unter sich etwas Buntes auf dem Hang liegen, einen gemusterten Schal, der sich in einigen Zweigen verfangen hatte. Hatte wohl jemand verloren. Spaßeshalber zoomte sie ihn näher heran und ließ den Blick durch die Kamera weiter hinabgleiten. Felsen, Äste, das Blattwerk der Sträucher, alles war nun vergrößert, und Elinor fokussierte hier und da einige Details, drückte auf den Auslöser und ging noch tiefer. Dann hielt sie auf einmal inne, etwas hatte sie im Vorüberstreifen irritiert, und sie ging noch einmal langsam zurück, um zu sehen, was es war. Ihr Blick glitt über etwas Schwarzes, ganz eindeutig Stoff. Hatte hier jemand seine Kleidung entsorgt? Aber das war es nicht, was sie gestört hatte. Sie suchte weiter und stockte dann, brauchte einen Augenblick, ehe sie realisierte, dass das, worauf sie die Kamera richtete, eine Hand war, leicht gekrümmte Finger, reglos auf grauem Stein.

Elinor spürte, wie ihr Herzschlag sich beschleunigte und ihr Atem plötzlich in ein Keuchen überging, doch sie war nicht fähig, die Kamera abzusetzen. Der Fokus fuhr über das Handgelenk zu einem schwarz gekleideten Arm, höher über die Brust, schwenkte leicht nach links über einen bloßen Hals, marmorweiß und verletzlich dargeboten. Dann das Kinn und schließlich das ganze Gesicht, bleich, von blondem Haar umrahmt, die Augen offen und blicklos in den Himmel gerichtet, die halb geöffneten Lippen seltsam blass, als wären mit dem Leben auch die Farben aus dem Körper geflossen. Ein Wimmern war zu hören, keuchende Atemzüge, wieder das Wimmern, dieses Mal lauter und lauter, und erst jetzt bemerkte Elinor, dass es aus ihrer eigenen Kehle kam, während sie durch das Kameraobjektiv in Sophie Karsteins lebloses Gesicht starrte.

Elinor rannte, rannte und rannte. Steinchen lösten sich mit einem leisen Klackern, im Gebüsch raschelte es, Atem ging in lauten Schluchzern. Sie war nicht allein, jemand war hinter ihr. Sie rannte weiter, stolperte, fing sich und rannte weiter, kam am Ende des Pfades an und lief zur Station der Drachenfelsbahn, die jedoch zu dieser frühen Uhrzeit noch still und wie ausgestorben war. Die erste Bahn fuhr ja erst um zehn Uhr in Königswinter los. Panisch hielt Elinor inne, sah zum Weg, der am Fels entlang hinunterführte, auch dieser ruhig und einsam. Elinor fuhr herum, sah hinter sich, und in dem Moment, wo sie stehen blieb, erstarben auch die Geräusche um sie herum. Sie war allein.

Ihre rechte Hand umklammerte den Tragegurt ihrer Tasche, sie hatte nicht einmal gemerkt, dass sie danach gegriffen hatte.

Wie verkrampft waren ihre Finger, und Elinor musste sich konzentrieren, den Griff zu lösen. Sie hielt den Blick auf den Pfad gerichtet, suchte mit der linken Hand nach dem Handy, glaubte einen Moment lang, sie hätte es verloren und müsste wieder zurück, es suchen, und eben, als ein hysterisches Schluchzen sich den Weg durch ihre Brust bahnte, ertastete sie es.

Das erste Mal in ihrem Leben wählte Elinor eine jener beiden Notrufnummern, die Kindern schon im Kindergarten beigebracht wurden. Eine Frauenstimme meldete sich, und Elinor ließ ihre Tasche los, klammerte beide Hände um das Telefon, als könnte sie die ruhige Stimme damit greifen und festhalten.

»Sophie ist tot«, sagte sie mit zitternder, sich überschlagender Stimme. »Sie ist … tot.« Was für einen Schwachsinn sie redete.

»Noch einmal ganz ruhig«, sagte die Frauenstimme, als wäre sie an hysterische Stimmen gewöhnt. »Wo sind Sie?«

»Auf dem Drachenfels. Und hier ist … hier ist …« Elinor begann mit den Zähnen zu klappern und bekam keinen zusammenhängenden Satz mehr auf die Reihe.

»Hat es einen Unfall gegeben?«

»Nein.« Erneut schlugen ihre Zähne aufeinander. »Sophie liegt … liegt … liegt unten auf dem Felsen.« *Abgründe. Abgründe. Abgründe.*

»Welche Abgründe?«, fragte die Frau.

»Gar keine … ich …« Vor Elinors Augen flimmerte es, Schatten tanzten, bewegten sich in ihrem Augenwinkel. Keine Geräusche dieses Mal, nur Bewegungen. »Ich glaube, hier ist noch jemand.« Jetzt sank ihre Stimme beinahe zu einem Flüstern.

»Wo genau sind Sie?«

Die Schatten kamen zur Ruhe. »Ich … Ich …« Elinor atmete

tief durch. Ein. Aus. Andreas hatte ihr einmal gezeigt, wie man atmen musste, wenn man in Panik war. Ein. Aus. »An der Bahnstation bei der Drachenburg.«

»Die Polizei wird gleich bei Ihnen sein. Können Sie irgendwo hingehen, wo andere Menschen sind?«

»Hier ist um diese Zeit niemand.« Einatmen. Ausatmen. »Ich gehe hinunter zur Talstation.« Die Atemzüge gingen tiefer, wenn auch immer noch hektisch. Elinor hielt das Handy so fest, dass sie fürchtete, es könne ihr unter den Fingern zersplittern. Sie ging los, beschleunigte ihren Schritt so, dass sie gerade schnell genug ging, um nicht wieder in die kopflose Flucht zu verfallen, denn nach wie vor trieb sie ihre eigene Angst dazu, und es war nur schwer, dem zu widerstehen. Aber wenn dort oben jemand wäre, sagte ihr ihre Vernunft, die sich zögerlich in ihre Panik vortastete, hätte es Gelegenheiten genug gegeben zu einem Überfall. Die Stimme am Telefon war wie ein Rettungsanker, an dem sie sich festhalten konnte, hielt sie am Reden, fragte sie, ob sie verletzt sei, ob ein Rettungswagen benötigt wurde, fragte alles Mögliche, was Elinor mit kurzen Sätzen beantworten konnte. Sie ging weiter, setzte stetig einen Fuß vor den anderen. Und schließlich sah sie das flackernde Blaulicht.

Noch mehr Autos kamen und noch mehr Menschen. Eine Absperrung wurde errichtet, ein weiß-rotes Band markierte jenen Bereich, der nicht betreten werden durfte. Elinor saß auf dem Rücksitz eines silbernen BMW, neben ihr ein Polizist in Zivil, vielleicht so alt wie ihr Vater, der Ermittlungsleiter, dessen Namen sie schon wieder vergessen hatte. Ruhig und freundlich stellte er ihr Fragen, die sie beantwortete, während sie auf ihre Hände blickte. Ihre Personalien hatte sie bereits einem seiner Kollegen gegeben, jetzt ging es eher um Fragen, warum sie so früh hier war, ob sie allein gekommen war, woher sie Sophie Karstein kannte.

»Machst du das öfter, in aller Frühe hier hochsteigen und fotografieren?«, fragte er.

»Gelegentlich.«

»Kann ich die Fotos sehen, die du heute Morgen gemacht hast?«

Sie nahm die Kamera ab und reichte sie ihm.

»Ich werde die Kamera für ein paar Tage behalten, damit die Fotos gesichtet werden können«, sagte er, nachdem er sich durch einige Bilder geklickt hatte.

Wortlos nickte sie. Ihr war es gleich, ob sie sie zurückbekam oder nicht, sie würde die Bilder von diesem Tag ohnehin löschen und wünschte, sie könnte dasselbe mit denen in ihrem Kopf tun, wünschte, sie könnte einfach eine Reset-Taste drücken und den Tag neu starten.

»Ist sie gestürzt?«, fragte sie. *Oder wurde sie gestoßen?*

»Das werden wir noch feststellen.« Sie spürte, wie er sie forschend taxierte, aber er sagte nichts weiter.

»Darf ich nach Hause?«

Er zögerte kurz. »Wir würden dir gerne noch einige Fragen stellen.«

Wieder nickte Elinor nur.

»Gibst du mir die Nummer deiner Eltern? Dann rufe ich an und bestelle jemanden ins Präsidium, damit du nicht allein bist.«

»Meine Eltern sind geschieden.« Elinor überlegte kurz, entschied dann, dass sie bei einer Befragung lieber Andreas an ihrer Seite hätte. Bei Marion kam in solchen Momenten der Beschützerinstinkt durch, Elinor jedoch brauchte jetzt jemanden, der sie ruhig durch die ganze Sache begleitete.

Die Fahrt zum Präsidium verlief in dunklem Schweigen, das erst unterbrochen wurde, als der Wagen schließlich hielt und die Polizistin auf dem Beifahrersitz sich zu Elinor umdrehte. Es war das erste Mal, dass Elinor eine Polizeiwache betrat, und während sie mit gesenktem Blick zwischen den beiden Kommissaren herschlich, wirkte sie vermutlich wie eine überführte Straftäterin. Auf einem Stuhl vor einem der Büros saß Andreas, der aufstand, kaum, dass er Elinor sah. Er war kreidebleich, wirkte wie unter Schock, als er zu ihnen kam und die Arme um Elinor legte, sie an sich drückte, als bestünde die Gefahr, sie könnte ihm verloren gehen.

»Dr. Kleist?«, sagte der Kommissar. »Wir haben gerade telefoniert.« Er streckte ihm die Hand hin. »Eschweiler.«

»Was ist passiert?«

Herr Eschweiler deutete mit der Hand auf sein Büro. »Bitte.«

Die junge Kommissarin, die noch kurz einige Worte mit einem Kollegen gewechselt hatte, gesellte sich nun auch zu ihnen und reichte Andreas ebenfalls die Hand. »Emden.«

»Möchten Sie etwas trinken?«, fragte sie.

Andreas verneinte und sah Elinor fragend an. Diese lehnte jedoch ebenfalls ab. Allein der Gedanke daran, etwas zu sich zu nehmen, löste Übelkeit bei ihr aus.

»Woher kennst du das Mädchen?«, fragte Herr Eschweiler.

Elinor hielt beide Hände im Schoß ineinander geschlungen und antwortete stockend: »Aus der Schule. Sie ist … war eine Stufe über mir.«

»Ist sie eine Freundin?«

»Nein, ich kannte sie kaum, nur vom Sehen her.«

»Bist du öfter um diese frühe Uhrzeit am Drachenfels?«

»Ja, gelegentlich. Ich fotografiere dort.«

»Und Sophie Karstein?«

Elinor hob die Schultern. »Weiß ich nicht.«

Der Kommissar nickte. »Ist dir in letzter Zeit etwas aufgefallen? Hatte sie Streit mit jemandem, oder war sie irgendwie seltsam?«

Alarmiert richtete Elinor sich auf. »Sie denken also, es war kein Unfall?«

»Antworte mir bitte nur auf die Frage«, entgegnete er freundlich, aber bestimmt.

»Nein, ich …« Unwillkürlich dachte Elinor an den Tag im Krankenhaus, an den Streit zwischen Sophie und ihrem Vater. Aber jeder stritt mal mit seinen Eltern, und für die war der Tod der Tochter schon schlimm genug, auch ohne dass der Vater nun wegen Elinor verdächtigt werden könnte. Und so tat sie genau das, worüber sie sich in Krimis und Thrillern regelmäßig ärgerte. Sie schüttelte den Kopf und verneinte.

Herrn Eschweiler jedoch war ihr Zögern nicht entgangen, und er lehnte sich leicht vor, forschte in ihrer Miene, ließ ihr Zeit. »Tatsächlich?«, fragte er schließlich.

Sie nickte.

Andreas berührte ihren Arm. »Elinor, manchmal sind die Dinge bedeutsamer, als sie scheinen.«

»Ich weiß«, antwortete Elinor und sah den Kommissar an. Sie dachte an die Mails, an Sebastian, an Merle, deren Namen ihre Lippen ohne ihr Zutun lautlos formten. Dann jedoch schüttelte sie den Kopf, schüttelte diesen Gedanken ab. »Aber ich kann Ihnen leider nicht weiterhelfen.«

Ärger verwischte die Freundlichkeit auf dem Gesicht des Kommissars, und für den Bruchteil einer Sekunde wirkte er, als wollte er sie schütteln. Dann seufzte er. »Also gut.« Er reichte ihr eine

Visitenkarte. »Hier ist meine Telefonnummer, falls du dich doch noch an etwas erinnerst.«

Elinor unterschrieb ihre Aussage und atmete auf, als sie das Präsidium endlich verlassen konnte. Sie begleitete ihren Vater schweigend zu seinem schwarzen Lexus, wo sie sich ohne ein Wort auf den Beifahrersitz fallen ließ, ihre Tasche an die Brust zog und mit beiden Armen umfasste. Andreas startete den Wagen, setzte ein Stück rückwärts und fädelte sich in den Verkehr ein.

»Wenn du etwas weißt«, sagte Andreas, »musst du es sagen.«

Sie nickte. Dennoch fühlte es sich irgendwie falsch an, sowohl das Schweigen als auch der Gedanke daran, von dem Streit zu erzählen. Oder von Sebastian. Erst recht von Sebastian. Elinor wollte nicht reden, sie wollte in ihr Bett, die Decke über den Kopf ziehen und an nichts denken. Morgen würde sie alles in Ruhe überlegen, und vielleicht würde sie den Kommissar ja sogar anrufen. Sie drehte die Visitenkarte zwischen den Fingern und schob sie schließlich in das Seitenfach ihrer Tasche.

Keiner von ihnen sprach während der Fahrt. Als sie zu Hause ankamen und Andreas einen Parkplatz gefunden hatte, drehte er sich zu Elinor.

»Ich habe Marion noch nichts gesagt. Sie wäre sofort gekommen, und ich denke, du hattest deine Gründe, mich anzurufen.«

»Okay. Danke.«

Sie stiegen aus, und Elinor ging Andreas voran langsam die Treppe hoch, schloss die Wohnung auf und atmete den vertrauten Geruch ihres Zuhauses ein.

»Elinor?« Anna kam aus der Küche, noch im Schlafanzug, und sah irritiert von ihrer Schwester zu ihrem Vater. »Ist etwas passiert?«

Nun kam auch Marion aus der Küche, umfasste ihr Gesicht und sah sie an, Kaffeeduft im Atem. »Was ist los?«

Stockend erzählte Elinor, und dann trat ihr das Bild von Sophies leerem Blick, von ihrer bleichen Hand mit den gekrümmten Fingern so deutlich vor Augen, dass sich ihr mit einem Mal der Magen hob. Sie schaffte es gerade bis zur Toilette, als sie sich übergab. Im Flur hörte sie Anna mit jemandem telefonieren, und im selben Moment trat Marion hinter sie, strich ihr mit kühlen Fingern das Haar aus der Stirn und von den Schläfen, dann ging sie neben ihr auf die Knie, zog sie an sich und ließ sie an ihrer Schulter weinen.

Als Elinor kurze Zeit später in ihrem Bett lag, neben sich auf dem Tischchen einen Becher mit dampfendem Tee, hörte sie Andreas und Marion streiten. Ihm waren ihre einsamen Ausflüge hoch ins Siebengebirge nie so wirklich recht gewesen, wenn er es auch nicht explizit verboten hatte. Vielleicht, weil ihm klar gewesen war, wie wichtig ihr jene Momente in der Dämmerung waren. Jetzt jedoch machten er und Marion sich ganz offensichtlich gegenseitig Vorwürfe, Marion vor allem, weil er sie nicht sofort angerufen hatte. Elinor schloss die Augen und versuchte, die Stimmen auszublenden.

Als die Tür geöffnet wurde, drehte sie den Kopf leicht und sah ihren Vater an, der das Zimmer betrat.

»Ich habe dir etwas mitgebracht, damit solltest du schlafen können.«

»Ich hatte Angst«, gestand Elinor. »Ich … ich habe mir eingebildet, dort oben wäre noch jemand anderes.«

»Vielleicht war es ja wirklich ein Unfall.« Was die Sache zwar weniger bedrohlich, aber nicht weniger tragisch machen würde.

»Vielleicht«, antwortete Elinor, obwohl sie ahnte, dass dem nicht so war. An dieser Stelle konnte man doch gar nicht einfach so abstürzen. *Und was, wenn das, was dir Angst macht, davon erfährt und dir dort auflauert?* Elinor schloss die Augen, hörte, wie ihr Vater das Zimmer verließ, und weinte.

10

Zwischen ihnen war zu viel Stille,
dachte Merle.

Ich habe in der Schule angerufen«, sagte ihre Mutter, als Elinor nach einer von Albträumen durchbrochenen Nacht in der Küche erschien. Ihre Augen waren verklebt, und ihre Zunge fühlte sich pelzig an. Sie nickte nur und ging ins Bad. Marion hatte sie in Ruhe gelassen, zwischendurch nach ihr gesehen, aber ihr kein Gespräch aufgenötigt, und Elinor war ihr dankbar dafür. Nachdem sie sich kaltes Wasser ins Gesicht gespritzt und sich die Zähne geputzt hatte, ging sie unter die Dusche und ließ das heiße Wasser minutenlang einfach nur über ihren Körper laufen. Sie stellte sich vor, wie die Erinnerungen an den gestrigen Tag zusammen mit dem Wasser strudelnd in den Abfluss liefen.

Als sie sich an den Frühstückstisch setzte, war Anna bereits in die Schule gefahren und hatte Katharina mitgenommen, um sie am Kindergarten abzusetzen. Normalerweise erledigte Marion das, aber offenbar hatte sie sich an diesem Tag freigenommen, um für Elinor da zu sein. So liebevoll es gemeint war, Elinor wünschte sich, ihre Mutter hätte das nicht getan. Sie wollte Normalität.

Sie hatte sich gerade Kaffee in eine Tasse gegossen, als eine aufsteigende Tonfolge einen eingegangenen Text ankündigte. Vermutlich Nina. Die Nachricht von Sophies Tod ging wahrscheinlich wie ein Lauffeuer durch die Schule. Ob man bereits wusste, dass sie es war, die sie gefunden hatte? Elinor stützte die Ellbogen auf den Tisch und legte ihr Gesicht in die Hände. In der Schule würde es weitergehen, tagelang, wochenlang würde sie dieser Albtraum verfolgen.

»Andreas hat vorhin angerufen und nach dir gefragt.«

Elinor nickte nur.

»Falls du reden möchtest, kennt er jemanden.«

Oh, bitte nicht das auch noch. Aber wieder nickte Elinor nur stumm. Sie wusste, ihre Eltern meinten es gut, es wäre ungerecht, ihnen vorzuwerfen, dass sie sich Sorgen machten und ihr helfen wollten. Aber sie wollte nicht reden, nicht mit Marion und erst recht nicht mit einer völlig fremden Person. Eine weitere Nachricht ging ein. Elinor lehnte sich zurück und zog ihr Handy aus der Hosentasche. Beide Textmeldungen waren von Nina, was vermutlich dem steigenden Pegel auf ihrem Informationsbarometer geschuldet war.

Sophie ist tot! Wo bist du??

In der zweiten Nachricht überschlugen sich die Worte geradezu, als habe Nina gar nicht so schnell tippen können, wie sie sprechen wollte.

Henning ist hier. Er sagt, du hast Sophie gefunden! Sie wurde ermordet!

Henning war Sophies Bruder. Während Elinor las, ging die nächste Nachricht ein.

Zumindest vermutet das die Polizei.

Elinor tippte eine knappe Antwort.

Bin zu Hause. Kommst du nach der Schule zu mir?

Nina war die einzige Person, mit der sie reden wollte.

Ja.

Eine weitere Textmeldung ging ein, und Elinor stockte der Atem. Sebastian.

Können wir uns treffen? Sebastian

Ein Zittern durchlief Elinor, und beinahe wäre ihr das Telefon entglitten. Sie vertippte sich mehrmals bei der Antwort und schickte sie dann rasch ab, ehe sie es sich anders überlegen konnte.

Lieber nicht, mir geht's nicht gut. Elinor

»Wer war das?« Marion entging nichts.

Der Junge, den man verdächtigt hat, seine Freundin ermordet zu haben, und dessen letzte Beinahe-Quasi-Was-auch-immer-Freundin vermutlich ebenfalls ermordet worden ist. »Ein Schulfreund.«

Marion sagte nichts, taxierte sie jedoch aufmerksam.

Nachdem sie ein halbes Brötchen hinuntergewürgt hatte, stand Elinor auf, nahm ihr Handy und ging in ihr Zimmer. Dort legte sie sich aufs Bett, schlang beide Arme um das Kissen und vergrub ihr Gesicht darin.

Sie musste eingeschlafen sein, denn als sie den Kopf wieder hob, war es bereits nach elf Uhr. Verwirrt sah sie auf und bemerkte dann ihre Mutter, die an der offenen Tür stand.

»Tut mir leid, ich wusste nicht, dass du schläfst. Nina ist hier.«

Elinor richtete sich auf. »Wo ist sie?«

»Ich ziehe mir gerade die Stiefel aus«, rief Nina vom Flur her, »bevor mich Marion mit einem Besen wieder vor die Tür kehrt.«

Marion verdrehte die Augen. »Ich hatte ihr nur gesagt, dass ich gerade den Flur gesaugt habe.«

Das übliche Geplänkel zwischen ihnen, und Elinor war froh darüber, dass sie nicht in dumpfem Schweigen um sie herumschlichen.

Nina huschte an Marion vorbei ins Zimmer, setzte sich zu Elinor aufs Bett und umarmte sie. »Dir geht's beschissen, hm?«, flüsterte sie.

Prompt kamen Elinor die Tränen, und sie nickte nur. Mit einem leisen Klicken wurde die Tür ins Schloss gezogen, und die Mädchen waren allein.

»Ich durfte früher gehen«, erklärte Nina, als sie Elinor losließ und nach den Taschentüchern griff, die auf dem Nachtschränkchen lagen. Sie zog eins aus der Packung und reichte es Elinor. »In Mathe verpasse ich nichts Wesentliches, heute wird ohnehin nur wiederholt.«

»Die Klassenarbeit!« Elinor stöhnte. »So ein Mist.«

»Hey, du musst da morgen bestimmt nicht hin. Dein Vater soll dich entschuldigen und sagen, du stehst unter Schock oder so. Dafür hätte jeder Verständnis.«

»Nein, ich gehe da hin.« Elinor zerknüllte das Taschentuch zwischen den Fingern. »Bringt ja nichts, das aufzuschieben, irgendwann muss ich die Arbeit ja ohnehin schreiben.«

»Wenn du meinst …« Nina klang nicht überzeugt. »Auf jeden Fall ist in der Schule gerade ziemlich was los. Und …«, ein für Nina gänzlich untypisches Zögern, »… du wirst es ja sowieso erfahren, also lieber von mir als durch den Schulhoftratsch.« Ihr ausweichender Blick hatte etwas Alarmierendes. »Henning erzählt überall herum, dass Sebastian es war. Er soll wohl seine damalige Freundin in Stralsund ebenfalls einen Abgrund hinabgestoßen haben, daher mussten sie dort auch so schnell weg.« Nina hatte die Worte so schnell hervorgesprudelt, als wollte sie sie hinter sich bringen.

»Und was sagst du dazu?«, fragte sie auf ihr Schweigen hin.

Elinor entspannte sich ein wenig. »Das weiß ich alles schon.«

Ungläubig starrte Nina sie an. »Was?«

»Komm, ich zeige dir was.«

Der Computer erwachte mit einem leisen Summen zum Leben, nachdem Elinor ihn eingeschaltet hatte. Die Artikel zu Merles Tod hatte sie in einem Ordner auf dem Desktop abgespeichert. Sie klickte darauf und öffnete ihr Mailprogramm, um Nina auch die E-Mails zu zeigen. Dann ließ sie ihre Freundin, die inzwischen auf dem Drehstuhl vor dem Computer Platz genommen hatte, in Ruhe lesen, setzte sich aufs Bett und wartete. In den nächsten Minuten war nichts anderes zu hören als das Klicken der Maus und ein leises »Das darf nicht wahr sein«. Schließlich drehte Nina sich zu ihr um, blass und sichtlich entsetzt.

»Die E-Mails hast du ja wohl hoffentlich der Polizei gezeigt, wenn du mir schon nicht davon erzählt hast.«

Elinor schwieg.

»Du hast sie ihnen *nicht* gezeigt?«

»Was beweist das schon?«

»Du wirst per Mail bedroht ...«

»Das sind keine Drohungen, sondern Warnungen. Ich habe mir das genau überlegt, Nina, wirklich.« Sie verstummte und wickelte sich das Taschentuch um den rechten Zeigefinger. »Und warum ich es dir nicht erzählt habe? Ich ... Es kam mir falsch vor. Wenn du so etwas über Chris erfahren hättest, wärst du damit sofort zu mir gelaufen?«

Es war offensichtlich, dass Nina im ersten Moment ein »Ja« auf der Zunge lag, aber dann schüttelte sie den Kopf. »Aber das hier«, sagte sie dann, »das musst du unbedingt der Polizei zeigen.«

Das knappe Nicken, mit dem Elinor antwortete, reichte ihr offenbar nicht.

»Wir machen das jetzt gemeinsam. Du hast doch sicher gestern schon mit jemandem gesprochen, oder?«

Erst jetzt wurde Elinor bewusst, dass Nina sie überhaupt nicht nach den gestrigen Ereignissen gefragt hatte. Vermutlich brannte sie vor Neugier, und Elinor war ihr für ihre Zurückhaltung dankbar. Sie würde Nina alles erzählen, aber nicht an diesem Tag, noch war sie nicht so weit. »Der Kommissar hat mir seine Karte mitgegeben«, bestätigte sie.

»Gut, dann ruf ihn an.«

Elinor senkte den Blick auf ihre Hände, die sie fest ineinandergeschlungen hatte. »Es war so furchtbar«, flüsterte sie. »Ich wollte Fotos machen, und da lag …« Kälte überzog ihre Arme, rieselte über ihren Rücken. »Da lag …«

Nina stand auf, ging zu ihr und legte die Arme um sie. »Ich weiß nicht, ob ich vor Angst überhaupt hätte reagieren können.«

»Ich bin auch vollkommen kopflos davongerannt. Erst danach habe ich Hilfe gerufen.« Wieder stiegen Elinor Tränen in die Augen. Sie tastete unter dem Kopfkissen nach ihrem Taschentuch und putzte sich die Nase. »War Sebastian in der Schule?«

»Keine Ahnung, gesehen habe ich ihn nicht. Hat mich schon gewundert, dass Henning in die Schule gekommen ist. Aber mit so was geht wohl jeder anders um.«

»Ich kann mir einfach nicht vorstellen, dass Sebastian es war.«

»Das sagen Menschen aus dem Familien- und Freundeskreis von Mördern doch fast immer.« Nina bemühte sich um einen aufmunternden Ton. »Komm, ruf jetzt diesen Kommissar an, dann hast du es hinter dir.«

Elinor nickte und stand auf, um das Telefon zu holen. Sie fühlte sich wacklig auf den Beinen und musste ständig an Sebastian denken, daran, wie sie miteinander geredet hatten, an seine Art, sie anzusehen, an die Trauer in seinem Blick, als er von Merle gesprochen hatte. Es war unmöglich sich vorzustellen, wie er kaltblütig ein Mädchen umbrachte und dann weitermachte, als sei nichts passiert.

»Alles in Ordnung?«, fragte Marion, als Elinor ins Wohnzimmer kam.

»Ja, ich brauche nur das Telefon.« Elinor nahm es von der Ladestation und ging zurück in ihr Zimmer, ehe Marion Fragen stellen konnte. Sie hatte nicht vor, ihr von den E-Mails zu erzählen.

Nina las gerade ein weiteres Mal die Zeitungsartikel und drehte sich um, als Elinor die Tür schloss. »Wenn sich das in der Schule herumspricht, wird das nicht lustig für Sebastian. Zumindest, bis er überführt ist, danach ist es mit der Schule ja eh vorbei.«

»Genau deshalb habe ich nichts erzählt. So einen Verdacht wird man nie wieder los, auch nicht, wenn man unschuldig ist.« Elinor ließ sich mit dem Telefon aufs Bett fallen, griff nach ihrer Tasche und kramte nach der Visitenkarte. »Und weil's in der Zeitung steht, muss es ja stimmen, nicht wahr?«

»Es ist schon ein seltsamer Zufall.«

»Ja, aber so was gibt's.« Elinor tippte die Nummer von der Visitenkarte ab. Nach mehrmaligem Klingeln schien der Anruf weitergeleitet zu werden, denn die Zentrale ging dran, und Elinor legte auf.

»Warum hast du nichts gesagt?«

Elinor zuckte mit den Schultern. Sie dachte an den Streit, den Sophie mit ihrem Vater gehabt hatte. Machte man sich irgendwie mitschuldig, wenn man so etwas verschwieg? War das gar Beihilfe? Nein, ganz sicher nicht. Wie auch immer, morgen würde sie nach der Schule mit den Mails auf dem USB-Stick zum Präsidium fahren und Herrn Eschweiler alles erzählen.

Es war die richtige Entscheidung, Dienstag wieder in die Schule zu gehen. Daheim, da war sich Elinor sicher, würde sie durchdrehen. Zwar gab sich Marion alle Mühe, aber dieses Gefühl, man würde auf Zehenspitzen um sie herumschleichen, blieb dennoch. Niemand störte sie, niemand sprach sie mit scheinbar Belanglosem an. Dabei wollte Elinor Normalität. Sie wollte nicht unaufhörlich an Sophie Karsteins wachsbleiches Gesicht denken. Es reichte ihr, dass dieser Anblick sie beim Einschlafen verfolgte, da wollte sie ihn wenigstens bei Tag verdrängen können.

»Soll ich dich mitnehmen?«, fragte Anna, als sie beim Frühstück saßen.

Elinor schüttelte den Kopf. »Ich nehme das Rad.« Sie sah Marion an, dass sie Einwände erheben wollte, sich diese jedoch glücklicherweise verkniff. Umso besser. Was sollte denn auch passieren? Der Täter – falls Sophie getötet worden war – würde ihr wohl kaum auf dem Schulweg auflauern. Warum auch?

»Hör mal«, sagte Marion nun doch, um gleich darauf mit einem gänzlich unerwarteten Thema fortzufahren, »dieser Junge, mit dem du dich letztens getroffen hast …« Sie zögerte.

»Sebastian?«

Ein vages Nicken. »Vielleicht wäre es besser, wenn du ihn vorläufig nicht mehr siehst.«

Obwohl an Elinor durchaus Zweifel nagten, war ihr das nun doch zu viel. »Auf Verdächtigungen steht lebenslänglich, nicht wahr?«

»Darum geht es nicht. Wenn …«

»Ja, wenn.« Elinor schob ihren Stuhl zurück und stand auf. »Und wenn herauskommt, dass es nicht stimmt, was dann?«

»Ich mache mir einfach Sorgen.«

»Das verstehe ich ja auch, aber wenn alle Freunde sich nun von ihm abwenden, nur weil irgendetwas sein *könnte*, was ist die Freundschaft denn dann wert?«

Marion sah sie an, stimmte ihr nicht zu, widersprach jedoch auch nicht. Um weiteren Gesprächen zu entgehen, schnappte Elinor sich ihre Tasche und verließ die Küche. Im Flur schlüpfte sie eilig in ihre Stiefel, wickelte sich den Schal um den Hals und zog ihren Mantel an, den sie beim Verlassen der Wohnung zuknöpfte. Die Tür fiel ins Schloss, und Elinor atmete durch. Im nächsten Moment wurde ihr jedoch wieder flau im Magen, als sie an die Schule dachte, an die Blicke und die unweigerlich kommenden Fragen. Und an die Mathearbeit. Übelkeit stieg in ihr auf. »Ich packe das«, murmelte sie und lief die Treppe hinunter in den Fahrradkeller.

Die Morgenkühle war angenehm, und es tat gut, richtig in die Pedale zu treten und sich auszupowern. Als sie an der Schule ankam, glühte ihr Gesicht, und ihr war so warm, dass sie den Mantel auszog, als sie ihr Fahrrad angekettet hatte. Sie betrat die Schule durch den Nebeneingang von den Radständern aus und begegnete nur einigen Mitschülern aus der Unterstufe.

Erst in der Pausenhalle begann der Ansturm. Es war erstaunlich, wie populär man wurde, wenn man eine Leiche fand. Klassenkameradinnen, mit denen sie sonst überhaupt nichts zu tun hatte, wurden auf einmal mitfühlend, schoben ihr in plumper Vertraulichkeit die Arme um die Schultern und kamen mit Sprüchen wie »Ach, Süße, das muss so schlimm für dich gewesen sein« oder »Du Arme, wie schrecklich«. Und auf jeden dieser Sprüche folgte: »Erzähl mal.«

Elinor befreite sich von der vermeintlichen Fürsorglichkeit, entwand sich den wohlmeinenden Umarmungen und sagte, da gäbe es nichts zu erzählen. Judith stand mit Eliv an der Heizung und beobachtete sie.

»Ziemlich übel, hm?«, sagte Eliv.

Elinor nickte nur.

»Die reden seit gestern von nichts anderem.« Judiths Augen weiteten sich in übertriebenem Entsetzen. »Immerhin hast du einen *Mörder* gedatet und die Leiche deiner Rivalin gefunden.«

»Das erzählen sie also?« Elinor bemerkte, dass einige Mitschülerinnen bereits große Ohren bekamen und scheinbar unauffällig ihre Nähe suchten. Sie sah an Judith vorbei nach draußen, wo einige Oberstufenschüler standen und sich unterhielten. Dann entdeckte sie Sebastian, abseits der anderen.

»Hey, Elinor.« Sophies Bruder Henning war geisterhaft blass und hatte dunkle Ringe unter den Augen. Es war das erste Mal, dass er mit ihr sprach. Normalerweise war er immer von Mädchen umgeben, die in einer ganz anderen Liga spielten als Elinor, Mädchen wie Silvia Scherer mit ihren Schleppenträgerinnen. »Erzählst du es mir?«

Elinor holte tief Luft. »Ich halte das für keine gute Idee.«

Sie erwartete Widerspruch, aber Henning nickte nur. »Dieses Mal kommt er nicht davon«, murmelte er und sah in dieselbe Richtung wie sie zuvor. Elinor musste sich nicht umdrehen, um zu wissen, wer gemeint war.

»Ich dachte ja früher bei Merle, dass das nicht stimmt. Und selbst wenn, wer rechnet denn damit, dass er so eine kranke Scheiße wiederholt?«

Elinor wusste darauf nichts zu antworten.

»Carolin behauptet, er wäre daheim gewesen. Ihr Vater hatte Dienst, sie kann also viel erzählen.« Hennings Blick hatte etwas Dunkles, Verschleiertes. »Ich würde ihn am liebsten eigenhändig umbringen«, presste er hervor, dann wandte er sich abrupt ab und ging.

»Das war heftig«, sagte Eliv und atmete tief durch.

Noch immer sagte Elinor nichts, sondern sah zu Sebastian, der an der Wand der Sporthalle lehnte, die Hände in den Hosentaschen, und ins Leere blickte. Ein Mitschüler ging an ihm vorbei, sagte etwas, das seinem Gesichtsausdruck zufolge nichts Freundliches sein konnte, und ging weiter. Kurz darauf erschien Carolin. Sie ging zu Sebastian und sprach auf ihn ein, griff nach seinem Arm, den er ihr entzog, und sprach weiter. Dann kam sie in die Pausenhalle, die Wangen leicht gerötet, die Augen glasig, als sei sie den Tränen nahe. Sie streifte Elinor mit einem kurzen Blick und ignorierte sie dann, als sei Elinor daran schuld, dass die Dinge sich so entwickelt hatten. Nun kam auch Nina durch die gegenüberliegende Tür. Sie und Carolin schienen sich feindselig zu umkreisen, dann gesellte sie sich zu Elinor, Judith und Eliv.

»Wie geht's dir?«

Elinor zuckte mit den Schultern. Sie beobachtete, wie Carolin sich zu einigen Mädchen stellte, die sie sofort in ihre Mitte nahmen. Ob Carolin wohl selbst an Sebastians Schuld glaubte? Wieder drehte Elinor sich zum Schulhof um. Dann gab sie sich einen Ruck.

»Wo willst du hin?«, fragte Nina.

Elinor hielt kurz inne und sah sie über die Schulter hinweg an. »Was denkst du?«

Sie hatte den Weg über den Schulhof noch nicht zur Hälfte zurückgelegt, als Sebastian sie bereits erblickt hatte. Im selben Moment ging der Gong los, den Elinor jedoch ignorierte. Die Mathearbeit war erst in der zweiten Stunde fällig. Sie blieb einen Schritt von Sebastian entfernt stehen. Stumm sahen sie sich an, versuchten auszuloten, wie es um den jeweils anderen stand.

»Reden wir?«, fragte sie schließlich.

Er nickte. »Komm.«

Es kam Elinor vor, als stakse sie ungelenk neben ihm her, als sie zu einem ausladenden Baum gingen, um dessen Stamm herum eine Bank gezimmert war. Jetzt waren die Zweige kahl, und dieser im Sommer schattige, von Sonne gesprenkelte Platz wirkte unter den noch kahlen Zweigen trostlos. Sebastian deutete auf die Bank und wartete, bis Elinor saß, ehe er sich selbst hinsetzte. Zwischen ihnen war mehrere Handbreit Platz, und das Halbrund, in dem sie saßen, machte es unmöglich, sich anzusehen. Elinor bemerkte, dass Sebastian leicht nach vorne rutschte, die Beine ausstreckte und die Hände in die Jackentaschen schob. Er setzte gerade zum Reden an, als sie ihm ins Wort fiel und von den E-Mails erzählte. Warum, wusste sie nicht, vielleicht, um keine Zeit damit zu verschwenden, dass er ihr von einer Vergangenheit erzählte, die sie längst kannte. Auf ihre Worte hin schwieg er zunächst, und Elinor konnte nicht einschätzen, ob es ein gutes Schweigen war.

»Wann?«, fragte er schließlich.

»Ist schon eine Weile her.«

»Wann?«

»Nachdem wir zusammen am Rhein waren.«

»Warum hast du mir das nicht erzählt?«

»Es erschien mir nicht richtig.« Elinor wickelte sich die Fransen ihres Schals um die Finger. Das Schweigen dauerte lange, aber sie konnte sich nicht dazu durchringen, es als Erste zu brechen.

»Glaubst du, ich war es?«, fragte er schließlich kaum hörbar.

»Warst du es?«

»Nein.«

Jetzt war es Elinor, die nicht antwortete. Sie wusste nicht, was sie glauben sollte. Wenn die Frage lauten würde, ob sie es sich vorstellen könnte – das wäre einfach zu beantworten, denn das konnte sie nicht. Aber ob sie glaubte, dass er dazu imstande war? Sie kannte ihn doch kaum … Und sie wollte nicht lügen.

»Hast du das mit den E-Mails der Polizei erzählt?«

»Noch nicht, aber das mache ich nach der Schule.«

Er erhob sich. »Tu das. Und pass auf dich auf.«

Elinor blieb sitzen und sah ihm nach, als er zum Schulgebäude ging.

11

Rasch hintereinander war das Klicken zu hören,
mit dem Sebastian den Auslöser bediente und Merle einfing,
in deren Haar sich die Reste des Sonnenlichts verfingen.

Die Mathearbeit hatte sie verhauen, da machte sich Elinor keine Illusionen. Sie war erst zur zweiten Stunde zurück in die Schule gegangen, um sich bei einem verspäteten Auftauchen zur ersten Stunde nicht den neugierigen und mitleidigen Blicken von Lehrer und Schülern aussetzen zu müssen. Nach der Klassenarbeit war sie nicht mehr in Stimmung für den restlichen Unterricht gewesen und hatte sich abgesetzt. Sie war ins Präsidium gefahren, hatte den zuständigen Kommissar allerdings nicht angetroffen und war unverrichteter Dinge wieder gegangen. Zwar hatte eine nette spanisch aussehende Kommissarin, deren Namen sie sich nicht merken konnte, gefragt, ob sie was ausrichten könne, aber Elinor hatte verneint. Nachmittags war Nina mit den Hausaufgaben vorbeigekommen und hatte sich glücklicherweise nicht mit Sprüchen aufgehalten wie »Die Mathearbeit war sicher nicht so schlecht, wie du denkst«.

Nachdem sie abends früh ins Bett gegangen war, aber dann lange nicht hatte einschlafen können, fühlte sich Elinor am kommenden Morgen wie gerädert. Mit schwerem Kopf stand sie auf, schleppte sich unter die Dusche und genoss mit geschlossenen Augen, wie ihr das heiße Wasser über Gesicht und Körper lief. Beim Frühstück reichte ihr Marion wortlos eine Entschuldigung für die Fehlstunden.

»Andreas kommt heute Nachmittag vorbei. Er denkt, dass es vielleicht gut ist, wenn du mit jemandem darüber sprichst.«

»Tue ich doch.«

»Nicht mit Nina oder uns.«

Elinor steckte die Entschuldigung in ihre Tasche. »Zu so einer Psychotante gehe ich nicht.« Wirkte sie vielleicht, als hätte sie eine Schraube locker?

»Es ist nur ein Vorschlag. Also, wenn du möchtest, Andreas hat eine Freundin aus Studientagen, die sehr gut ist.« Marion folgte Elinors Bewegungen vor der Anrichte. »Seit wann trinkst du vor der Schule Kaffee?«

Seit ich eine Leiche gefunden habe, dachte Elinor. »Nur ausnahmsweise«, sagte sie. Ehe noch weitere Fragen oder Vorschläge zur Traumabewältigung kommen konnten, schnappte sie sich ihre Tasche und ging in den Flur. Rasch zog sie sich an und war aus der Wohnung, als Anna gerade mit feuchtem Haar aus dem Bad kam.

Elinor hatte den Weg zur Hälfte zurückgelegt, als sie abbremste und an einer Kreuzung hielt. Ein Blick auf die Uhr sagte ihr, dass sie für die Schule ziemlich früh dran war. In der ersten Stunde hatte sie Mathe. Sie stieg vom Rad und schob es über die Ampel, die zuerst für Fußgänger auf Grün sprang. Es war die, die von der Schule wegführte. Das war ja beinahe symbolisch. Auf der anderen Straßenseite schob Elinor ihr Fahrrad weiter. Ihr ganzes Leben schien ihr zu entgleiten, und sie hatte das Gefühl, in einen Strudel gesogen zu werden, gegen den sie nicht ankam. Sie hatte die Leiche einer Mitschülerin gefunden, und der Junge, in den sie verliebt war, war vielleicht der Täter. Vermutlich würde sie Sebastian in der Schule über den Weg laufen – Sebastian, der von allen geschnitten wurde, als sei seine Schuld bereits einwandfrei erwiesen. Anna hatte gestern Abend darüber gesprochen.

»Henning erzählt es in der gesamten Stufe herum«, hatte sie gesagt. »Und er lässt keinen Zweifel daran, wer seiner Schwester das angetan hat. Bei Sebastians Vorgeschichte ist das sicher verständlich«, hatte sie vage hinzugefügt. Aber Anna war auch Stufensprecherin, und ihr gefiel diese Art von Mobbing überhaupt nicht.

»Sebastian war doch so beliebt«, hatte Elinor erwidert.

»Das ist Henning auch, und er ist schon länger dabei, die meisten kennen ihn seit der fünften Klasse. Da ist doch klar, auf wessen Seite die Leute stehen.«

So recht wusste Elinor nicht, was sie tun sollte. Zur Schule wollte sie auf gar keinen Fall, zu Hause herumsitzen und nachdenken war jedoch auch eine deprimierende Vorstellung. Inzwischen war sie am Unigebäude angekommen und ging in den angrenzenden Schlosspark. Beiläufig warf sie einen Blick auf die U-Bahn-Fahrpläne nach Bad Godesberg. Die nächste Bahn kam in sechs Minuten. Andreas arbeitete, das wusste sie, er mailte ihnen immer eine Kopie seines Dienstplanes, damit er für Notfälle erreichbar war. Elinor kaute auf ihrer Unterlippe. Wie nannte man das noch, wenn man sich schlimmen Erlebnissen stellte? Angsttherapie? Ob das wirklich half? Allein bei dem Gedanken, wieder hoch zur Drachenburg zu fahren, wurde ihr schlecht. Doch sie schob ihr Rad zu den Fahrradständern, kettete es an und ließ den Schlüssel in ihre Tasche gleiten. Dann ging sie hinunter zur U-Bahn-Station.

Es war halb neun, als Elinor in Königswinter ankam. Nachdem sie eine Dreiviertelstunde durch den Ort geschlendert war, setzte sie sich in ein Café und bestellte eine heiße Schokolade mit Sahne. Sie betrachtete die vorbeigehenden Leute, Mütter mit Kindern und ältere Menschen. Die Kellnerin warf ihr gelegentlich einen Blick zu, der klar besagte, was sie von Teenagern hielt, die so offenkundig die Schule schwänzten. Elinor war es egal. Sie trank ihre Schokolade aus, zahlte und ging zur Drachenfelsbahn, wo sie noch warten musste. Zehn Euro für eine Berg- und Talfahrt war zwar ein stolzer Preis, aber Elinor fühlte sich heute nicht in der Lage, den Weg zu Fuß zu bewältigen.

Um diese Zeit waren nur wenige Leute unterwegs. Ein Rentnerehepaar, eine kleine Gruppe aus drei Frauen und vier Männern mit Reiseleiter, die allesamt Englisch sprachen, und eine junge Frau, die abseitsstand, die Arme um den Oberkörper geschlungen hatte und ins Leere starrte. Ein Handy klingelte, und die Frau kramte es so hektisch hervor, als sei es ein sehnsüchtig erwarteter Anruf, um es dann enttäuscht anzusehen, den Anruf wegzudrücken und das Handy wieder einzustecken. Den giftigen Blick der alten Dame, die sich durch den hellen Klingelton zweifellos gestört gefühlt hatte, ignorierte sie.

Als die Bahn einfuhr, suchte sich Elinor einen Platz ganz hinten, lehnte sich zurück und sah hinaus. Es war zwar kühl, aber der Tag versprach, schön zu werden. Elinors Blick glitt über waldige Hügel, Bruchkanten der Felsen und grüne Schluchten. Eine Nachricht ging ein, und sie kramte ihr Handy hervor. Nina. *Wo bist du?*

Elinor tippte eine Antwort. *Auf dem Weg zur Drachenburg.*

Die Antwort kam umgehend. *Spinnst du?*

Elinors Finger flogen über die Tasten. *Der Mörder lauert sicher nicht tagelang und wartet auf mich. Außerdem bin ich nicht allein.*

Wieder kam Ninas Antwort rasch. *Ich rufe deine Mutter an, wenn du dich nicht jede halbe Stunde meldest.*

Klar, Mama.

Ich meine es ernst.

Ich melde mich, aber nicht jede halbe Stunde. Elinor schaltete den Ton ab.

Mit einem leichten Ruckeln kam die Bahn zum Stehen, und als Elinor ausstieg, kam die Erinnerung mit einer solchen Wucht, dass ihr die Knie weich wurden. Übelkeit stieg in ihr auf, und sie musste sich an einer Mauer festhalten. Kurz schloss sie die Augen, dann blinzelte sie. Ihre Mitfahrer hatten sich bereits auf der Plattform zerstreut oder waren auf dem Weg hoch zur Ruine. Nur die traurige Frau sah sie an, schien zu überlegen, ob sie Hilfe anbieten sollte. Aber dann richtete Elinor sich wieder auf, und die Frau wandte sich ab.

Kleine Steinchen knirschten unter ihren Sohlen, als Elinor den Weg hoch zur Ruine ging. Ihr Herz schlug so heftig, dass ihr der Atem in kurzen Stößen ging. Für einen Moment sah sie sich selbst, wie sie am Sonntag hier hochgekommen war, nicht ahnend, dass nur wenige Meter von ihr entfernt ihre tote Mitschülerin lag. Leichter Schwindel erfasste sie, und Elinor blieb kurz stehen.

»Ist alles in Ordnung mit dir?« Die Frau hatte es sich offenbar anders überlegt.

Elinor nickte. »Ja, alles okay.«

Obwohl sie nicht überzeugt wirkte, ging die Frau weiter, warf ihr jedoch über die Schulter hinweg immer wieder kurze Blicke zu. Ob sie wusste, was hier geschehen war? Nina hatte erzählt, dass es in den Zeitungen stand, aber Elinor wollte die Artikel nicht lesen. Vermutlich unterschieden sie sich nicht wesentlich von denen über Merle. Und der Schuldige stand laut ihrer Meinung ja ohnehin schon fest.

Oben angekommen ging Elinor zögerlich um die Ruine herum. Heftig zitternd schlang sie die Arme um den Oberkörper und klemmte die Hände unter die Ellbogen. Die Leute um sie herum hatten sich vor der Ruine zerstreut, genossen den Ausblick und unterhielten sich. Als Elinor an die Stelle kam, an der sie Sophie gefunden hatte, stieg Galle in ihr auf, und sie schluckte. Ein Mann stand mit dem Rücken zu ihr, hatte sich an der Brüstung aufgestützt und blickte nach unten zu der Plattform, auf der Sophie gelegen hatte. Klar, war zu erwarten, dass der Vorfall Schaulustige anzog. Die Übelkeit wich der Wut. Wenn es einen nicht selbst betraf, blieb für viele vermutlich von der ganzen Sache nur in Entsetzen getarnter Nervenkitzel.

Der Mann drehte sich um, als spürte er, dass er beobachtet wurde, und Elinor erkannte den Kommissar. Er runzelte kurz die Stirn und lächelte dann.

»Müsstest du nicht in der Schule sein?«, fragte er, während er auf sie zuging.

Elinor wog kurz ab, ob er sie dazu zwingen konnte, in die Schule zu gehen, und entschied dann, dass er das sicher nicht tun würde. »Ja, aber ich konnte nicht.«

Er nickte, als würde er sie verstehen. Was wollte er hier? Sie hatte gedacht, dass Sachen wie ein melancholischer Ermittler, der nachdenklich am Tatort stand, nur in Filmen vorkamen. »Warum bist du hier?«, fragte er.

»Weil ich das Gefühl hatte, dass ich das tun muss.« Elinor blickte zu der Stelle, an der sie Sonntag gestanden hatte. Sie spürte, wie ihr Handy in der Tasche vibrierte, und ignorierte es – wahrscheinlich eine weitere Nachricht von Nina.

»Ich habe gehört, dass du gestern zu mir wolltest«, sagte Herr Eschweiler. »Ich hätte mich heute ohnehin bei dir gemeldet. Ist dir noch etwas eingefallen?«

Elinor dachte an Sebastian. »Da war noch etwas, das ich Ihnen nicht erzählt habe. Ich habe gesehen, wie Sophie sich am Freitag ziemlich heftig mit ihrem Vater gestritten hat.«

Herr Eschweiler musterte sie einen Moment lang schweigend, dann nickte er erneut. »Das wissen wir schon, er hat es uns erzählt.«

»Ach so. Na dann …«

»Warst du deshalb bei mir?«

Kurz war Elinor versucht, ja zu sagen, aber es würde nur noch blöder rüberkommen, wenn sie es sich später noch mal anders überlegte. Also öffnete sie einen Reißverschluss vorne an ihrer Tasche und kramte den USB-Stick hervor. »Darauf sind ein paar E-Mails, die ich bekommen habe. Es geht um Merle.«

»Merle? Die Exfreundin von Sebastian Marquardt?«

»Ja.«

»Du bist seine Freundin, nicht wahr?«

Sie wollte verneinen, zögerte dann jedoch. Was genau war sie für ihn? Seine Freundin? Eine Freundin?

»Schon gut.« Er steckte den Stick ein. »Soll ich dich mitnehmen? Ich bin mit dem Auto hier.«

»Nein, danke, ich nehme die Bahn.«

Er schien etwas sagen zu wollen, beließ es dann jedoch nur dabei, sich von ihr zu verabschieden. Elinor sah ihm nach, dann holte sie ihr Handy hervor. Ihr Herz schlug schneller, als sie sah, von wem die Nachricht war.

Wo bist du? Ist alles klar? Sebastian

Sie tippte eine Antwort. *Ja. Bin auf dem Drachenfels, an der Ruine.*

Daraufhin schwieg er, und nach ein paar Minuten ließ sie das Handy zurück in die Tasche gleiten. Genau in diesem Moment vibrierte es, und Elinor verdrehte die Augen.

Können wir uns treffen?

Elinor sah sich um, sah die Touristen, die traurige Frau und das Ehepaar. Dann antwortete sie. *Ich warte hier auf dich.*

»Bist du völlig bescheuert?«

Elinor hörte Stimmengewirr im Hintergrund. Vermutlich

stand Nina in der Fünf-Minuten-Pause auf dem Flur. »Ich muss mit ihm sprechen.«

»Und da gibt es keinen anderen Ort? Hör zu, Elinor, mir ist klar, dass du durch diese Sache einen Knacks hast, aber …«

»Nein, das ist es nicht.«

Nina schwieg einige Sekunden lang. Als Elinor gerade fragen wollte, ob sie noch da war, sagte sie: »Und warum hast du das Bedürfnis, dich selbst in Gefahr zu bringen?«

»Habe ich nicht. Ich bin ja nicht allein, und eben war sogar Herr Eschweiler hier.«

»Wer?«

»Der Kommissar.« Elinor setzte sich auf einen Felsen. »Hör zu, es war mir wichtig hierherzukommen, und es fühlt sich richtig an, mich hier mit Sebastian zu treffen. Selbst wenn er das mit Sophie getan hat, dann wäre er doch bescheuert, das mit mir so kurz danach zu wiederholen, noch dazu am hellichten Tag.«

Nina murmelte etwas, das Elinor nicht verstand.

»Außerdem – welchen Grund hätte er, mir etwas anzutun?«

»Lies mal Charlotte Links ›Verehrer‹, dann weißt du Bescheid über kranke Typen. Denen reicht schon, wenn sie glauben, einen Grund zu haben.«

Elinor verdrehte die Augen. »Ich rufe dich später an.«

»Ich bitte darum.«

Mit einem Klicken beendete Elinor das Gespräch und steckte das Handy weg. Inzwischen war eine Senioren-Reisegruppe eingetroffen, und die Engländer hatten bereits den Abstieg angetreten. Während sie wartete, lehnte sie den Kopf zurück und sah hoch. Wolken schoben sich träge über den blassblauen Himmel.

»Hier ist es geschehen«, hörte Elinor eine Frau sagen.

»Der Täter hat schon einmal ein Mädchen ermordet«, entgegnete eine andere Frau. »Unglaublich, dass der noch frei herumlaufen darf.«

»Den hätte man von Anfang an wegsperren sollen, aber es muss ja erst ein weiteres Mädchen sterben.« Dieses Mal war es ein Mann, der sprach.

Elinor schloss die Augen. Erst als sie unmittelbar neben sich Schritte hörte, wandte sie den Kopf und sah auf.

»Hallo.« Sebastian stand neben ihr, hatte die Hände in die Taschen geschoben und schien unschlüssig, was er sagen sollte. Elinor erhob sich.

»Das ging ja schnell.«

»Ich bin mit dem Rad bis zur Fähre gefahren.«

Er wirkte in der Tat etwas abgehetzt, und kleine Schweißperlen standen auf seinen Schläfen.

»Wo war es?«, fragte er kaum hörbar.

Elinor deutete mit dem Kinn zu der Stelle, wo die Schaulustigen standen. »Komm.«

Gemeinsam gingen sie zur Brüstung und sahen hinab. Dieses Mal blieb der Schwindel aus, doch Elinors Herz schlug schneller, als ein Anflug von Angst in ihr aufstieg, jene Angst, die sie Sonntag den Weg von der Ruine weggetrieben hatte. Es gab kein Foto von Sebastian in der Zeitung, und daher erkannte ihn zum Glück niemand. Wenn die Leute wüssten, wer er war und dass er zusammen mit dem Mädchen, das die Tote gefunden hatte, hier stand, würde man vermutlich denken, sie hätten gemeinsame Sache gemacht. So jedoch trafen sie nur neugierige Blicke. Vermutlich ahnte man, dass es sich bei ihnen um Mitschüler des Mädchens handelte.

Wind strich durch die Ruine, und Elinor hob fröstelnd die

Schultern. Unbeweglich stand Sebastian da und starrte hinab, und als Elinor ihn ansah, bemerkte sie, wie steif seine Haltung war mit den angespannten Schultern, den in den Taschen geballten Fäusten und den zusammengepressten Kiefern, die seitlich an seinen Wangen die Muskelstränge hervortreten ließen. Irgendwann wandte er sich abrupt ab, kreidebleich. Dann blinzelte er, als müsse er sich orientieren. Da die Leute sie immer noch neugierig anstarrten, gab er Elinor mit einem leichten Nicken zu verstehen, dass sie sich einen anderen Platz zum Reden suchen sollten.

Sie stiegen die Ruine hinauf und setzten sich zwischen die zerbröckelten Mauern. Sebastian lehnte sich zurück und streckte die Beine aus. Es war offensichtlich, dass ihm die ganze Sache sehr zusetzte. Schatten lagen unter seinen Augen, und er wirkte, als habe er seit Tagen nicht geschlafen.

»Glaubst du, dass ich es war?«, wiederholte er seine Frage vom Vortag.

Elinor senkte den Blick auf ihre Stiefel. »Nein«, antwortete sie schließlich.

»Warst du gestern noch bei der Polizei?«

»Ja, aber der Kommissar war nicht da. Ich habe ihm vorhin alles erzählt, er war hier.«

»Carolin macht mich wahnsinnig«, sagte Sebastian übergangslos. »Und sie denkt, sie hilft mir, aber sie macht es noch schlimmer, erzählt der Polizei, ich wäre zu Hause gewesen. Wie soll ich mich denn jetzt rausreden, wenn die erfahren, dass ich eben nicht daheim bei ihr war, sondern unterwegs?«

»Mit Freunden?«

Er schüttelte den Kopf. »Nein. Ich war unten am Rhein spazieren. Nach der ganzen Lernerei musste ich mal den Kopf freibekommen.«

»Ich habe der Polizei erzählt, dass Sophie sich mit ihrem Vater gestritten hat. Erst wollte ich nicht, aber dann …« Sie sprach nicht zu Ende.

»Woher weißt du davon?«

»Ich habe sie gesehen, als ich mit Katharina im Krankenhaus war.«

Sebastian holte tief Luft, hielt sie an und stieß sie dann in einem Seufzen wieder aus. »Ihr Vater wollte sie ins Internat schicken, weil ihre Noten nicht so gut waren, wie er es gerne hätte. Henning ist ein echter Überflieger und wird immer als Vorbild hingestellt. Sophie mochte das sture Lernen einfach nicht, am liebsten wäre sie nach der Zehnten abgegangen und hätte eine kaufmännische Ausbildung gemacht. In der Familie studieren alle, und ihr Vater ist echt streng, was das angeht.«

Elinors Handy vibrierte, und sie zog es hervor. Ein Anruf von Marion.

»Sag mir bitte, dass du nicht immer noch dort oben an der Ruine herumturnst.«

»Hat Nina dich angerufen?«

»Nein, Herr Eschweiler, um dich wegen irgendwelcher E-Mails zu sprechen. Und ich wusste natürlich von nichts, weder dass du nicht in der Schule bist noch, wovon er spricht.«

»Kann ich dir das zu Hause erzählen?«

»Das will ich hoffen. Nimm die nächste Bahn, Anna holt dich bei der Fähre ab.«

Auch das noch. Elinor beendete das Gespräch.

»Ärger?«

»Nicht der Rede wert.« Sie schüttelte den Kopf, nahm ihre Tasche und stand auf. »Aber ich muss jetzt zurück, meine Schwester wartet an der Fähre auf mich.«

Sebastian erhob sich ebenfalls und klopfte sich den Staub von Jacke und Hose. »Ich bringe dich runter. Wie sieht es aus, darf Anna wissen, dass wir zusammen hier waren?«

Kurz zögerte Elinor, sah in seine grünen Augen und kam sich schäbig vor. »Ja, darf sie.«

Ein kleines Lächeln hob seine Mundwinkel, ganz flüchtig und ohne einen Abglanz zu hinterlassen. Sie gingen gemeinsam zur Bahn, schafften es gerade noch hinein, ehe sie abfuhr, und schwiegen den Weg über. Als die Bahn unten angekommen war, stiegen sie aus und gingen zur Fähre, wo sie noch einige Minuten warten mussten.

»Ich weiß, es spielt keine Rolle mehr«, sagte Sebastian, »aber Sophie war nur eine gute Freundin. Du meintest ja, es ginge mir lediglich darum, eine Nummer nach der anderen abzuziehen.«

Elinor spürte, wie ihr das Blut ins Gesicht stieg und nickte dann stumm.

»Aber ich hatte sie sehr gern. Nachdem du mich am Freitag am Fahrradständer stehen gelassen hast, habe ich nachgedacht, über dich, mich und Sophie und darüber, dass sie es vielleicht ebenso deuten würde wie du, was ihr gegenüber nicht fair wäre.« Er brach ab und sah auf den Rhein, der in kleinen Wellen gegen das Ufer schwappte. Die Fähre hatte die Strecke zur Hälfte hinter sich gebracht und würde gleich da sein. »Also habe ich beschlossen, sie seltener zu treffen und für klare Verhältnisse zu sorgen. Sie hat mich Samstagabend angerufen und wollte mich sehen, weil sie mal wieder einen üblen Streit mit ihrem Vater gehabt hätte. Aber ich habe ihr gesagt, dass ich keine Zeit habe und wir uns Montag in der Schule sehen.«

Das musste Elinor erst einmal sacken lassen.

»Wenn ich sie getroffen hätte«, fuhr Sebastian fort, »wie sie es wollte, hätte ich dann verhindern können, dass sie hoch zum Drachenfels fährt?«

»Denkst du, sie hat sich was angetan?«

Sebastian hob die Schultern und antwortete nicht. Schweigend warteten sie darauf, dass die Fähre anlegte, und auch während der Fahrt sprachen sie nicht miteinander. Am anderen Ufer sah Elinor bereits Annas roten Fiat. Ihre Schwester stieg aus und erwiderte Sebastians knappes Winken zur Begrüßung.

»Also, bis morgen«, sagte er und ging zu seinem Fahrrad.

Als Elinor beim Auto ankam, bemerkte sie, wie finster Anna dreinschaute. Gemeinsam stiegen sie ein, und Anna hatte den Schlüssel schon im Zündschloss, hielt jedoch einen Moment inne.

»Hör zu, Elinor, ich weiß, du bist kein Kind mehr, aber das hier wird Mama nicht erlauben.«

»Wirst du es ihr sagen?«

»Wenn ich es nicht tue und dir passiert etwas, wie soll ich damit leben?«

»Er war es nicht.«

Anna gab keine Antwort, hielt immer noch den Zündschlüssel fest, ohne ihn zu bewegen.

»Wirklich«, insistierte Elinor, »er war es nicht.«

Das Auto sprang an. »Ich hoffe, ich muss das nicht bereuen«, antwortete Anna.

12

Schweigen nach einem Streit konnte zermürbend sein.
Als ihr Handy endlich klingelte und sie atemlos antwortete,
riss der Wind an der Küste Merle die Worte von den Lippen.

Elinor hatte ihre Mutter selten so wütend erlebt.

»Wie konntest du mir so etwas verheimlichen?«

Natürlich hatte sie sich aus der Sache mit den E-Mails nicht herausreden können, nicht, nachdem Herr Eschweiler ihrer Mutter unabsichtlich davon erzählt hatte.

»Es hat nichts zu sagen.«

Marion blickte über Elinors Schulter hinweg auf den Monitor. »Das ist alles andere als unbedeutend. Der Junge, in den du verliebt bist, wurde schon einmal verdächtigt, ein Mädchen getötet zu haben. Du wirst hier eindeutig vor ihm gewarnt. Und das soll nichts zu sagen haben?«

»Alte Zeitungsartikel und seltsame Botschaften. Wenn mir jemand etwas hätte mitteilen wollen, dann hätte derjenige das offen unter seinem Namen tun können. Aber nein, stattdessen kommen auf unheimlich getrimmte Nachrichten.«

Marion war nicht überzeugt, das erkannte Elinor an der steilen Falte zwischen ihren Brauen. Jedoch sagte sie nichts mehr dazu. »Ich hoffe, es kommt nicht noch mal vor, dass du nicht zur Schule gehst und dich stattdessen oben an der Ruine herumtreibst.« Seufzend rieb Marion sich die Augen. »Hör zu, ich weiß, das alles ist eine enorme Belastung für dich. Und ich weiß oder vermute zumindest, dass du diesen Jungen immer noch magst. Aber das ist kein Spiel, Elinor.«

Als wüsste sie das nicht selbst.

»Auf jeden Fall sollst du diesen Kommissar morgen zurückrufen. Nach der Schule.«

Nachdem ihre Mutter das Zimmer verlassen hatte, öffnete Elinor Facebook, las einige Beiträge und verließ die Seite wieder. Weder bei Carolin noch bei Sebastian stand etwas Neues. Sie öffnete ihr Mailprogramm, aber es waren nur drei Spammails gekommen, die es durch den Filter geschafft hatten. Schließlich nahm sie ihr Handy und tippte eine Nachricht an Nina. Die Antwort kam umgehend.

Bin heute Nachmittag in der Stadt. Café?

Kurz zögerte Elinor. Aber warum eigentlich nicht? Irgendwann musste es ja weitergehen, und in der Schule würde die Schonfrist vermutlich auch in einigen Tagen abgelaufen sein. Ja, es war schockierend. Aber wenn sie damit nicht klarkam, musste sie sich eben Hilfe suchen. Und Elinor kam damit klar. Sie vereinbarte mit Nina Uhrzeit und Treffpunkt, dann ging sie in die Küche, wo ein Nudelauflauf im Ofen vor sich hinbrutzelte. Elinor hatte nicht den geringsten Appetit, und allein beim Geruch wurde ihr übel. Mit einem Glas Wasser betrat sie das Wohnzimmer, wo ihre Mutter zwischen auf dem Boden ausgebreiteten Entwürfen für eine offenbar sehr kostspielige Einrichtung saß.

Marion richtete sich auf und lächelte, als sie Elinors Blick folgte. »Das wird ein hartes Stück Arbeit. Eigentlich überlässt er alles mir, aber dann quatscht er trotzdem ständig rein. Mehr Geld als Geschmack.« Sie legte die Hände ins Kreuz und drückte den Rücken durch.

»Ich treffe mich nachher mit Nina.«

»Das ist eine sehr gute Idee.« Marion schob die Entwürfe zusammen und erhob sich. »Anna holt Katharina heute ab. Morgen müsst ihr euch irgendwie aufteilen, ich habe bis abends um sieben noch Termine.«

»Ich hole sie ab«, erwiderte Elinor. »Sag Anna, sie soll Katharinas Fahrrad mitnehmen, wenn sie sie hinbringt.«

Marion nickte und strich sich mit beiden Händen das Haar zurück. »Und Elinor …«, sie zögerte, »wenn du das Gefühl hast …, du weißt schon, dann sag mir oder Andreas Bescheid.«

»Danke, aber ich brauche die Psychotante wirklich nicht.«

Marion nahm einen tiefen Atemzug, schien etwas sagen zu wollen, stieß die Luft jedoch mit einem Seufzen wieder aus. »Na gut.« Sie zwang sich zu einem Lächeln. »Ich schaue mal, ob das Essen fertig ist.«

Als Elinor in ihr Zimmer zurückgehen wollte, kam ihr im Flur Anna entgegen. »Gibt es Essen? Mir hängt der Magen in den Knien.« Sie wandte sich an Elinor. »In Sophies Stufe ist der gesamte Klausurenblock verschoben worden.«

Das erinnerte Elinor an ihre Mathearbeit, und wieder hatte sie ein flaues Gefühl im Magen. Egal, noch war nicht alles verloren, selbst dann nicht, wenn sie diese Arbeit verhauen hatte. Nächste Woche standen Englisch und Französisch auf dem Programm, aber da machte sie sich wenig Sorgen.

»Wie die Schüler auf Sebastian losgehen«, fuhr Anna fort, während sie Teller auf den Tisch stellte, »nimmt langsam etwas grenzwertige Formen an. Wenn es nicht besser wird, werde ich mit dem Stufenleiter sprechen.«

Erst sagte Marion nichts dazu, sondern widmete ihre gesamte Aufmerksamkeit dem Auflauf, den sie gerade aus dem Ofen zog. Dann legte sie die Topflappen in die Schublade und drehte sich zu Anna um. »Was machen sie? Werden sie handgreiflich?«

»Nein, bisher sind es nur blöde Kommentare im Vorbeigehen. So was wie *Mädchenmörder*. Sie können denken, was sie wollen, aber es gibt Grenzen«, entgegnete Anna.

Elinor legte Besteck auf den Tisch und beobachtete, wie sich die Bewegungen ihrer Hände in dem Edelstahl spiegelten. »Es ist ja nicht einmal erwiesen, dass er es war«, sagte sie. »Und ich kann es mir ehrlich gesagt auch nicht vorstellen.«

Marions Blick bekam etwas Nachsichtiges. »Das verstehe ich.«

»Ich sage das nicht, weil wir Freunde sind«, erklärte Elinor. »Aber Sophie hatte großen Kummer, es könnte doch wirklich sein, dass sie sich was angetan hat.«

»Und das mit seiner Freundin?«, fragte Marion.

»Das war ein Unfall.«

Elinor bemerkte den Blick, den Marion Anna zuwarf. Ihre Schwester jedoch schien selbst unschlüssig zu sein, was sie glauben sollte, und zuckte nur kaum merklich mit den Schultern.

Weil Elinor keine Lust darauf hatte, in einem Café zu sitzen, hatten sie und Nina Kakao zum Mitnehmen gekauft und saßen nun im Schlossgarten auf einer Mauer. Graue Wolken zogen über den Himmel, und zwischendurch malte die Sonne durch die Zweige der Bäume hindurch lichte Tupfer auf die Wiese. Spaziergänger kamen vorbei, Fahrradfahrer, tobende Kinder, die von ihren Eltern vergeblich zur Ordnung gerufen wurden.

»Und sonst hat er nichts gesagt?« Nina hob den Deckel ein Stück weit von ihrem Becher, damit der Kakao abkühlte.

»Nein.«

»Na ja, ich wüsste auch nicht, was ich tun würde, wenn jemand Chris so etwas unterstellen würde. Andererseits sind das halt zu viele seltsame Zufälle.«

Elinor nippte an ihrem Kakao und verbrannte sich die Zunge. Hitze kribbelte in ihren Fingern, aber sie behielt den Becher nach wie vor mit beiden Händen umfasst. »Ich war mir ja selbst nicht so wirklich sicher – na ja, eigentlich bin ich es immer noch nicht. Aber andererseits, wenn er vor mir steht, dann glaube ich ihm einfach.«

»Aber du solltest trotzdem vermeiden, irgendwo mit ihm allein zu sein.«

Elinor nickte unbestimmt.

»Hat sich dieser Kommissar noch mal gemeldet?«

»Ich soll ihn morgen anrufen.«

Sie tranken schweigend und beobachteten die Leute. Schließlich quetschte Nina ihren Becher zusammen und warf ihn zielgenau in einen Mülleimer.

»Oh, schau mal.«

Elinor blickte auf und bemerkte Chris, der auf einem Mountainbike angefahren kam. »Seid ihr verabredet?«

»Nein, er hatte noch AG.«

Nun hatte Chris die Mädchen auch gesehen, bremste ab und kam dann in einer eleganten Kurve zu ihnen. »Hey.« Er begrüßte Nina und wandte sich dann an Elinor. »Geht's dir besser?«

»Ja, so einigermaßen.«

»Echt eine blöde Geschichte.« Er hatte die Unterarme auf den Lenker gestützt, sodass sein Gesicht fast auf Höhe der Freundinnen war. »Damals auf Rügen gingen die Leute auch so ab.«

»Woher willst du das denn wissen?«, fragte Nina.

»Schon vergessen, ich war im Sommer im Urlaub da.«

Nina runzelte die Stirn. »Ach, war das dieser seltsame *Männertrip*?«

»Ich sehe, du erinnerst dich. Und wir haben nur Marc besucht.«

Daran erinnerte sich auch Elinor. Leider. Die ganze Sache hatte Züge einer Soap angenommen, sowohl Ninas theatralischer Ausraster, weil Chris das Angebot ihrer Eltern, mit in das Ferienhaus in Spanien zu kommen, zugunsten eines Trips mit seinen Freunden ausgeschlagen hatte, als auch die Szene, die die beiden in der Schule hingelegt hatten.

»War das nicht zu Beginn der Ferien gewesen?«

»Nein, mittendrin, als es so richtig knallheiß gewesen ist. Wir waren auf Rügen, und dann stand diese Sache mit dem toten Mädchen in der Zeitung. Und da waren auch jede Menge Schaulustige, die sehen wollten, wo sie abgestürzt ist. So eine Durchgeknallte hatte sie gefunden, als sie morgens total high von irgendeiner Party zurückgegangen ist.«

»Ging wohl ziemlich ab bei euch«, bemerkte Nina spitz.

»Wohl kaum, du weißt doch, wie Marcs Vater drauf ist. Aber da haben sich die Leute auch das Maul zerrissen über den Jungen, der das Mädchen hinuntergestoßen hat.«

»Hast du das Mädchen mal gesehen?«, fragte Elinor.

»Nein. Und Sebastian und Carolin auch nicht. Dass er der Junge ist, von dem damals die Rede war, habe ich erst jetzt aus der Zeitung erfahren.«

»Von der Sache damals hast du gar nichts erzählt«, sagte Nina.

»Na ja, ein Mädchen ist von der Klippe gestürzt, was soll ich da erzählen?«

»Stimmt, wofür erzählt man seiner Freundin überhaupt was aus dem Urlaub?«

Elinor verdrehte die Augen. »Halbzeit, okay? Auf so ein Theater habe ich gerade echt keine Lust.«

»Wahre Worte, Elinor«, sagte Chris. »Ich fahre dann mal. Ruf an, wenn du vom Zickentrip runter bist«, sagte er an Nina gewandt.

Die beiden schenkten sich wirklich nichts. Elinor sah, wie es in ihrer Freundin brodelte, als Chris davonradelte.

»Keine Ahnung, warum ich den Kerl nicht längst mit einem Tritt aus meinem Leben befördert habe.«

»Hast du. Mehr als einmal.«

»Ich meinte so richtig.«

»Hmhm.« Elinor hatte noch das dramatische Ende vom letzten Mal im Ohr. *Der Kerl braucht mich nie wieder anzusprechen. Mit dem bin ich so was von durch.*

»Na ja, am besten vergessen wir Sebastian und Chris mal für eine Weile«, sagte Nina resolut, stand auf, zog Elinor mit sich von der Mauer und hakte sich bei ihr ein. »Komm, wir machen jetzt einen Bücherbummel.«

Bis in die Nacht hatte Elinor an den Hausaufgaben der letzten beiden Tage gesessen und doch nichts hinbekommen. Ständig drifteten ihre Gedanken zu Sophie, Merle und Sebastian. Als sie am nächsten Morgen kurz vor Unterrichtsbeginn in die Schule kam, betrat fast zeitgleich Carolin die Pausenhalle durch den Eingang, der vom Schulhof hineinführte. Elinor lächelte ihr grüßend zu, was Carolin nach kurzem Zögern erwiderte. Sie war ebenso übernächtigt wie ihr Bruder, aber ihr gab die Blässe etwas Ätherisches, und die Schatten unter den Augen ließen sie gleichzeitig düster und zerbrechlich wirken. Elinor wollte auf sie warten, damit sie gemeinsam ins Klassenzimmer gingen, aber Carolin hatte die Pausenhalle gerade zur Hälfte durchquert, als sie auch schon von einigen Mitschülerinnen umringt war. Dass sie so viel durchmachen musste und dennoch so stoisch zu ihrem Bruder stand, brachte ihr viele Sympathiepunkte ein.

Elinor drehte sich um und ging allein die Treppe hinauf. Oben sah sie Silvia Scherer, dieses Mal ohne Schleppenträgerinnen, dafür in Begleitung von Henning, der Elinor freundlich grüßte.

»Alles klar bei dir?«, fragte er.

»Ja. Und bei euch?«

Er zuckte nur mit den Schultern, und in seine Augen trat ein feuchter Glanz. Sofort nahm Silvia ihn in den Arm, was er steif erwiderte, vermutlich nur, weil eine Abfuhr wahrscheinlich noch peinlicher wäre. Elinor wusste, dass Silvia schon lange hinter ihm her war, sie für ihn jedoch nur ein Zeitvertreib für langweilige Abende darstellte. Dabei war es nicht so, dass sie es nötig gehabt hätte, die Jungs standen Schlange bei ihr, vermutlich dadurch angestachelt, dass sie keinen von ihnen auch nur ansah.

In der ersten Stunde hatte Elinor Deutsch, und Nina war bereits auf ihrem Platz, als sie den Raum betrat. Chris saß halb auf ihrem Tisch, hatte sich leicht vorgebeugt und unterhielt sich mit ihr. Mit einem Seufzen ließ Elinor die Tasche von der Schulter rutschen und stellte sie neben ihren Stuhl, dann setzte sie sich hin.

»Henning hat erzählt, dass die Polizei von Selbstmord ausgeht«, sagte Chris so leise, dass Elinor es gerade noch verstehen konnte. Aus dem Augenwinkel bemerkte sie, dass einige Mädchen hinter ihnen sich nach vorne lehnten, um mithören zu können.

»Ist das sicher?«

»Na ja, ziemlich, aber so hundertprozentig kann man das ja nie sagen, oder? Offenbar war Sophie ziemlich voll.«

»Eher untypisch für Sophie, oder?«, meinte Nina. »Ich habe sie noch nie betrunken erlebt, und in der Woche schon mal gar nicht. Ihr Vater wäre ausgerastet, wegen der Schule und so.«

Chris zuckte mit den Schultern. »Keine Ahnung. Henning sagte, sie und ihr Vater hätten sich gestritten, vielleicht deshalb. Wegen der Sache mit dem Internat.«

Er war erstaunlich gut auf dem Laufenden, fand Elinor. Sie verhehlte ihre Erleichterung nicht. Auch wenn das für Sophies Familie den Verlust nicht leichter machte, war Sebastian doch aus dem Schneider, oder nicht?

»Henning meinte, dass Sophie sich auf keinen Fall das Leben genommen hat«, machte Chris Elinors Hoffnungen im nächsten

Moment zunichte. »Er sagte, dass die Polizei nicht sorgfältig genug arbeitet, weil Sebastians Vater so reich ist.«

»Das ist doch Blödsinn«, widersprach Nina. »Am Hungertuch nagen die Karsteins nun auch nicht gerade. Und die sind in der Südstadt sozusagen alteingesessen.«

Das Gespräch wurde unterbrochen, als Frau Meyer, die Deutschlehrerin, die Klasse betrat. Sie nickte Elinor mit einem aufmunternden Lächeln zu, dann begann sie den Unterricht mit dem Abfragen der Hausaufgaben. Obwohl Elinor sich bemühte, dem Unterricht zu folgen, schweiften ihre Gedanken immer wieder ab, und sie sah aus dem Fenster, während ihre Finger mit den Seiten von »Woyzeck« spielten. Sie stellte sich vor, wie Sophie betrunken zur Ruine fuhr und sich dann hinunterstürzte. War denn niemandem in der Bahn eine betrunkene Schülerin aufgefallen? Außerdem war doch heutzutage alles videoüberwacht. Oder hatte sie sich erst dort oben betrunken? Und wo waren dann die Flaschen?

Als es nach der Doppelstunde zur großen Pause läutete, ging Elinor mit Nina und Chris zur Treppe. Sie erhaschte einen flüchtigen Blick auf Carolin, die jedoch nicht zu ihr hinsah. Dann bemerkte sie Sebastian im Gang links von ihr. Er ging inmitten von Schülern, die sich unterhielten, und war doch isoliert von allen. Einer, der an ihm vorbeiging, stieß ihn scheinbar unabsichtlich mit der Schulter an. Sebastian wich aus und ging dann unbeirrt weiter. Jetzt sah er Elinor, die stehen geblieben war und auf ihn wartete. Ein zögerliches Lächeln erhellte seine düstere Miene.

»Worauf wartest du?«, fragte Nina, die schon am Treppenabsatz angekommen war. Dann sah sie Sebastian ebenfalls, tauschte einen kurzen Blick mit Chris, ging jedoch nicht weiter, wie Elinor erwartet hatte.

»Hallo«, sagte Sebastian und berührte flüchtig Elinors Schulter.

Judith und Eliv streiften Sebastian mit einem flüchtigen Blick, und Judith strich Elinor im Vorbeigehen über den Arm. Clara und zwei weitere Mädchen beeilten sich, an ihm vorbeizukommen, als sei zu befürchten, dass er axtschwingend auf sie losging.

»Was haben die denn mit *dem* zu schaffen?«, hörte Elinor Silvia ihre Schleppenträgerinnen fragen, gerade laut genug, damit sie gehört wurde.

»Kümmer dich um deinen eigenen Scheiß«, sagte Chris, als sie sich an ihm vorbeizwängte.

Silvia blieb stehen und sah ihn an, die Brauen leicht hochgezogen. »Probleme?« Dann ging sie weiter, ohne eine Antwort abzuwarten.

»Können wir?«, fragte Nina.

»Klar.« Zögernd schlossen sich Sebastians Finger um Elinors, und zu viert gingen sie die Treppe hinunter. Die Pausenhalle war erstaunlich leer, dafür schienen sich alle Schüler im Schulhof versammelt zu haben und starrten auf die Wand zur Aula.

»Was ist denn da los?«, fragte Chris.

Nun bemerkte Elinor auch drei Lehrer, die sichtlich wütend waren, einer davon ihr Physiklehrer, der wild gestikulierend auf einige Schüler einredete. Als Elinor mit Sebastian, Nina und Chris aus der Pausenhalle trat, wandten sich ihnen die Köpfe der Schüler langsam zu. Alle schwiegen, einige grinsten schadenfroh, andere wirkten verächtlich, einige wütend, wobei nicht auszumachen war, wem diese Wut galt.

Mit unguten Vorahnungen gingen sie näher hin. Anna löste sich aus der Menge, hochrot im Gesicht, was ein sicheres Zeichen für ihren Zorn war. Sie ging zu Elinor, sah jedoch Sebastian an.

»Wenn du dir das antun willst, nur zu. Die Direktorin weiß schon Bescheid und wird entsprechende Maßnahmen ergreifen.«

Sebastian ließ Elinors Hand los und ging nun die letzten Schritte zu den anderen Schülern, gefolgt von den anderen drei. In großen, silbernen Graffiti-Buchstaben stand quer über die Mauer gesprayt:

SEBASTIAN MARQUARDT IST EIN MÄDCHENMÖRDER

Carolin kam zu ihnen gelaufen, blieb vor Sebastian stehen, sah ihn an, die Wangen tränennass, dann lief sie an ihm vorbei in die Schule. Die Lehrer bemühten sich darum, dass die Schüler sich zerstreuten. Silvia hing an Hennings Arm und warf Sebastian einen kalten Blick zu, während Hennings Gesicht wie versteinert war. Etliche Mitschüler folgten ihm, redeten auf ihn ein und ignorierten Sebastian völlig. Andere wiederum wirkten, als hätten sie Mitleid mit ihm. Es hatten sich zwei Fronten gebildet: Für die eine war er der Mörder, die andere hielt sich heraus und wartete ab.

Abrupt wandte Sebastian sich ab. Elinor wollte ihm folgen, aber er hob abwehrend die Hand und ging dann denselben Weg wie seine Schwester zuvor. Die Zähne in die Unterlippe gegraben sah Elinor ihm nach. Nina legte ihr den Arm um die Schulter, tröstend und in dem stummen Versprechen, dass sie nicht von ihrer Seite weichen würde, egal, was jetzt noch kam.

Chris stieß den Atem mit vorgeschobener Unterlippe aus, sodass er sich eine Strähne aus der Stirn pustete. »Tja, wer es noch nicht wusste, der weiß es jetzt.«

»Na toll.« Nina fuhr zu ihm herum. »Mehr fällt dir dazu nicht ein?«

»Doch, aber davon ist nichts öffentlichkeitstauglich.«

Judith gesellte sich zu ihnen. »Die Vélez hat die Polizei gerufen wegen Vandalismus«, sagte sie. »Kann Sebastian eigentlich eine Anzeige wegen falscher Verdächtigung stellen?«

»Keine Ahnung«, antwortete Elinor. »Kann er bestimmt, aber macht er vermutlich nicht, um nicht noch mehr Öl ins Feuer zu gießen.«

Als es zum Ende der Pause läutete, traf die Polizei gerade ein, und als die dritte Stunde zu Ende war, hatten sie die beiden Schuldigen bereits gefunden, ein Mädchen und einen Jungen aus der Elf.

»Die bekommen jetzt eine Anzeige«, gab Clara den Fünf-Minuten-Pause-Flurtratsch weiter.

»Super«, sagte einer der Jungen, Florian, der erst seit einem Jahr in Elinors Klasse ging. »Für Sprayen gibt's 'ne Anzeige, aber mit Mord kommt man durch.«

Elinor verdrehte die Augen. »Das Argument ist genauso bescheuert wie das, dass die Polizei lieber Terroristen jagen soll, anstatt Verkehrssündern das Leben schwer zu machen.«

»Dich muss man da ja wohl nicht fragen«, ätzte Michael. »Du hast gesehen, wozu er fähig ist, und läufst händchenhaltend mit ihm durch die Schule.«

»Du weißt da ja bestens Bescheid, nicht wahr?«

»Zwei Freundinnen von ihm sind auf dieselbe Weise gestorben, mehr muss ich nicht wissen, um zu erkennen, was das für ein kranker Typ ist.«

»Gruppendynamik ist was Tolles, oder?« Elinors Stimme zitterte vor Wut. »Plötzlich hat man ganz viele Gleichgesinnte, die vorher nichts von einem wissen wollten.«

»Leck mich doch, du blöde Kuh.« Demonstrativ wandte Michael sich ab und verließ den Raum, nur um dann von dem hineinkommenden Lehrer wieder zurückgeschickt zu werden.

»Hey, toller Abgang«, spottete Chris.

Elinor gab den Versuch auf, sich auf den Unterricht zu konzentrieren, und saß die Zeit lediglich ab. Als es zur großen Pause läutete, wartete sie mit Nina, bis die anderen den Klassenraum verlassen hatten. Chris ging auch schon, weil er in den anderen Trakt musste und vorher noch seinen Lehrer abpassen wollte, um etwas zu besprechen.

»Na komm«, sagte Nina, »die letzte Stunde stehen wir auch noch durch.«

Im Flur trafen sie auf Silvia, die erfolglos den Eindruck vermittelte, als sei das Zusammentreffen zufällig geschehen. »Sebastian hat es mit dem Silber auf seinem Fahrrad etwas übertrieben, findest du nicht? Eigentlich sprüht man nur den Rahmen um, nicht auch noch Sattel und Lenker.«

»Halt endlich die Klappe!«, fuhr Nina sie an.

Silvia grinste und sah Henning, der mit einigen Mitschülern den Korridor entlangkam, Beifall heischend an. »Ich habe Elinor gerade von Sebastians Fahrrad erzählt.«

»Falls es dir entgangen sein sollte«, antwortete Henning kalt, »meine Schwester ist tot, wahrscheinlich ermordet, was die Polizei aber nicht glauben will. Glaubst du, mich interessiert das Scheißfahrrad oder so ein blödes Graffiti-Geschmiere?«

Silvias Lächeln verblasste. »Ich dachte nur …«

»Dann lass das Denken lieber.«

Dieses Mal war es Nina, die schadenfroh lächelte, während Silvia Henning hinterherstarrte.

Elinor spürte, wie sich Kopfschmerzen druckartig hinter ihren Augen aufbauten, und rieb sich die Schläfen. Würde das jetzt Tag für Tag so gehen? Sie zog ihr Handy aus der Tasche und tippte eine Nachricht an Sebastian.

Bist du noch in der Schule?

Während der Pause kam keine Antwort, und ein Blick zum Fahrradständer sagte ihr, dass er nicht mehr da war. Zumindest entdeckte sie weder sein Rad noch eines, das silber besprüht war. Irgendwie brachte sie die fünfte Stunde hinter sich und war froh, als sie endlich heimfahren konnte. Da Nina in die andere Richtung musste, verabschiedeten sie sich an der Schule.

»Hast du Lust, heute Nachmittag in die Stadt zu gehen?«, fragte Nina.

Elinor schüttelte den Kopf. »Eher nicht. Vielleicht morgen.«

»Okay.« Nina stieg auf ihr Fahrrad, winkte noch einmal und fuhr los.

Als Elinor ihr Fahrrad loskettete, bemerkte sie, dass ihr Hinterreifen platt war. Scherben auf dem Radweg, mal wieder. Doch als sie genauer hinsah, sah sie, dass auch der Vorderreifen keine Luft mehr hatte und die Ventile fehlten. Fluchend sah sie sich um, in der Hoffnung, dass derjenige sie wenigstens einfach neben das Fahrrad geworfen hatte, fand jedoch nichts. Was für ein unglaublich beschissener Schultag. Jetzt musste sie das Fahrrad zum Bus schieben, und der war um diese Uhrzeit elend voll.

Schritte näherten sich, dann hörte Elinor Carolins Stimme. »Danke, dass du trotzdem zu ihm hältst.«

Elinor sagte nichts, und Carolin lehnte sich mit dem Rücken an einen Metallpfeiler. »Dr. Karstein hat meinen Vater im Krankenhaus ziemlich übel beschimpft. Jetzt gibt es da einen Riesenaufstand, weil einige Patienten das mitbekommen haben.« Tränen traten Carolin in die Augen. »Ich hatte gehofft, nach unserem Umzug wäre endlich alles ausgestanden.«

Elinor ging zögernd auf sie zu und umarmte sie vorsichtig, nicht sicher, ob eine solche Nähe vielleicht zu aufdringlich war.

Aber Carolin legte ihr die Arme um die Mitte, und ihr Körper zuckte leicht, als würde sie weinen. Dann löste sie sich von ihr und rieb sich die Augen.

»Bist du mit dem Rad hier?«, fragte Elinor.

Carolin schüttelte den Kopf. »Mein Vater hat mich heute Morgen gebracht. Ich gehe zu Fuß zurück, ich muss einen klaren Kopf bekommen.«

»Soll ich dich ein Stück begleiten? Ich muss ja ohnehin schieben.«

»Das ist lieb, danke, aber ich möchte lieber allein sein.«

»Okay, kein Problem.« Elinor lächelte bemüht. »Sag Sebastian, ich melde mich bei ihm.«

»Mache ich. Aber ich glaube, er ist jetzt auch lieber allein, das heute hat ihm ziemlich zugesetzt.«

»Oh, okay …«

Mit einem kleinen Lächeln verabschiedete Carolin sich von ihr und ging zur Straße. Elinor band das Schloss um ihren Gepäckträger und zog ihr Fahrrad aus dem Ständer.

13

*Merle starrte ins aufgewühlte Wasser und wünschte,
sie könnte sich einfach fallen lassen. Das Meer schien sie zu rufen,
als ahne es, dass sie in Wahrheit eine Nereide war.
Es lockte mit kräuseligen Wellen, weißen Schaumkronen und
verstörender Tiefe.*

Am kommenden Morgen wurden die Schüler der Oberstufe vor Unterrichtsbeginn in der Aula versammelt. Elinor konnte sich schon denken, um was es ging. Da die Stuhlreihen schon alle besetzt waren, drängte sie sich mit Nina an die hintere Wand.

Frau Dr. Vélez kam in die Aula, eine zierliche Schwarzhaarige, der man die spanischen Wurzeln ansah und die auf den ersten Blick nicht besonders Respekt einflößend wirkte, so lange zumindest, bis sie einen durch die Gläser ihrer eleganten silbergeränderten Brille ernst ansah und man sich wünschte, unsichtbar zu werden. Nun stand sie mit genau dieser Miene vorne auf dem Podium und sah die Schüler eine ganze Weile schweigend an. Als sie dann sprach, hätte sie kein Mikrophon gebraucht, denn sie wusste, wie man seiner Stimme Kraft verlieh.

Es war keine lange Rede, aber eine, die es in sich hatte. Und Frau Dr. Vélez machte sehr deutlich, dass sie kein Mobbing an der Schule duldete und dass sie streng dagegen vorgehen würde. Jeder Schüler, der sich nicht an ihre Anweisung hielt, musste mit einem Schulverweis rechnen. Diejenigen, die für die Schmiererei an der Aula verantwortlich waren, waren bereits angezeigt worden, und darüber ließ sie auch nicht mit sich reden. Das als Warnung für alle anderen. Damit schloss sie ihre Ansprache und schickte die Schüler in ihre Klassenräume.

»Mann, die Vélez hat aber ganz schön vom Leder gezogen«, sagte ein Schüler neben Nina.

»Mädchen killen ist okay, die Dinge beim Namen nennen nicht, das ist mal wieder typisch«, antwortete ein Mädchen mit gesenkter Stimme, die Warnung der Direktorin offenbar noch in den Ohren.

Chris wartete an der Tür auf sie und streckte sich, als käme er eben erst aus dem Bett. »So, jetzt ist hoffentlich Ruhe. Henning hat mir erzählt, dass Silvia ihn nervt, weil er das Gefühl hat, dass sie sich am Tod seiner Schwester so richtig hochzieht.«

»Ach was?«, spottete Nina.

»Und dir, Elinor, soll ich ausrichten, dass du lieber die Finger von Sebastian lässt, bevor du auch so endest wie Sophie und Merle.«

»Danke.« Elinor schob die Hände in die Taschen und starrte beim Gehen finster zu Boden. Sie hatte Sebastian in der Menge nicht ausmachen können, aber vielleicht war er gar nicht zur Schule gekommen. Anna hatte erzählt, die nächsten Klausuren stünden erst nächste Woche an.

In der ersten Stunde hatten sie Mathe, und als Elinor den Stapel Hefte im Arm von Herrn Lohe sah, wurde ihr schlecht. Seit wann war der denn so schnell? Gut gelaunt wuchtete er den Stapel auf den Tisch und begann, die Ergebnisse durchzusprechen. Wie jedes Mal vor der Rückgabe einer Arbeit war ein erwartungsvolles Vibrieren im Raum zu spüren. Elinor wurde bei jeder Aufgabe, die besprochen wurde, schwindliger, bis sich schließlich alles zu drehen schien. Sie hatte eine Sechs, ganz bestimmt sogar. Zwar konnte sie sich nicht mehr an ihre Ergebnisse erinnern und hatte ein seltsam wattiges Gefühl im Kopf, aber sie war sich sicher, nicht eine Aufgabe richtig gelöst zu haben. Um eine Sechs auszugleichen, musste sie beim nächsten Mal mindestens eine Drei schreiben.

Schließlich wurden die Hefte ausgeteilt, und Elinor widerstand dem Impuls, die Augen zu schließen. Nina hatte eine Eins, aber etwas anderes war auch nicht zu erwarten gewesen. Immerhin war sie taktvoll genug, nicht laut zu jubeln, sondern umfasste Elinors eiskalte Hand, während sie auf die Arbeit wartete. Als Herr Lohe das Heft schließlich vor sie legte, lächelte er ihr aufmunternd zu. Hieß das nun: »Gar nicht so übel« oder »Beim nächsten Mal wird's besser«? Mit klammen Fingern schlug Elinor das Heft auf, blätterte die Arbeit durch, in der ihr ausschließlich Rot ins Auge sprang, und ließ den Blick schließlich zur Note wandern.

Befriedigend.

Eine Drei? Sprachlos starrte Elinor auf die Note, sah dann wieder die Arbeit durch. Nina sah über ihren Arm hinweg und stieß einen Jubellaut aus.

»Siehst du, habe ich doch gesagt, dass du das packst!«

Wieder das Lächeln von Herrn Lohe, und Elinors flüchtige Sorge, er könnte beim Blick auf ihr Heft bemerken, dass er sich vertan hatte, verflog, stattdessen breitete sich eine Erleichterung in ihr aus, die so köstlich war, dass Elinor sich fühlte, als durchriesele sie sie in warmen Wellen. Es war, als löse sich eine Zentnerlast von ihrer Brust, und sie tat einen tiefen Atemzug, der auf einmal leichter zu gehen schien als in all den Wochen zuvor.

Es war früher Nachmittag, aber trotzdem schien es schon zu dämmern. Eine dunkle Wolkendecke schluckte jeden Sonnenstrahl, sodass das Haus der Marquardts zwischen Kiefern und Zypressen in graues Zwielicht gehüllt war. Zögernd lehnte Elinor ihr Fahrrad gegen den Zaun, kettete es an und stieß das Tor zur Einfahrt auf. Ihre Schritte ertranken in Schatten. Unwillkürlich musste sie beim Anblick des still daliegenden Hauses an Ninas »Dornröschen« denken. Nun, dann kehrte sie das Märchen eben um.

Der dunkle Gong, an den sich Elinor noch von ihrem letzten Besuch hier erinnerte, ertönte, als sie den in das bronzefarbene Namensschild eingelassenen Knopf drückte. Stille. Dann bemerkte sie eine Silhouette, die sich rasch näherte, und die Tür wurde aufgezogen. Sebastian stand vor ihr in Jeans, grauem Kapuzenpullover und auf Strümpfen. Sein Haar wirkte, als habe er es mit den Händen zerwühlt, und die dunklen Ringe um seine Augen hatten sich vertieft. Überrascht sah er sie an.

»Ich weiß, ich hätte vorher anrufen sollen …« Unbehaglich rang Elinor die Hände. »Aber es war eine spontane Idee. Ich treffe nachher Nina und Chris in der Stadt, und da wollte ich …«

In Sebastians Mundwinkel schlich sich ein Lächeln. »Komm erst mal rein.«

Das Haus wirkte tagsüber ganz anders als an jenem Abend, als die Lampen den Räumen einen warmen, gelblichen Schimmer gegeben hatten und es von Geplauder erfüllt gewesen war. Jetzt wirkte das matt einfallende Licht taubenblau, und die kühle Stille erinnerte Elinor an das Meer im Frühnebel.

Carolin kam aus dem Wohnzimmer, ebenfalls auf Strümpfen, das karamellfarbene Haar zu einem losen Knoten geschlungen. »Oh, hallo.« Sie klang nicht begeistert.

»Also, wenn ich störe …«, begann Elinor.

»Nein«, fiel Sebastian ihr ins Wort. »Carolin liest, und ich habe versucht, zu lernen, bisher allerdings erfolglos.«

»Erfolglos heißt bei ihm, es wird eine Zwei anstelle einer Eins«, machte Carolin den Versuch geschwisterlicher Neckerei, die allerdings an ihrer spröden Stimme brach.

»Komm, ich sitze im Wintergarten.« Er berührte ihren Arm, und Elinor begleitete ihn. Kurz erhaschte sie einen Blick auf Carolin, die ihnen nachsah.

Im Wintergarten vermischte sich das graue Licht mit grünen Schatten. Sebastian ging zu der Bank, auf der sie beide schon einmal zusammen gesessen hatten, wartete, bis sie sich darauf niederließ, und setzte sich dann neben sie, leicht seitlich, sodass er sie ansehen konnte. Auf der Glasfläche des Rattantisches vor ihnen lagen Bücher und beschriebene Zettel verteilt. Molekulargenetik.

»Die Vélez hat heute Morgen eine Ansprache gehalten«, sagte Elinor, nur um überhaupt etwas zu sagen. Ihr war heiß geworden, und sie knöpfte ihren Mantel auf.

»Ich weiß, hat mir Carolin schon erzählt.«

»Kommst du morgen wieder in die Schule?«

Sebastian schwieg und zuckte nur mit den Schultern.

»Nicht alle denken so.«

»Das sicher nicht, aber die, die es tun, sind die, die am lautesten schreien.«

»Das werden sie jetzt nicht mehr wagen.«

Sebastian presste die Lippen zu einem schmalen Strich zusammen und wandte den Blick ab, sah durch die Glaswand in den Garten. »Wir können doch nicht schon wieder wegziehen …«, sagte er schließlich kaum hörbar. »Markus Karstein und mein Vater sind seit Jahren befreundet. Er hatte damals gesagt, wir sollten hierherkommen, hier sei eine Stelle frei geworden. Und ich sollte mich um das dumme Gerede nicht scheren, die Leute bräuchten immer einen Schuldigen.« Er sah sie an. »Ich wünschte, ich hätte Sophie nicht um deinetwillen gesagt, ich würde sie nicht sehen wollen.«

Elinors Stimme zitterte leicht, als sie antwortete. »Indem du die Schuld auf mich abwälzt, machst du es weder ungeschehen noch wird es leichter für dich. Glaubst du, ich hätte dir gesagt, du sollst sie nicht treffen, wenn ich gewusst hätte, was ihr zustoßen wird?«

»Nein, schon gut, tut mir leid.« Seine Stimme splitterte, und er atmete tief durch, dann beugte er sich leicht vor und umfasste ihre Hand, ließ seine Finger in die ihren gleiten, leicht, spielerisch, gedankenverloren, trostsuchend. »Ich weiß nur nicht, wie ich damit umgehen soll. Das mit Merle war das Schlimmste, was mir je zugestoßen ist. Jetzt weiß ich nicht, was schlimmer ist. Von Merle habe ich mich im schlimmsten Streit getrennt. Aber Sophie hat mich angerufen, weil sie Hilfe brauchte, und ich habe abgelehnt.«

»Hör zu«, Elinors Finger schlossen sich eng um seine, »das bringt doch jetzt nichts. Du musst hier einfach mal raus.« Sie erhob sich, ohne seine Hand loszulassen. »Das ist auch der Grund, warum ich hier bin. Ich möchte, dass du mit mir in die Stadt gehst, wenn ich gleich Nina und Chris treffe.«

»Das halte ich für keine gute Idee.«

»Ich schon, und obwohl ich ahne, dass du eine unerträglich bestimmende Art an dir haben kannst«, Elinor bemerkte, wie ein Anflug von Belustigung in sein Gesicht trat, »entscheide ich jetzt, dass du mitkommst, und du wirst dich fügen.«

Er hob eine Braue. »Was du nicht sagst.« Dann stand er jedoch auf und streckte die Hand aus, strich ihr über die Wange und ließ seine Fingerspitzen in ihr Haar an der Schläfe gleiten. Ein Kribbeln folgte seiner Berührung, und Elinors Herz machte einen verstörenden Satz. »Na, dann will ich mal tun, was du sagst.« Der Anflug seines schiefen Lächelns, das bei Elinor stets für Puddingknie sorgte, erschien, verblasste jedoch sofort wieder. »Aber vielleicht ist es Nina nicht recht?«

»Das ist schon okay.«

Als sie am Wohnzimmer vorbeikamen, bemerkte Carolin sie und sah von ihrem Buch auf. »Wo geht ihr hin?«

»In die Stadt«, antwortete Sebastian.

»Du hast doch gerade gesagt, du gehst heute nicht raus.«

»Ich habe meine Meinung geändert.«

»Wenn ich das gewusst hätte, wäre ich nicht deinetwegen zu Hause geblieben.«

Elinor fragte sich, ob Carolin das genervte Augenverdrehen bemerkte, mit dem Sebastian ihre Worte quittierte. Geschwister unter sich. Ohne weiter auf seine Schwester einzugehen, ging Sebastian mit Elinor zur Garderobe. Während er seinen Mantel nahm, knöpfte sie ihren wieder zu und betrachtete noch einmal die Fotos.

»Fotografierst du noch?«, fragte Sebastian, der ihren Blick bemerkt haben musste.

»Nein, momentan nicht.«

»Aber du fängst wieder an?«

Sie zuckte mit den Schultern. Derzeit konnte sie sich nicht vorstellen, wieder mit der Kamera auf Motivsuche zu gehen. Zu deutlich stand ihr der Moment vor Augen, in dem Sophies gekrümmte, bleiche Finger im Fokus erschienen waren, ihr lebloses Gesicht mit den erloschenen, ins Leere starrenden Augen.

»Mach es«, sagte er leise. »Es wäre schade drum.«

Sie nickte nur. Als er seine Schuhe angezogen hatte, rief er ein »Tschüss, Caro« über die Schulter und verließ mit Elinor das Haus. Während er sein Fahrrad aus der Garage holte, tippte sie schnell eine Nachricht an Nina. *Bin in 20 Min. da. Bringe Sebastian mit.*

Nina und Chris warteten bereits im Café, vor sich Tassen mit dampfender Schokolade. Chris legte den Kopf leicht schief, als sie sich zu ihnen an den Vierertisch setzten, Sebastian neben ihn und Elinor zwischen Sebastian und Nina, gegenüber von Chris. Zunächst herrschte Schweigen, und niemand schien so recht zu wissen, was er sagen sollte. Schließlich machte Chris den Anfang.

»Weißt du schon, was du nach dem Abi machen willst?«, fragte er Sebastian, vermutlich weniger, weil es ihn interessierte, sondern vielmehr, weil die Schweigepause anfing, unangenehm zu werden.

»Entweder Medizin oder Architektur, allerdings tendiere ich eher zu Ersterem.«

Nina stützte das Kinn auf eine Hand. »Hatte ich auch erst vor, aber vermutlich werde ich Germanistik und Kunstgeschichte studieren.«

Sebastian sah sie an. »Und was macht man später damit?«

»Das habe ich sie auch schon gefragt«, sagte Chris.

Nina schoss einen giftigen Blick auf ihn ab und wandte sich an Sebastian. »Ich könnte im Museum arbeiten oder Journalistin werden, da gibt es so einiges.«

»Man könnte es auch unter den Oberbegriff ›brotlose Jobs‹ fassen.« Offenbar war Chris in streitlustiger Stimmung.

»Deine Berufspläne sind vermutlich besser«, schnappte Nina. »Mechanikerlehre anstelle eines Abis.«

Elinors Augen weiteten sich erstaunt. »Du gehst ab?«

»Ja«, antwortete Nina für Chris. »Ich weiß es seit heute. Genauer gesagt seit einer halben Stunde.«

Eine Kellnerin kam und nahm die Bestellung auf.

»Wann gehst du ab?«, wollte Elinor wissen. »Nach der Zehn?«

»Würde ich gerne, aber meine Eltern haben mich überredet, noch das Fachabi zu machen.«

»Du könntest danach wenigstens was Vernünftiges machen«, sagte Nina.

»Es ist was Vernünftiges.«

»Mechaniker mit Fachabi! Also bitte!«

»Du wirst anders darüber denken, wenn dein Auto nicht anspringt. Außerdem will ich den Meister machen und dann vielleicht noch an der FH studieren.«

»Ein Cousin von mir hat das so gemacht«, mischte sich Sebastian ein. »Er war Mechatroniker und hat jetzt einen ziemlich guten Job in der Elektroindustrie.«

»Momentan tendiere ich noch zum Kfz-Mechatroniker, ich habe mich noch nicht entschieden. Aber wenn ich mal irgendwo arbeite, möchte ich wissen, wie die Dinge funktionieren und zur Not Hand anlegen können.«

Nina war sichtlich verstimmt, ob aufgrund von Chris' Berufsplänen oder weil sie erst jetzt so beiläufig davon erfahren hatte, war nicht zu unterscheiden. Vermutlich beides.

»Und wenn du dann später nur ein Taschengeld verdienst«, nahm sie den Faden wieder auf, »wirst du …«

»Einen Besuch beim Arbeitsamt machen, wo du mit deinem Museumsjob vermutlich Dauergast bist.«

Die Getränke kamen, und während Elinor einen Schluck trank, tauschte sie einen Blick mit Sebastian, der deutlich entspannter wirkte als noch vor einer halben Stunde.

»Ich habe auf jeden Fall schon einen Ausbildungsplatz in Aussicht«, sagte Chris. »Ein Freund meines Vaters in Augsburg …«

»Augsburg?!« Nun war Nina wirklich entsetzt. »Du machst die Ausbildung nicht hier?«

»Nein.«

»Toll, dass ich das auch mal erfahre!«

Chris zuckte mit den Schultern. »Du hast doch selbst gesagt, du studierst vielleicht im Ausland.«

»Aber ich dachte, wir planen das gemeinsam.«

Elinor räusperte sich. »Und sonst so?«

Mit vor der Brust verschränkten Armen saß Nina zurückgelehnt auf ihrem Stuhl, starrte auf den Tisch und schwieg. Chris, der sich normalerweise nicht so schnell aus der Ruhe bringen ließ, war nun selbst sichtlich genervt.

»Ehrlich gesagt verstehe ich das Gezicke gerade nicht, bis ich abgehe, sind es noch eineinhalb Jahre.«

Nina wandte sich an Elinor und bemühte sich sichtlich um Ruhe. »Hast du diesen Kommissar heute angerufen?«

Neben ihr verspannte sich Sebastian, das konnte Elinor spüren, ohne hinzusehen. Das Geplänkel zwischen Nina und Chris war ihm vermutlich lieber gewesen.

»Ja, vorhin nach der Schule«, erwiderte Elinor. »Er sagte, dass mir das jeder hätte schicken können, der die Sache von Sebastian damals gewusst hat. Das sind Artikel, die man ohne Weiteres im Netz aufrufen kann, und da die Mails ja keine Drohung beinhalten …« Sie zuckte mit den Schultern.

»Machen die da jetzt gar nichts?«

»Was sollen sie machen?«

»Du bist mit Henning befreundet, oder?«, fragte Sebastian an Chris gewandt.

»Na ja«, antwortete der, »befreundet ist etwas weit gefasst, wir sind im selben Kampfsportverein.«

»Glaubst du an die Selbstmordtheorie?«, fragte Nina Sebastian.

Der schwieg eine Weile. »Ich weiß es nicht«, antwortete er schließlich. »Aber dass sie betrunken war, war untypisch für sie.«

Elinor dachte nach. »Aber wo waren die Flaschen? Oder ist sie schon betrunken hochgefahren?«

»Muss wohl«, sagte Nina. »Die Polizei wird das ja überprüft haben.«

»Henning hat erzählt, dass niemand Sophie gesehen hat.«

Chris ließ den kleinen Löffel immer wieder mit einem leisen *Ping* gegen die Tasse stoßen, was Elinor schrecklich nervte. »Er meinte, das sei halt typisch für die Gleichgültigkeit in der Gesellschaft heute. Aber meine Güte, wer achtet denn auf jeden einzelnen Mitfahrer?«

Sie diskutierten, stellten verschiedene Szenarien auf, kamen jedoch zu keinem Ergebnis. Schließlich gab Nina das Zeichen zum Aufbruch.

»Ich muss mal so langsam nach Hause. Dieses blöde Geschichtsreferat, ich bin noch nicht mal zur Hälfte fertig.«

Chris winkte die Kellnerin heran, dann zahlten sie und erhoben sich.

»Und ihr?«, fragte Nina, als sie ihre Fahrräder aufschlossen.

Elinor und Sebastian waren unschlüssig. »Darf ich dich nach Hause bringen?«, fragte Sebastian.

Beim Gedanken an ihre Mutter schüttelte Elinor den Kopf und spürte, dass sie rot wurde. »Lieber nicht. Meine Mutter ist da gerade etwas … äh … dünnhäutig.«

»Verstehe.« Wenn ihn das traf, ließ er es sich nicht anmerken.

»Ich könnte dich nach Hause begleiten«, schlug sie hastig vor.

Ein kurzes Lächeln blitzte auf. »Okay, also zu mir.« Elinor hob die Brauen, um zu zeigen, dass ihr die Zweideutigkeit nicht entgangen war, sagte jedoch nichts.

»Dann bis morgen.« Sie schwangen sich auf die Räder und fuhren los, während Nina immer noch an ihrem Schloss herumnestelte und Chris sich zu ihr beugte, um ihr zu helfen.

Als sie am Haus der Marquardts ankamen, fielen die ersten Regentropfen und zerplatzten auf dem Asphalt.

»Komm doch noch kurz mit rein«, schlug Sebastian vor.

»Würde ich gerne, aber ich muss noch einen Berg an Hausaufgaben machen.«

»Okay, dann stell dich wenigstens unter, bevor es noch heftiger losgeht.« Er schob das Fahrrad in Richtung Garage. Der Wagen seines Vaters stand nun in der Einfahrt. Sebastian öffnete die seitlich in die Garagenwand eingelassene Tür und schob das Fahrrad hinein. Flüchtig nahm Elinor den Geruch nach Öl wahr. Sie sah zum Himmel, über den sich eine dunkle Wolkenfront wälzte.

»Carolins Fahrrad ist nicht da«, bemerkte Sebastian. »Na, die wird ordentlich nass werden.«

»Ich glaube, ich fahre jetzt auch lieber. Es scheint gleich so richtig loszugehen. Sehen wir uns in der Schule?«

»Diese Woche nicht.« Er sah sie an, dann an ihr vorbei. »Das alles … Ich stecke das nicht so gut weg, wie es vielleicht aussieht.«

Elinor streckte die Hand aus, hielt dann aber inne. Doch er fing ihre Hand auf, ehe sie sie zurückziehen konnte, und legte sie sich an die Wange, sodass sein Gesicht in ihrer Handfläche lag. Dann ließ er sie los.

»Ich melde mich«, sagte er.

Als Elinor auf ihr Fahrrad stieg und losfuhr, fiel der Regen in dicken, kalten Tropfen. Sie zerrte sich die Kapuze ihres Mantels über den Kopf, machte dabei einen kleinen Schlenker auf die Straße und zog das Fahrrad wieder zurück auf den Radweg. Es war jetzt schon fast nachtdunkel, und außer ihr schien niemand mehr unterwegs zu sein. Nun, zumindest fast niemand. Als sie links abbog, bemerkte sie die dunkle Silhouette eines anderen Radfahrers einige Meter hinter sich. Der Regen fiel inzwischen in langen Fäden und machte die Sicht schwer. Elinor war nass bis auf die Haut. Vielleicht hätte sie doch bei Sebastian bleiben sollen, bis das Schlimmste vorbei war, wann auch immer das sein mochte.

Bei der nächsten Rechtskurve warf sie einen kurzen Blick über die Schulter. Der Radfahrer war immer noch hinter ihr. Sie trat schneller in die Pedale. Offenbar setzte ihr die Sache mit Sophie stärker zu, als sie geahnt hatte, jetzt sah sie schon Verfolger, wo keine waren. Als sie jedoch über die Schulter blickte, war der Radfahrer immer noch hinter ihr. Sie beschleunigte weiter und bemühte sich, das Tempo trotz ihrer brennenden Oberschenkel zu halten. Hastig warf sie wieder einen Blick zurück. Der andere Radfahrer hielt mühelos mit. Als sie wieder nach vorne blickte, bemerkte sie zu spät, dass sie zu weit links fuhr, wollte den Lenker herumreißen, konnte dem hohen Stein, der die Parkplatzbegrenzung bildete, jedoch nicht mehr ausweichen und stürzte. Hart landete sie auf ihrer rechten Hüfte, prellte sich das rechte Knie und den Ellbogen bei dem Versuch, den Sturz abzufangen. Stöhnend richtete sie sich auf, bemerkte, wie Räder neben ihr zum Stehen kamen und ihr Fahrrad hochgehoben wurde. Sie blickte auf.

»Du?«

Chris wirkte zerknirscht. »Sorry.«

»Sag mal, spinnst du? Du hast mir einen Riesenschreck eingejagt!«

»Hey, ich bin nur hinter dir gefahren, okay?«

»Ich dachte, mich verfolgt jemand.«

Unbehaglich zuckte er mit den Schultern, und Elinor verengte argwöhnisch die Augen. Noch immer lag sie am Boden, und Chris beugte sich vor, reichte ihr die Hand und zog sie hoch. Ihr Ellbogen und ihr Knie taten weh und ließen sich nur unter

Schmerzen beugen, und auf ihrer Hüfte hatte sie vermutlich einen riesigen blauen Fleck. Dann sah sie ihr Vorderrad.

»Oh nein!«

»Eine Acht. Das kriege ich schon wieder hin.« Chris begutachtete das verbeulte Rad.

»Ja, super. Und so lange gehe ich zu Fuß, oder was?«

»Es ist doch nicht meine Schuld, wenn du wie eine Wilde davonrast.«

»Du bist mir hinterhergefahren! Warum? Und erzähl mir jetzt bloß keinen Müll.«

»Das war Ninas bescheuerte Idee. Sie meinte, vielleicht ist es besser, wenn jemand auf dich aufpasst.«

»Ihr habt ja wohl beide nicht mehr alle Tassen im Schrank, oder?« Elinor humpelte versuchsweise einen Schritt.

»Jetzt reg dich ab, es war nur gut gemeint, okay?«

Elinors gemurmelte Antwort war wenig schmeichelhaft für beide.

»Komm, ich bringe dich nach Hause. Das Fahrrad lassen wir hier, ich hole es später mit meinem Bruder ab.« Ohne auf eine Antwort zu warten, schob er das Fahrrad zu einem Zaun.

»Du kannst das doch nicht einfach bei fremden Leuten anketten.«

»Doch, kann ich. Gib mal den Schlüssel.« Mit einem resignierten Seufzen reichte Elinor ihn ihm, und er schloss das Fahrrad an. »Kannst du gehen?«

»So einigermaßen.« Elinor humpelte ein paar Schritte. »Warum hast du dich eigentlich nicht zu erkennen gegeben?«

»Erstens bist du ja davongerast wie eine Irre, zweitens dachten wir, du wirst bestimmt sauer, wenn du dich überwacht fühlst.«

»Da könnte was dran sein.«

Während sie zusammen den Weg zu ihr nach Hause einschlugen, legte sich Elinors Wut wieder. Irgendwie war diese Beschützertour ja sogar ganz süß.

»Warum hattest du eigentlich Angst«, fragte er, und der Regen spülte ihm die Worte von den Lippen, sodass sie kaum zu verstehen waren, »wenn du dir so sicher bist, dass dir keine Gefahr droht?«

14

Die Flucht zu den nebelumhüllten Klippen bekam langsam etwas Morbides.

Morgen vor einer Woche, dachte Elinor, als sie Samstagmorgen die Augen aufschlug und nach dem Wecker tastete. Kurz vor neun. Wie so oft fielen die Bilder sie wie aus dem Hinterhalt an. Der stille Morgen, die im Frühlicht liegende Ruine, Sophies leblose Augen. Elinor kuschelte sich in die warme Decke, aber die Flucht in den Schlaf gelang nicht. Sebastian hatte sich mehrmals per Textnachricht gemeldet, und einmal hatten sie telefoniert. Und die ganze Zeit über ging ihr nicht aus dem Kopf, was Chris gesagt hatte. Wovor hatte sie Angst?

Schritte waren zu hören, Katharinas munteres Plappern, die Kaffeemaschine. Elinor richtete sich auf, schob die Decke weg, schlüpfte in ihre Clogs, nahm im Vorbeigehen ein Haarband vom Nachtschränkchen und verließ das Zimmer. Während sie ihre Haare zu einem Knoten schlang, betrat sie die Küche, in der sie der Duft von Kaffee und frisch aufgebackenen Brötchen empfing. Katharina saß mit einem Glas Milch am Tisch, und Marion stand vor dem Backofen und zog das Blech mit den Brötchen heraus. Sie wirkte, als hätte sie schlecht geschlafen, und zwischen ihren Brauen stand eine tiefe Falte.

»Guten Morgen«, sagte sie müde, legte das Blech auf dem Herd ab und ging zum Medikamentenschrank, dem sie eine Packung Tabletten entnahm. *Dolormin Migräne*. Es war also mal wieder so weit, glücklicherweise offenbar in einer leichten Form, wenn man das bei einer 600-mg-Ibuprofen-Dosis so sagen konnte. Die wirklich schlimmen Attacken kamen glücklicherweise selten, aber wenn, dann war es heftig, und Marion lag dann meist den kompletten Tag lang im abgedunkelten Zimmer im Bett.

»Willst du dich nicht wieder hinlegen?«, fragte Elinor, während sie die Brötchen in den Brotkorb legte.

»Würde ich gerne, aber ich habe nachher einen Termin.« Marion goss sich eine Tasse Kaffee ein und trank ihn schwarz. Ihr Kaffee-Stimmungsbarometer stand demnach auf »ganz mies«.

Jetzt kam auch Anna in die Küche, die Haare noch vom Schlaf zerwühlt und ziemlich schlecht gelaunt. Diese Anzeichen kannte Elinor. Während sie ihre Tage sozusagen im Vorbeigehen mitnahm, litt Anna jedes Mal fürchterlich, und so führte ihr erster Weg sie ebenfalls zum Medikamentenschrank.

»Muss es gleich die Keule sein?«, fragte Marion, als sie die Packung bemerkte.

»Ja, muss es.« Anna nahm ein Glas aus dem Schrank.

»Iss erst mal etwas.«

»Ich esse heute nichts«, murmelte Anna und nahm eine Tablette. Dann wandte sie sich an Katharina. »Wenn du mich noch mal mitten in der Nacht weckst, weil dein blödes Stofftier verschwunden ist, dann gibt es wirklich Ärger.«

»Mama ist nicht wach geworden«, verteidigte sich Katharina.

»Wegen so einer Kleinigkeit brauchst du überhaupt niemanden zu wecken.«

»Ich kann ohne Ferdinand nicht schlafen.« Katharina liebte das Schaf schon seit dem Babyalter.

»Das hat die letzten drei Nächte aber offenbar trotzdem gut funktioniert«, antwortete Anna genervt.

»Und wo ist Ferdinand?«, fragte Elinor.

»Sie hat ihn bei Papa vergessen.«

»Woher weißt du das?«

»Weil sie ihn mitten in der Nacht angerufen hat. Der hat sich gefreut, sage ich dir. Vor allem, weil er dieses blöde Vieh suchen musste, damit ich überhaupt noch ein bisschen Schlaf bekomme.«

Elinor nahm sich einen Becher Kaffee und setzte sich auf ihren Lieblingsstuhl in der Ecke.

»Willst du nichts essen?«, fragte Marion sie.

»Später.«

»Warum stehe ich eigentlich in aller Frühe hier, backe Brötchen auf und decke den Tisch, wenn dann niemand was anrührt?«

»Ich gehe wieder ins Bett«, sagte Anna.

»Elinor, spielen wir was?« Katharina trank den letzten Schluck Milch und biss halbherzig von ihrem Brötchen ab.

»Jetzt nicht.«

Es war ein ungemütliches Frühstück, und Elinor atmete auf, als Marion im Bad verschwand und Katharina ins Wohnzimmer ging. Kurz darauf hörte sie die Dusche und den Fernseher. Eigentlich hatte die Kleine feste Fernsehzeiten, aber Elinor stand nur auf, um nachzusehen, ob sie auch wirklich einen Kinderkanal guckte, und als sie die fröhliche Musik von »Timmy das Schäfchen« hörte, ließ sie ihre Schwester weiterschauen. Von einem gelegentlichen Regelbruch würde das Kind schon nicht verblöden.

In ihrem Zimmer schaltete Elinor den PC ein, der mit einem leisen Surren zum Leben erwachte. Sie hatte noch keine konkreten Pläne für den Tag, aber vermutlich würde es auf Babysitterdienste herauslaufen, da Anna sich nicht wohlfühlte und Marion vermutlich den halben Tag nicht da war. Vielleicht würde Nina ja später kommen, dann könnten sie mit Katharina zum Spielplatz gehen. Zu zweit war es nicht ganz so langweilig.

Als Elinor ihr Mailprogramm öffnete, sah sie zwei neue Mails, eine davon ein Newsletter von einem Foto-Blog, den sie abonniert hatte. Als sie jedoch den Absender der zweiten Mail sah, ging ihr Herzschlag schneller, denn die Mail war von *secretagent2014@*

gmx.de. Die Betreffzeile ließ nichts Gutes ahnen: *Nummer 3? Drei Mädchen und der falsche Junge*.

In die Mail waren Fotos eingefügt, das erste zeigte ein blondes Mädchen, das in die Kamera lachte. Unter dem Foto stand *Merle, 1997–2013*. Darunter ein Foto von Sophie, die auf einem Sofa saß und lächelte. *Sophie, 1997–2014*

Obwohl Elinor ahnte, was als Nächstes kam, zögerte sie. Das Herz hämmerte ihr gegen die Brust und trieb ihr den Atem in raschen Zügen über die Lippen. Das Foto von ihr war in der Schule gemacht worden. Offenbar unterhielt sie sich gerade mit jemandem. Sie war im Halbprofil fotografiert worden, der Mund leicht geöffnet, als wolle sie etwas sagen.

Elinor, 1998–?

Es hatte etwas Beruhigendes, Katharina beim Schaukeln zuzusehen. Elinor hatte sich in einem Thermobecher Früchtetee mitgenommen, von dem sie kleine Schlucke trank. Weil ihr Fahrrad immer noch in der Werkstatt von Chris' Freund stand, hatte sie sich Annas Fahrrad geliehen, das seit letztem Sommer meist ungenutzt im Keller stand. Katharina hatte ihr kleines Rädchen an die Bank, auf der Elinor saß, gelehnt. Neben ihr hatte sich eine Frau mit drei Kindern niedergelassen, das kleinste noch ein Säugling, der beständig Wimmerlaute von sich gab und gelegentlich losplärrte.

Weil das Wetter einigermaßen schön war – bewölkt und gelegentlicher Sonnenschein –, hatten sich etliche Eltern mit Kindern eingefunden. Gerade eben kam ein Junge in Katharinas Alter jammernd zu seiner Mutter, weil die Schaukel schon so lange besetzt war. Die Mutter warf ihr einen auffordernden Blick zu, Katharina zur Ordnung zu rufen, aber Elinor ignorierte sie. Mit fünf oder sechs Jahren sollten Kinder dazu imstande sein, einen Streit um eine Schaukel untereinander zu lösen. Sie würde sich da nicht einmischen, solange es nicht zu Handgreiflichkeiten kam. Die Mutter stand auf und ging zu den Schaukeln, wo sie demonstrativ neben ihrem Sohn wartete, was Katharina jedoch nicht beeindruckte.

»Gemütlicher Treffpunkt, wie am Strand in der Hauptsaison.« Nina ließ sich neben Elinor auf die Bank fallen und streifte den Kinderwagen mit einem Blick. »Ist hier schon besetzt?«

»Nicht der Rede wert«, antwortete Elinor. Die Mutter neben der Schaukel warf ihnen einen bösen Blick zu und taxierte Nina, als würde sie befürchten, dass diese sich mit dem Kinderwagen auf- und davonmachte. Das Baby in ihrem Arm weinte hartnäckig.

»Ich habe schon wieder so eine kranke Mail bekommen.« Elinor hielt den Blick auf Katharina gerichtet, die ihr von der Schaukel aus zuwinkte. Sie hob die Hand und winkte zurück. Als Nina abwartend schwieg, fuhr sie fort: »Mit drei Fotos, Merle, Sophie und ich, nur mit dem Unterschied, dass bei mir noch kein Todesdatum steht.«

»Hast du das der Polizei gezeigt?«

»Nein, noch nicht.« Sie hatte das Gefühl, dass das ohnehin nichts brachte.

»Aber das ist doch eine ganz klare Drohung.«

»Nein, es ist nur eine Auflistung von Tatsachen und die Warnung, dass ich auf mich aufpassen soll, weil ich mit dem falschen Jungen zusammen bin. Ich weiß nicht mal, wann diese Person das Foto von mir gemacht hat, aber auf jeden Fall muss es in der Schule gewesen sein.«

Nina hatte die Unterlippe zwischen die Zähne gesogen und dachte nach. »Das schränkt es immerhin ein, oder?«

»Ja, auf ein paar hundert Schüler.«

»Jemand wacht eifersüchtig über Sebastian, und falls das mit Merle kein Unfall war, dann war diese Person schon damals auf Rügen. Und da kommt ja nur ein Mädchen infrage, oder?«

»Du spinnst ja. Carolin ist seine Schwester.«

»Nein, ist sie nicht.«

»Ich weiß, dass du sie nicht magst, aber sie rennt ganz sicher nicht herum und tötet andere Mädchen. Außerdem war Merle ihre Freundin.«

»Wenn sie nicht die Täterin ist, dann will sie dich vielleicht wirklich warnen.«

Katharina hatte endlich genug vom Schaukeln, sprang in den Sand und rannte zur Rutsche. Mit säuerlichem Gesicht schob die Mutter ihren Sohn vor, der auf Schaukeln jetzt aber keine Lust mehr zu haben schien. Es ging auf Mittag zu, und die Sonne malte hellgelbe Flecken in den Sand. Noch war es recht kühl, aber man roch den Frühling bereits.

Andreas hatte angerufen und gesagt, dass er Katharina nach dem Mittagessen abholen würde. Am späten Nachmittag bekam er Besuch von Kollegen, daher würde Elinor ihre Schwester dann abholen. Anna wollte den Tag im Bett verbringen, und Marion hatte kurzfristig noch einen weiteren Termin, sodass sie erst abends zurück sein würde.

»Was machst du nachher noch?«, fragte sie Nina.

»Ich treffe mich in einer Stunde mit Chris, und irgendwann muss ich heute noch zu meinem Opa, ich habe versprochen, ihm im Garten zu helfen, wenn das Wetter besser wird. Damit geht dann wohl auch morgen der ganze Sonntag drauf.«

Elinor hatte noch keine Pläne für den Tag, aber die Stunden, in denen Katharina bei ihrem Vater war, waren zu kostbar, um sie mit Herumsitzen im Zimmer zu vergeuden. Sie holte ihr Handy hervor und schickte Sebastian eine Nachricht.

Hast du heute schon was vor?

Nina linste über ihre Schulter. »Dir ist auch nicht zu helfen, oder?«

Die Antwort kam kurze Zeit später. *Bisher noch nicht. Treffen?*

Demonstrativ drehte sich Elinor so, dass Nina nicht mitlesen konnte, was diese mit einem Augendrehen quittierte.

Ich hole dich ab. 14 Uhr?

»Weißt du, ob Sophie auch so gestörte Mails bekommen hat?«, wollte Nina wissen.

»Keine Ahnung.«

Eine aufsteigende Tonfolge erklang. *Okay. Freu mich.*

»Chris kann ja mal Henning fragen.« Aber irgendwie glaubte Elinor das nicht. Den Kopf zurückgelehnt ließ sie ihr Gesicht von der Sonne bescheinen und hörte dem Kinderlärm und dem immer mal wieder aufschwappenden, übermütigen Lachen zu.

Pünktlich um vierzehn Uhr stand Elinor vor der Tür der Marquardts. Es war allerdings nicht Sebastian, der öffnete, sondern sein Vater. Er sah ebenso müde und blass aus wie sein Sohn, und auch sein Lächeln wirkte bemüht.

»Komm rein, Elinor. Sebastian telefoniert noch.« Er wies mit der Hand in den Eingangsbereich. Zögernd trat Elinor ein, behielt aber ihre Jacke an.

»Möchtest du etwas trinken?«, fragte Dr. Marquardt.

Elinor schüttelte den Kopf. »Nein, danke.«

Er führte sie ins Wohnzimmer, wo Carolin mit einem Buch auf dem Sofa lag. Sie hob nur den Blick, als Elinor den Raum betrat, dann trat ein sanftes Lächeln auf ihre Lippen, das irgendwie besorgniserregend wirkte, als stünde sie neben sich.

»Was machen die Kopfschmerzen?«, fragte Sebastians Vater.

»Besser.«

»Liegt wohl in der Luft«, sagte Elinor, nur, um überhaupt etwas zu sagen. »Meine Mutter ist auch mit Migräne wach geworden.«

»So schlimm ist es zum Glück nicht.« Carolin richtete sich auf und sah Elinor an, dann schob sie sorgsam ein Lesezeichen zwischen die Seiten und legte das Buch auf den Tisch. »Sebastian hat erzählt, dass du kommst. Seit Sophie nicht mehr im Rennen ist, scheint er auf dich abzufahren.«

»Carolin!«, sagte Dr. Marquardt kalt.

Carolin lächelte wieder. »Entschuldigung.« Sie schlug die Beine übereinander und sah ihren Stiefvater an. Der nickte knapp und verließ das Wohnzimmer. Elinor hörte, wie er nach Sebastian rief. Sie sah sich im Wohnzimmer um. Die hohen Bogenfenster gingen zum Garten raus, der über zwei Terrassen sanft abfiel und von Zypressen begrenzt war. Das Glitzern von Wasser zwischen Farnen verriet einen Gartenteich, über den ein Kirschbaum seine Zweige reckte.

Unvermittelt drehte Elinor sich zu Carolin um. »Hast du mir gemailt?«

Überrascht weiteten sich Carolins Augen, und für den Bruchteil einer Sekunde wirkte sie überrumpelt. Dann kehrte das Lächeln auf ihre Lippen zurück. »Und wenn?«, fragte sie sanft.

»Fände ich das nicht besonders komisch.«

»Nein, das wäre es nicht. Aber Sophie fand es sicher auch nicht komisch, als sie nichts Böses ahnend der falschen Person den Rücken zugedreht hat.«

»Die Polizei sagt, es war Selbstmord.«

»Die Polizei denkt auch, Sebastian sei hier gewesen.«

Elinor zuckte mit den Schultern, und Carolin hob die Brauen.

»Du wusstest, dass er nicht hier war?«

»Ja.«

»Er wollte Sophie treffen.«

»Nein, sie wollte, aber er hat abgesagt.«

»Erzählt er das, ja?«

»Du willst ihn unbedingt reinreiten, oder?«

»Wenn ich das wollte, hätte ich ihn nicht durch meine Aussage gerettet. Nicht zum ersten Mal übrigens.« Carolin zog die Beine aufs Sofa und setzte sich bequem in die Ecke zwischen Arm- und Rückenlehne. »Sebastian war noch nie irgendeinem Mädchen treu. Wusstest du, dass er eine Nacht mit Sophie in unserem Ferienhaus verbracht hat, als er noch mit Merle zusammen war? Sie war mit ihren Eltern letztes Jahr in den Osterferien auf Rügen.«

Elinor war wie vor den Kopf geschlagen.

»Und dann hat er Sophie gesagt, das mit ihnen würde nichts, weil er ja Merle liebt, das übliche Blabla eben, das Jungs schwätzen, wenn sie nur auf eine schnelle Nummer aus sind. Von wegen Freunde bleiben und so weiter.«

Schritte waren zu hören, jemand kam die Treppe herunter, dann erschien Sebastian an der Wohnzimmertür. »Hallo, tut mir leid, dass es länger gedauert hat. Das war meine Tante, und die wird man so schnell nicht los, wenn sie wieder auf einem seltsamen Trip ist.«

»Sollte sie dir mal wieder etwas von deiner Mutter ausrichten?«, fragte Carolin.

»Den üblichen bekifften Scheiß.« Sebastian wandte sich an Elinor. »Sollen wir los?«

»Wo geht ihr hin?«

»Mal sehen.«

Elinor sah Carolin an. »Bis dann«, verabschiedete sie sich, wobei sie ihre Stimme nur mit Mühe in den Griff bekam. Carolin schien es zu bemerken, ebenso wie Sebastian, denn die beiden tauschten einen Blick.

Sebastian taxierte sie forschend, als sie auf der Straße standen, aber Elinor tat so, als würde sie es nicht merken. Sie wollte nicht über das sprechen, was Carolin gesagt hatte, noch nicht.

»Zum Drachenfels?«, fragte sie stattdessen und beobachtete ihn.

Er ließ sich Zeit mit einer Antwort. »Ja«, sagte er schließlich.

Sie fuhren mit den Fahrrädern am Rhein entlang bis nach Bad Godesberg zum Fähranleger. An diesem Tag hatten sich etliche Familien eingefunden, die das schöne Frühlingswetter für einen Ausflug nutzten. Kinder quengelten, weil sie ein Eis wollten, und vor dem Kiosk stand eine kleine Schlange von Menschen an. Sebastian kettete die Räder zusammen und öffnete den Reißverschluss seiner Jacke. Obwohl es noch kühl war, hatte die Fahrt hierher sie beide ins Schwitzen gebracht, und auch Elinor löste den Gürtel um ihre Taille und öffnete ihren Mantel.

Verstohlen beobachtete sie Sebastian, dachte an die Tage, an denen sie auf seine Blicke und alles, was er zu ihr sagte, fixiert gewesen war. Die Anziehungskraft, die er auf sie ausübte, war nicht geringer geworden, sie hatte sich aber verändert. Sie waren Freunde, und irgendwie auch mehr als das. Mit jedem Tag, den sie sich sahen, wuchs eine tiefere Vertrautheit, und Elinor spürte, dass sich diese Nähe richtig anfühlte. Dennoch nagte das, was Carolin ihr erzählt hatte, an ihr, und sie stellte sich Sebastian und Sophie vor, allein im Ferienhaus seines Vaters. Sie konnte Merle verstehen, sie selbst wäre auch rasend geworden vor Eifersucht.

Sebastian sah auf den Rhein, der träge an das steinige Ufer schwappte. Gras bog sich im leichten Wind, und unter den Bäumen bewegten sich Schatten in einem bizarren Tanz. Unvermittelt drehte Sebastian sich um und ertappte Elinor dabei, wie sie ihn anstarrte. Wärme stieg ihr in die Wangen, aber sie wendete den Blick nicht ab, sondern hielt ihn ruhig auf sein Gesicht gerichtet.

»Was hat sie dir erzählt?«, wollte er wissen.

Elinor hob die Schultern an und verschränkte die Arme vor der Brust. Auf einmal fror sie wieder. Die Fähre legte an, und anstelle einer Antwort deutete Elinor auf den Anleger. Schweigend gingen sie über den Steg, kauften zwei Fahrkarten und betraten mit anderen Fußgängern das Deck, während Autos im Schritttempo neben ihnen herfuhren und auf gekennzeichneten Bereichen parkten. Elinor ging zur Reling, stützte die Arme darauf und schaute zum anderen Ufer.

»Was hat sie dir erzählt?«, wiederholte Sebastian, als er sich neben sie lehnte, mit dem Rücken an die Reling, sodass er sie ansehen konnte.

Elinor tat einen tiefen Atemzug. »Hast du mit Sophie geschlafen, als du mit ihr die Nacht in eurem Ferienhaus verbracht hast?«

Wieder ließ er sich Zeit mit der Antwort, setzte nicht zu eiligen Rechtfertigungsversuchen an. »Nein.«

»Aber warum dann diese Geheimniskrämerei?«

»Sophie hatte sich mit so einem Typen eingelassen, keine Ahnung, wo er herkam, vielleicht war das eine kleine Auflehnung gegen ihren Vater, vielleicht hat sie einfach nur ein Abenteuer gesucht, keine Ahnung. Ich weiß bis heute nicht, was er ihr gegeben hat, aber sie war danach auf einem richtig üblen Trip. An dem

Abend war ich mit Freunden auf Rügen und wollte dort übernachten, als mich ein Freund anrief und mir erzählte, er habe Sophie mit irgendwelchen komischen Leuten gesehen und dass es wohl besser wäre, wenn ich dort mal hingehen würde. Sie war da mit diesem Typen, stand total neben sich, glotzte mit glasigem Blick irgendwo in die Ferne, während sich der Kerl an ihr zu schaffen machte. Ich bin dazwischen und habe sie dann in unser Ferienhaus gebracht. Der Typ hatte wohl Angst vor der Polizei und ist abgehauen, ehe ich fragen konnte, was mit ihr nicht stimmte. Keine Ahnung, was er ihr gegeben hat.« Sebastian zuckte mit den Schultern.

»Hast du sie zu einem Arzt gebracht?«

»Nein, ich wollte erst abwarten, ob es ihr besser ging. Sie hatte nichts dabei, keine Krankenversicherungskarte oder so, ich hätte also ihren Vater auf dem Festland anrufen müssen. Nach zwei Stunden wurde es besser, sie kam langsam wieder zu sich, und im Laufe der Nacht wurde sie einigermaßen klar, konnte sich aber an nichts erinnern. Ich hatte ihr gesagt, sie sollte den Typen anzeigen, aber das wollte sie nicht, sie wollte überhaupt nicht darüber sprechen, wollte nur wissen, ob er sie vergewaltigt habe, was ich glücklicherweise verneinen konnte.«

Die Fähre näherte sich dem Ufer. Wasser schäumte auf und zerstob in feinem Sprühregen auf Elinors Gesicht.

»Sophie«, fuhr Sebastian fort, »hat sich furchtbar geschämt dafür, als sei das ihre Schuld gewesen. Wir haben ausgemacht, niemandem davon zu erzählen, und sind bei der Version geblieben, sie habe bei mir übernachtet. Davon waren ihre Eltern zwar auch nicht so begeistert, aber das war die einzige Version, bei der wir bei der Wahrheit bleiben konnten. Ich vermute mal, sie haben uns das mit dem ›rein freundschaftlich‹ nicht geglaubt.«

Mit einem Ruck legte die Fähre an, und zusammen mit den anderen Fahrgästen gingen Elinor und Sebastian über den Steg.

»Und Merle?«, fragte Elinor.

»Die hat Wochen später irgendwie davon erfahren und ist dann ausgerastet, hat getobt wie eine Wildkatze. Sie hat mich nicht einmal ausreden lassen. Ich glaube, so haben wir uns noch nie gestritten. Es war das letzte Mal, dass ich sie lebend gesehen habe.«

Sie fuhren nur die halbe Strecke hinauf und gingen dann zu Fuß weiter. Elinor schlug ihren Lieblingsweg ein, der zwischen Büschen, Bäumen und hohem Gras hindurchführte.

»Ich zeige dir mal mein Lieblingshaus«, sagte sie. Eigentlich interessierte sie das Haus gerade überhaupt nicht, denn was Sebastian ihr erzählt hatte, ließ ihr keine Ruhe. Sophie, Merle, der Streit … Es fügte sich ganz anders zusammen als das, was Carolin erzählt hatte. Schlüssig klang jedoch beides, nun war die Frage, wer glaubhafter war. Und im selben Moment, in dem sie das dachte, fühlte Elinor sich schlecht.

Vögel zwitscherten, und der zartblaue Himmel wirkte wie aus Glas. Es war eine romantische Idylle wie auf den Zeichnungen des neunzehnten Jahrhunderts. Außer den Vögeln und dem Geräusch ihrer Schritte auf dem teils mit Geröll übersäten Boden war nichts zu hören. Sie waren allein.

Das Haus kam in Sicht, aus der Ferne betrachtet scheinbar intakt, offenbarte es seinen Verfall erst beim Näherkommen. Es hatte etwas von einem herrschaftlichen Anwesen mit dem Fachwerk im oberen Teil des Gebäudes, dem Giebel, dem Eckbalkon mit der hölzernen Balustrade, dem gewölbten Fenster seitlich neben dem Eingang, den Erkern und hohen Fenstern, den verblassenden Jugendstilmalereien über der Veranda. Eingänge und Fenster waren mit Betonblöcken zugemauert. Vor einigen Jahren waren an einigen Stellen Steine herausgebrochen gewesen, und wenn man nahe an das Haus herangegangen war, hatte man in modrige Finsternis gesehen und kalte, klamme Luft eingeatmet, die nach feuchter Erde roch. Es war traurig, diesem Zerfall zuzusehen, der sich langsam im Innern ausbreitete, während sich die Fassade noch mit einem blassen Abbild einstigen Glanzes zeigte. Jetzt umgab ein Bauzaun das Gebäude, und die Fläche darum herum war gerodet worden.

Unter Bäumen befand sich etwas, das aussah wie Reste eines Beckens, dessen Zweck nicht mehr erkennbar war. Eine ehemalige Remise war zu erahnen, eine Gruppe von Bäumen bildete schattige Nischen, und Elinor hatte sich oft vorgestellt, wie Menschen an einem großen Tisch darunter saßen, Frauen in langen Sommerkleidern, Männer in Gehröcken. Unzählige Male hatte sie das Haus fotografiert.

»Hübsch«, bemerkte Sebastian. »Und traurig.«

Der Weg schlängelte sich zwischen Gras und Wildblumen in waldiges Dickicht und verlor sich in grünen Schatten. Immer noch waren sie die Einzigen, die auf diesem Weg unterwegs waren, und als Elinor den sanften Druck spürte, mit dem sich Sebastians Finger um die ihren schlossen, und sie dieses Mal ihm folgte, als er von dem Haus fortstrebte, fragte sie sich, ob sie nicht doch einen Fehler machte.

Links und rechts von ihnen erhoben sich Felsen und bewachsene Hügel, auf denen Elinor als Kind immer gerne herumgeklettert war. Sebastian verließ den Weg und ging eine steile Anhöhe hinauf. Eine Zeit lang war nur das Geräusch knackender Äste, Rascheln und ihr schneller gehender Atem zu hören. Irgendwann hielt Sebastian an, und sie sahen von ihrem erhöhten Standort aus in den Wald, der sich sowohl über ihnen als auch unter ihnen erhob und um sie herum erstreckte. Man konnte hier stundenlang wandern, ohne auch nur einem anderen Menschen zu begegnen. Sebastian schob seinen Arm um Elinors Taille und zog sie an sich. Als sie ihm ihr Gesicht zuwandte, senkte er den Kopf, bis ihre Münder nur noch eine Handbreit voneinander entfernt waren. Mit wild klopfendem Herzen wartete sie. Dann folgte eine weiche Berührung, ein kurzes Innehalten, und im nächsten Moment wandte Sebastian sich abrupt ab und ließ sie los. Irritiert hob Elinor die Finger an die Lippen.

»Stimmt etwas nicht?«, fragte sie zaghaft. In diesem Moment zerriss das Klingeln ihres Handys die Stille. Eilig kramte sie es hervor, drückte Nina weg und schaltete auf lautlos. Sebastian hatte sich auf einem vorragenden Felsen niedergelassen, ein Knie angezogen und den Unterarm darauf gelegt. Mit dem Rücken lehnte er an einem Baum. Er sah zu ihr auf, wirkte auf einmal fern, verletzlich und gleichzeitig distanziert.

»Es ist dir gegenüber nicht fair«, sagte er.

»Warum? Weil man mich in der Schule ebenso schneiden könnte wie dich?«

»Nein, das geht vorüber. Es ist nicht richtig, weil du nicht die ganze Wahrheit kennst. Und die solltest du kennen, ehe du entscheidest, wie es mit uns weitergeht.«

Mit weichen Knien ging sie zu ihm und setzte sich neben ihn, sah ihn erwartungsvoll an. Sebastian atmete tief ein und schloss die Augen, als fiele ihm das, was er ihr sagen wollte, schwer.

»Ich hatte sie am Tag vorher am Strand getroffen, da war noch alles einigermaßen in Ordnung, soweit man das sagen kann. Am Abend ihres Todes hatte sie mich angerufen und gesagt, sie müsse mich unbedingt sehen. Also haben wir uns in einem Café getroffen.« Sebastians Blick verlor sich zwischen den Bäumen, ganz so, als spiele sich die Szene vor ihm noch einmal in all ihren Einzelheiten ab. »Irgendwie hatte sie davon erfahren, dass Sophie und ich die ganze Nacht in unserem Haus verbracht hatten. Sie war außer sich, wollte alle Details wissen, unterstellte mir wieder und wieder, sie mit Sophie betrogen zu haben. Natürlich konnte ich ihr von Sophies Absturz nichts erzählen – ich hatte es ja versprochen –, also habe ich ihr nur versichert, die Sache sei rein freundschaftlich verlaufen. Und je länger wir redeten, umso wütender wurde sie, sie hat geradezu getobt. Irgendwann ist sie dann aufgestanden und rausgelaufen, und ich bin hinter ihr her.« Er zögerte und erzählte dann weiter, davon, wie Merle zu den Klippen gelaufen und er ihr gefolgt war, nur um ihr zu sagen, dass es zwischen ihnen aus sei, dass er ihre Eifersucht nicht ertrug und die peinliche Szene im Café der letzte Tropfen war, den es noch gebraucht hatte. Mit wehendem blauen Kleid hatte sie am Rand gestanden und war in Tränen ausgebrochen, hatte ihm gedroht, sie würde springen, wenn er das wirklich durchziehen würde.

»Ich dachte, sie redet nur so daher. Merle hat viel zu gerne gelebt, um ihr Leben freiwillig zu beenden. Sie sagte, sie würde es tun, würde mich anrufen, damit ich mitbekäme, wie es passierte. Ich habe sie stehen gelassen und bin gegangen.«

»Und du denkst, sie ist wirklich gesprungen?«

»Sie hatte mich angerufen, ich habe es nicht gehört, weil ich mein Handy auf lautlos geschaltet hatte. Mir war das einfach zu viel an diesem Abend.« Sebastian schloss die Augen und massierte sich mit den Fingern die Lider, dann sah er Elinor wieder an. »Morgens sind Carolin und ich in aller Frühe raus zum Laufen, und da haben wir die Polizei an der Küste bemerkt und die Menschen, die aus den umliegenden Häusern kamen, um zu sehen, was da los war. Ich hatte es schon gewusst, noch ehe ich Merle gesehen habe.«

»Und jetzt denkst du, du bist schuld, weil du sie hast stehen lassen? Genauso, wie du bei Sophie schuld bist?«

»Der Schluss liegt nahe, oder? Und Merle ... Ich hatte es ja nicht einmal ernst gemeint, es war eine Kurzschlussreaktion, ich hatte sie viel zu gern, um sie gehen zu lassen.«

»Du warst nicht für sie verantwortlich.«

»Ich hätte sie nicht stehen lassen dürfen, und wenn, dann hätte ich jemanden verständigen müssen, der ihr hilft. Natürlich war ich verantwortlich.« Sebastians Stimme wurde mit jedem Wort lauter. »Du bist überhaupt die Erste, der ich erzähle, dass ich an dem Abend bei ihr auf den Klippen gewesen bin, weil ich Angst hatte, dass man mir meine Unschuld dann überhaupt nicht mehr glauben würde – soweit man von Unschuld sprechen kann, aber immerhin habe ich sie nicht eigenhändig runtergestoßen.«

»Und von ihren Selbstmordabsichten ...«

»Habe ich im Nachhinein auch nur Carolin erzählt, ich war einfach zu feige, es der Polizei und ihren Eltern zu sagen, zu gestehen, dass sie es meinetwegen getan hatte ...« Plötzlich stand er auf. »Komm, gehen wir weiter hoch, ich drehe durch, wenn ich hier still herumsitzen muss.«

Verwirrt folgte Elinor ihm. Er kannte sich im Gegensatz zu ihr nicht aus, aber dennoch sagte sie nichts, sondern ging jeden Weg, den er wählte, mit ihm, schweigend, weil ihr Worte falsch erschienen.

»Es klingt vermutlich melodramatisch«, fuhr er atemlos fort, während sie einen steilen Weg hinaufgingen, »aber für Mädchen ist es besser, sich nicht mit mir einzulassen. Merle ist tot, Sophie ist tot, und Carolin ist unglücklich in mich verliebt.«

Jäh blieb Elinor stehen. »Carolin?«, japste sie.

Sebastian drehte sich um und blieb nun auch stehen. »Hast du das nie bemerkt? Ich vermute, das war der Grund dafür, dass sie und Merle sich zerstritten hatten. Dass ihr Vater sich nicht für sie interessiert, setzt ihr schwer zu, sie lechzt nach jeder Nachricht, die er ihr zukommen lässt. Und irgendwann kreiste ihr Leben nur noch um mich, anfangs war es ein Großer-Bruder-kleine-Schwester-Verhältnis, aber inzwischen ... Keine Ahnung, was es ist.«

Sie gingen weiter, Sebastian einen halben Schritt vor Elinor, die ihre Gedanken zu ordnen versuchte und gleichzeitig immer ihre Umgebung im Blick behielt, um die Orientierung nicht zu verlieren. Elinor und Sebastian mussten ein ziemliches Stück zurücklegen, um zum Drachenfels zu gelangen, da ihr Weg sie vorher kreuz und quer durch den Wald geführt hatte. Irgendwann blieb Sebastian stehen und drehte sich zu ihr um, legte die Arme um sie und zog sie an sich. Sie spürte seine Wange an ihrer und seinen Atem, der über ihren Hals glitt. Unbeweglich verharrten sie, während das Licht einen kupfernen Schimmer bekam und die langen Schatten der Bäume über die Felsen krochen. Spätnachmittag ...

Erschrocken fuhr Elinor zurück und kramte ihr Handy hervor. »Oh nein.« Ein Blick aufs Display zeigte ihr nicht nur, dass sie bereits eine Stunde zu spät damit dran war, Katharina von Andreas abzuholen, sondern auch, dass sie zehn verpasste Anrufe und eine Nachricht über ihr Chatprogramm und eine SMS erhalten hatte. Die SMS war von ihrer Mutter, das wusste Elinor, ohne sie zu lesen, sonst schrieb keiner ihr mehr normale SMS.

»Ich hätte längst zurück sein müssen«, sagte sie auf Sebastians fragenden Blick hin. War ihr Aufbruch bei ihm daheim wirklich schon vier Stunden her? Sie klickte auf die SMS.

Wo bist du? Ihre Mutter.

Dann öffnete sie die andere Nachricht.

Marion fragt mir Löcher in den Bauch. Melde dich endlich bei ihr. Nina

Sechs Anrufe von ihrem Vater, drei von ihrer Mutter und einer von Nina. Mist. Rasch wählte Elinor Andreas' Nummer, atmete tief durch und machte sich bereit für das Donnerwetter.

»Wo um alles in der Welt bist du?«

»Tut mir leid«, stammelte Elinor hastig, »ich habe die Zeit vergessen, ich komme jetzt sofort.«

»Wo?« Wenn Andreas wütend war, wurde seine Stimme sehr, sehr ruhig, ganz anders als Marion, die so richtig die Wände hochging.

»Oben an der Drachenburg.«

»Allein?«

War das eine Fangfrage? Ob Nina was gesagt hatte? Vielleicht, wenn Marion wirklich hartnäckig war und den Anschein erweckte, Elinor würde vermisst.

»Nein, mit … einem Freund.«

»Dem Marquardt-Jungen?«

Sie antwortete nicht.

»Nimm die nächste Bahn, ich hole dich an der Fähre ab.« Damit legte er auf.

Mit einem tiefen »Pfff« stieß Elinor die Luft aus. »So ein Mist.« Sie steckte das Handy ein. »Wir müssen uns beeilen.«

»Rufst du deine Mutter nicht noch an?«

»Nein, das macht Papa garantiert, und mir reicht es, das Donnerwetter einmal zu hören. Sonst läuft das nämlich so ab, dass ich es am Telefon abbekomme, dann zu Hause in frostige Stille laufe und dasselbe wie am Telefon dann eine Stunde später noch mal.«

Ihre Finger schlossen sich umeinander, und sie hetzten die Wege entlang, in schweigsamer Atemlosigkeit. Elinor verspürte Seitenstechen, hielt jedoch nicht an, sondern ging weiter, weil sie wusste, dass sie ansonsten den Abstieg zu Fuß machen musste, und dann wäre sie noch länger unterwegs. Als die Bahn in Sicht kam, legten sie noch einmal zu und rannten fast die letzten Meter, kamen abgehetzt an, kauften eine Fahrkarte und stiegen ein. Bis zur Abfahrt waren es noch gute acht Minuten, wie Elinor mit Blick auf ihr Handy feststellte.

Als die Bahn anfuhr und Elinor den Blick in die Schluchten gleiten ließ, nagten winzige Zweifel an ihr. Und wenn Sebastians Geschichte nun in einer winzigen Nuance von dem abwich, was er ihr gestanden hatte? Wenn sie nicht gesprungen, sondern er sie in ihrem Streit gestoßen hatte? War sie vielleicht auf ihn losgegangen, und er hatte sie von sich gestoßen? Er hatte schon einmal einen Teil der Wahrheit verschwiegen. Andererseits hätte er ihr überhaupt nichts erzählen müssen. Machte ihn nicht gerade das Geständnis glaubwürdig? Oder war das einfach nur kalte Berechnung?

15

Vergiftete Worte, langsam eingeträufelt
über viele Wochen hinweg.

Elinor sah Andreas' Lexus bereits, als sie mit Sebastian die Fähre verließ. Mit hochgezogenen Schultern schob sie die Hände in die Taschen und ging an Sebastians Seite über die Anlegestelle. Einige Schritte vom Auto entfernt blieb sie stehen und sah ihn an. »Ich muss dann wohl.«

Er nickte, zögerte, und dann tat sie den entscheidenden Schritt, legte die Arme um seinen Nacken, spürte, wie er die Zurückhaltung nun auch aufgab und ihre Taille umfasste. »Bis bald«, murmelte sie, als sie sich von ihm löste.

Sie drehte sich um und ging zum Auto, ohne sich noch mal umzusehen, holte tief Luft und zog die Beifahrertür auf. Als sie sich auf den Sitz fallen ließ, wappnete sie sich innerlich.

»Tut mir leid«, sagte sie, ehe ihr Vater zu Wort kommen konnte. »Ich habe es echt vergessen.«

Andreas hatte jedoch ganz offensichtlich nicht vor, sich den Wind aus den Segeln nehmen zu lassen. Er drehte den Wagen und setzte zu einer ausgreifenden Standpauke an, die den halben Weg lang dauerte.

»Kannst du dir vorstellen, dass wir uns Sorgen machen, wenn du nicht wie verabredet zu mir kommst und dann nicht einmal erreichbar bist? Und Nina sich auch nur vage herausredet und so tut, als wüsste sie von nichts?«

»Ich habe doch schon gesagt, dass es mir leidtut.« Leiser fügte sie hinzu: »Und er ist kein Mädchenmörder.«

»Das hoffe ich. Darum geht es auch jetzt gar nicht, sondern um diese Heimlichkeiten und darum, dass du eine klare Absprache nicht eingehalten hast. Wenn du ihn treffen möchtest, gut, aber sag uns wenigstens Bescheid.«

»Die Polizei denkt, es war Selbstmord.«

»Bei dem Mädchen auf Rügen auch?«

»Ja. Oder ein Unfall.«

Er kommentierte das nicht. »Es bleibt bei dem, was ich gesagt habe, Elinor. Keine heimlichen Abstecher mehr mit ihm in abgelegene Gebiete, und erst recht nicht dorthin, wo deine Mitschülerin gestorben ist.«

Elinor schnaubte nur anstelle einer Antwort und sah aus dem Fenster. Sie bemerkte, dass er den Weg Richtung Stadtwald einschlug. »Bringst du mich nicht nach Hause?«

»Nein, du weißt doch, dass ich Gäste habe. Anna oder Marion kommt später und holt dich ab.«

Na toll.

Der schwarze Lexus bog in die kiesgestreute Einfahrt vor dem Haus ein und hielt vor einer Garage. Elinor löste den Anschnallgurt, stieg aus und schlug die Beifahrertür etwas heftiger zu als nötig. Das brachte ihr einen strafenden Blick von ihrem Vater ein. Die Hände in die Manteltaschen geschoben folgte sie ihm ins Haus.

Als sie den Eingangsbereich betraten, wo sich die Garderobe befand, hörte Elinor schon die Stimmen der Besucher. Eine dunkelhaarige Frau kam durch den Türbogen, schlank und sehr elegant. Sie lächelte Elinor an.

»Hallo.«

Andreas räusperte sich. »Elinor, das ist Chiara. Chiara, meine Tochter Elinor.«

»Freut mich, endlich mal ein Gesicht zu dem Namen zu sehen«, antwortete die Frau immer noch lächelnd und streckte Elinor eine schmale Hand entgegen, die einen erstaunlich festen Druck hatte.

»Chiara hat die Stellung gehalten, während ich weg war«, erklärte Andreas und tauschte einen Blick mit der Frau, der deutlich tiefer ging als eine reine Freundschaft. Elinor hob die Brauen, dann folgte sie ihrem Vater und seiner Freundin/Bekannten/Geliebten ins Wohnzimmer, wo mehrere seiner Kollegen und Kolleginnen saßen. Die meisten von ihnen kannte Elinor, und so grüßte sie von der Tür aus in die Runde, tauschte die üblichen Artigkeiten und verzog sich dann in die Küche, um das Gefrierfach nach Eiscreme zu durchsuchen. Normalerweise hatte Andreas immer einen Notvorrat für sie, und nach kurzem Kramen stieß sie auf die Mini-Becher *Cookies & Cream*. Sie hatte gerade den Deckel abgezogen, als ihr Vater die Küche betrat.

»Anna ist in einer halben Stunde hier.«

Elinor nickte und deutete mit dem Kinn zum Wohnzimmer hin. »Chiara, hm?«

»Eine Arbeitskollegin.«

»Mehr nicht?«

Andreas taxierte sie und wirkte einen Moment lang unbehaglich. »Ich wollte es dir eigentlich lieber in einem passenden Moment erzählen. Wir sind seit Längerem ein Paar.«

»Und das wolltest du mir wann erzählen?«

»Wir wollten uns erst sicher sein, dass es etwas Festes wird, auch schon um Katharinas willen.«

»Und wie fest ist es?«

»Wir haben uns verlobt.«

Das warf Elinor so aus dem Konzept, dass sie, den Löffel mit dem Eis auf halbem Weg zum Mund, innehielt und ihren Vater anstarrte. »Das ist nicht dein Ernst?«

»Wie gesagt, ich hätte es dir in den nächsten Tagen in Ruhe erzählt, aber da du mich nun gefragt hast, will ich dich natürlich auch nicht anlügen.«

Elinor steckte den Löffel zurück in das Eis. Der Appetit war ihr gründlich vergangen. Andreas hatte sich mit ihr für das nächste Wochenende in der Stadt verabredet, sie wollten bummeln gehen und später zusammen essen. Das sollte wohl der *passende Moment* sein.

»Und dann zieht sie hier ein, oder was?«

»Erst einmal noch nicht. Sie hat zwei kleine Söhne, und für die sind natürlich auch geklärte Verhältnisse wichtig.«

Das wurde ja immer besser.

»Und die wohnen dann hier in unseren Zimmern?«

»Nein, eure Zimmer gehören euch, das weißt du.«

»Na ja, ganz offenbar weiß ich eine ganze Menge nicht.«

»Elinor, lass uns in Ruhe darüber sprechen, ja? Ich muss zurück ins Wohnzimmer, jetzt ist nicht der richtige Zeitpunkt. Es tut mir leid, dass ich dich damit so überrollt habe.«

Beide Hände um den Eisbecher gelegt, beobachtete Elinor, wie das Eis an den Rändern schmolz. Sie fühlte sich auf einmal unendlich niedergeschlagen. Die Sache mit Sebastian ging ihr an die Substanz, und nun auch noch das. Natürlich hatte Andreas jedes Recht auf eine neue Beziehung, aber Elinor empfand es dennoch als ungerecht. Während ihre Mutter als Alleinerziehende abends einfach nur erschöpft ins Bett fiel und überhaupt nicht daran denken konnte, einen anderen Mann kennenzulernen, holte sich Andreas gleich eine ganze Familie ins Haus. Und bei den beiden Jungs war es vermutlich kein Problem, noch mal von vorne anzufangen. Sie spürte, wie er ihre Schulter berührte.

»Wir reden später, ja?«

Sie nickte nur, ohne den Blick zu heben. Er blieb noch kurz bei ihr stehen, als ob er auf etwas wartete, dann ging er. Das Kinn auf die Hand gestützt saß Elinor auf einem Hocker an der Küchentheke und starrte ins Leere. Inzwischen ging das Eis langsam in eine puddingähnliche Substanz über. Im Wohnzimmer schien man eine angeregte Unterhaltung zu führen, und gelegentlich schwappte das eine oder andere Lachen herüber. *Schön, dass für euch die Welt noch in Ordnung ist.*

Der Türgong unterbrach Elinors finstere Gedanken, und sie schnappte sich ihre Umhängetasche und stand auf, ehe Andreas zur Tür gehen konnte. Auf dem Weg zur Tür erhaschte sie einen kurzen Blick auf die kleine Gesellschaft im Wohnzimmer, bemerkte Chiara, die auf einem Sessel saß und eben an einem Glas nippte. Die Räume gingen von einem quadratischen, geräumigen Flurbereich ab, der terrakottafarben gefliest war und sich zu ihrer Linken kurz vor dem Türbogen zum Eingangsbereich in L-Form auslief und zur Treppe führte – jener Treppe, auf der sie und Anna damals den Streit zwischen Marion und Andreas belauscht hatten. Ein bitteres Gefühl stieg in ihrer Kehle auf, und sie öffnete die Tür eine Spur zu ruckartig.

»Bist du so weit?« Anna hielt sich nicht mit einer Begrüßung auf.

»Ja.« Elinor nahm ihren Mantel von der Garderobe und hörte Schritte.

Anna sah über Elinors Schulter hinweg und begrüßte ihren Vater.

»Hallo, Liebes«, sagte Andreas. »Geht es dir besser?«

»Ein bisschen.«

Elinor zog ihren Mantel an. »Wir können.« Sie warf ihrem Vater ein rasches »Tschüss« über die Schulter zu, gefolgt von Annas »Bis dann, Papa« und ging mit ihrer Schwester zu dem roten Fiat, der hinter Andreas' Auto in der Einfahrt stand. Als sie gerade im Auto saßen, tauchte an der Tür hinter Andreas Chiara auf, und Anna hob die Hand, um ihr zuzuwinken.

»Kennst du sie?«, fragte Elinor.

»Ja, sie war zweimal mit, als ich mit Papa in der Stadt war.« Zwischen Annas Brauen hatte sich eine kleine Furche gebildet, die jedoch, wie Elinor vermutete, ihr galt und nicht der Freundin – *Verlobten* – von Andreas.

»Und wie findest du sie?«

»Sehr nett. Papa hätte es schlechter treffen können.«

»Hmhm.« Elinor lehnte die Stirn an die Scheibe und betrachtete die Straßen durch ihr blasses Spiegelbild hindurch.

»Du bist doch jetzt nicht wirklich beleidigt, oder?«, nahm Anna den Faden wieder auf. »Mal abgesehen davon, dass du nun wirklich keinen Grund dafür hast.«

Elinor zuckte mit den Schultern. »Es gab ziemlichen Ärger.«

»Nach der Aktion heute hätte dir das klar sein sollen. Mama ist auch sauer, und ich hätte den Tag lieber im Bett verbracht, als mich mit Schmerztabletten zuzudröhnen und meine Schwester abzuholen, nur weil du nicht erreichbar bist.«

»Weiß Marion von Chiara?«

»Nein, ich glaube nicht. Aber auch wenn, was macht das? Sie sind getrennt. Das heißt ja nicht, dass sie bis an ihr Lebensende allein bleiben müssen.«

»Marion hat es als Alleinerziehende deutlich schwerer als er.«

»Chiara ist auch alleinerziehend, hat keinen Ex-Mann, der ihr gelegentlich die beiden Jungs abnimmt oder sie finanziell unterstützt, und sie hat einen anstrengenden Job. Unmöglich ist nichts.«

Für den Rest der Fahrt schwieg Elinor, und da auch Anna offensichtlich nicht in Plauderstimmung war, bildete das Radio die einzige akustische Untermalung. Als Elinor den Blick über die Autos auf dem Parkstreifen schweifen ließ, bemerkte sie Marions silbernen Audi. Es gab also keinen Aufschub. Andererseits war es gar nicht so schlecht, die Sache rasch hinter sich zu bringen. Sie straffte die Schultern und betrat mit Anna den Hausflur. Als sie die Wohnungstür aufschloss und Katharina ihr mit einem fröhlich gekrähten »Du hast mich vergessen, aber dafür habe ich ein Eis bekommen«, entgegensprang, während von ihrer Mutter nur ein eisiges »Bist du das, Elinor?« kam, ahnte sie, dass ihr der wahre Ärger noch bevorstand.

»Hausarrest?« Nina war fassungslos. »Du bist doch kein Kind mehr!«

Elinor klemmte den Hörer zwischen Schulter und Ohr, während sie ihr Eis löffelte – die große Portion, die war nach dem Theater dringend fällig. Das Schlimmste war nicht mal der Hausarrest, sondern das schlechte Gewissen, das sie nun hatte. Als hätte Marion noch nie etwas vergessen. Ganz zu schweigen von Anna, die sich auch schon ihre Eskapaden geleistet hatte. Immerhin war Elinor noch nie nachts übers Nachbardach abgehauen.

»Aber das lässt du dir nicht gefallen, oder?«, fragte Nina.

»Was soll ich denn tun?«

»In die Schule lassen sie dich aber?«

»Nein, ich werde hier eingekerkert bei Wasser und Brot.«

»Und wie lange darfst du nicht raus?«

»Eine Woche.«

»Eine Woche?!« Elinor sah Ninas entsetzt geweitete Augen geradezu vor sich. Sie beendete das Gespräch, legte das Telefon auf ihr Nachtschränkchen und stand vom Bett auf, um ihren Computer hochzufahren. Ihre Kamera lag auf dem Schreibtisch, seit sie sie vor zwei Tagen zurückerhalten hatte. Nach kurzem Zögern griff Elinor danach und drehte sie in den Händen, als müsse sie eine alte Vertrautheit neu erschaffen. Dabei hatte sie das Gefühl, eine vernachlässigte, einstmals enge Freundschaft wiederzubeleben und sich dafür rechtfertigen zu müssen, dass es so weit überhaupt hatte kommen müssen. Und wenn sie nun nicht mehr fotografieren konnte? Wenn sie bei jedem Blick durch das Objektiv Sophie Karsteins Gesicht vor sich sah? Sie dachte an ihren Bildband und ihre fotografische Reise durch Europa. Versuchsweise schaltete sie die Kamera ein und sah die blaue Fläche ihrer Jeans im Display. Sie hob die Kamera, zoomte ihr Bücherregal heran und machte ein Bild, das die Ecke des Holzbodens und zwei Buchrücken im Ausschnitt zeigte. Es folgten Bilder von der zerwühlten Bettdecke, dem Kissen und der auf antik getrimmten Türklinke. Dann löschte sie die Fotos wieder und legte die Kamera zur Seite.

In ihrem Mailprogramm war die E-Mail, die sie morgens bekommen hatte, immer noch die aktuellste. Sie sah inzwischen auch keine Notwendigkeit mehr dazu, sie der Polizei zu zeigen, da ziemlich sicher war, dass sie von Carolin kam. Und dieser Gedanke brachte sie unweigerlich zu dem, was Sebastian über seine Stiefschwester gesagt hatte. Falls es wirklich so war, dass sie in ihn verliebt war, dann waren ihre Versuche, Elinor auf Distanz zu halten, natürlich verständlich, wenngleich ihm gegenüber einfach das Allerletzte.

Sie öffnete Facebook und sah, dass Sebastian online war. Im nächsten Moment sprang unten rechts das Chatfenster auf.

Sebastian: *Ich hoffe, der Ärger hielt sich in Grenzen.*

Elinor: *Geht so. Ich habe eine Woche Hausarrest.*

Sebastian: *Das ist hart.*

Elinor: *Kann man sagen, ja.*

Sebastian: *Ich habe mit Carolin über die Mails gesprochen.*

Elinor: *Und?*

Sebastian: *Sie war wütend darüber, dass ich ihr in den Rücken falle, und hat es nicht abgestritten.*

Elinor: *Okay, ich dachte es mir schon.*

Elinor klickte ihre Freundesliste an und stellte fest, dass Carolin ihr die virtuelle Freundschaft gekündigt hatte. So viel dazu.

Elinor: *Sehen wir uns Montag in der Schule?*

Sebastian: *Ja.*

Elinor: *Schön, freu mich!*

Nachdem sie lustlos ein wenig herumgesurft hatte, fuhr Elinor den Computer wieder herunter, schnappte sich ein Buch und legte sich aufs Bett. Aber so richtig konzentrieren konnte sie sich nicht. Nach kurzer Zeit gab sie auf und ging auf Zehenspitzen durch das unbehagliche Schweigen zum Bad, putzte sich die Zähne und machte sich bettfertig. Ihr ins Wohnzimmer gerufenes »Gute Nacht« wurde kühl beantwortet. So langsam konnte Marion es gut sein lassen, fand Elinor. Sie hatte ihr die Meinung gesagt, hatte ihr Hausarrest aufgebrummt, also konnte sie sich mal so langsam wieder entspannen.

Während sie im Bett lag, malte Elinors Fantasie Bilder in die Dunkelheit. Schattengestalten, die zu Sebastian und Merle wurden, ein Mädchen am Rand der Klippen, das im Wind flatternde Haar wie Tuschestriche, der zierliche Körper ein Scherenschnitt. Ein anderes Mädchen balancierte am Abgrund entlang, unsicher, schwankend wie unter Drogen. Und dann breiteten beide Mädchen die Arme aus und sprangen. Die Szenerie wechselte. Wasser schwappte über einen Körper, der sehr weit unten lag. Dann schwenkte Elinors Blick zur Seite, und sie sah in Sophies leblose Augen.

Mit wild klopfendem Herzen schreckte Elinor aus dem Schlaf hoch. Wirre, verstörende Träume hallten in ihrem Bewusstsein nach. Sie tastete nach ihrem Handy, um auf die Uhr zu sehen, und bemerkte, dass eine Nachricht eingegangen war.

Sebastian. *Liege die ganze Nacht wach und denke nach. Über Merle, über dich. Darüber, wie es nun weitergeht.*

Das Handydisplay tauchte das Zimmer in geisterhaftes Blau, in dem nur Elinors Atem und das leise Klicken der Tasten zu hören war. *Schlafe auch nicht. Hatte Albträume.*

Elinor legte sich ins Kissen zurück und behielt das Handy in der Hand. Kurz darauf ging wieder eine Nachricht ein.

Würde dich gerne sehen.

Da war es wieder, dieses kleine, verloren geglaubte Kribbeln im Bauch. *Würde ich auch gerne.* Sie schickte die Nachricht noch nicht ab, zögerte. Aber wenn sie sich jetzt rausschlich, war hier wirklich der Ärger ihres Lebens angesagt. Andererseits – wenn sie nur in den Garten hinterm Haus ging, hielt sich das Risiko in überschaubaren Grenzen …

Wir könnten uns hier treffen, ich würde dann runterkommen.

Seine Antwort kam wenige Sekunden später. *Fahre jetzt los. Ich lasse bei dir durchklingeln, wenn ich da bin.*

Elinor schaltete den Vibrationston ihres Handys ein und den Klingelton aus. Dann zog sie sich Jeans und einen dünnen grauen Rollkragenpullover an und darüber eine dunkelblaue Sweatjacke. Das Haar band sie zu einem Pferdeschwanz zurück. Plötzlich hatte Elinor eine Idee und nahm die Kamera vom Schreibtisch. Falls man sie entdecken würde, wäre das nächtliche Fotografieren eine gute Ausrede. Dann setzte sie sich auf ihr Bett und wartete.

Wenige Minuten später vibrierte das Handy. Elinor steckte es in die Hosentasche und verließ ihr Zimmer. Auf Strümpfen schlich sie in den Flur und zog ihre Sneaker aus dem Schuhregal. Eine echte Herausforderung war es, den Schlüssel so umzudrehen, dass das Klicken im Schloss nicht so laut war. Leise öffnete sie die Wohnungstür, steckte den Schlüssel ins Schloss und zog sie lautlos hinter sich zu. Als sie die Treppe hinunterlief, pochten eine sehnsuchtsvolle Erwartung, Furcht vor dem Entdecktwerden und ein bizarres Hochgefühl in ihr.

Sebastian hatte sein Fahrrad an der Hauswand abgestellt und schenkte ihr sein leicht schiefes Lächeln, das sie vom ersten Moment an so sehr an ihm fasziniert hatte, diese Mischung aus spöttischer Belustigung und etwas Düsterem, das dahinter lauerte. Prompt meldeten sich die Puddingknie.

»Hey.« Sie lächelte.

Sein Blick wanderte von ihrem Gesicht zu ihrer Kamera. »Darf ich das als gutes Zeichen deuten?«

Ein wenig unschlüssig hob Elinor die Schultern. »Ich weiß es noch nicht …«

»Wohin gehen wir?«

Sie gab ihm ein Zeichen, ihr zu folgen, und gemeinsam gingen sie um das Haus herum zu einem schmiedeeisernen Tor, das in einen Mauerbogen eingelassen war. Den Garten hinter dem Haus hatte Elinor immer gemocht, da er allerdings von allen drei Wohnparteien genutzt werden durfte, suchte sie ihn nur selten auf, und wenn, dann am liebsten abends. Es gab an der rückwärtigen, efeuüberwucherten Backsteinmauer eine antik aussehende Bank, die unter der ausladenden Krone eines Apfelbaums stand. Das milchige Licht der Laternen, das sich auf der Straße schmutzigweiß in die Dunkelheit mischte, war hier nur noch ein schwacher Schleier, in den sich die Konturen des Gartens woben.

»Hübsch«, bemerkte Sebastian, und Elinor, die an den Garten der Marquardts dachte, fragte sich, ob er nur höflich sein wollte.

Als sie sich auf die Bank setzten, bemerkte Elinor einen schwachen Lichtschimmer im Flurfenster. Mit angehaltenem Atem blickte sie hinauf, dann jedoch erlosch das Licht wieder. Vermutlich war einfach nur jemand zur Toilette gegangen. Sie bemerkte Sebastians Blick.

»Also, falls dir jetzt so richtig Ärger droht …«

»Nein«, antwortete sie hastig und deutete auf ihre Kamera. »Mama wird es zwar seltsam finden, wenn ich nachts im Garten sitze und Fotos mache, aber so was ist sie gewöhnt.«

Sebastian nickte, dann streckte er die Hand aus. »Darf ich?«

Elinor brauchte einen Augenblick, um zu merken, dass er die Kamera meinte. Sie nahm sie ab und reichte sie ihm.

»Dort schaltet man sie ein«, sagte sie und deutete auf einen Knopf.

Sebastian grinste sie an. »Ich weiß.«

An der Art, wie er mit der Kamera hantierte, war klar, dass er sich auskannte. Er fokussierte einen Strauch, auf dem sich erste Knospen zwischen den Blättern bildeten, silbrigblau bestäubte Grün- und Weißtöne. Nachdem er ein Foto gemacht hatte, folgten Aufnahmen von Gartenausschnitten, einem dicken Ast mit einem Vogelnest vom letzten Sommer, der Backsteinmauer an einer Stelle, wo das Efeu sie mit einem knorrigen Baumstamm verband. Dann wandte er sich zu Elinor, und noch ehe sie reagieren konnte, hatte er ein Bild von ihr gemacht.

»Das sieht bestimmt total bescheuert aus.«

»Sieh selbst.« Er reichte ihr die Kamera.

Kritisch betrachtete sie das Foto. Sie hatte den Kopf in dem Moment zu ihm gedreht, als er das Bild gemacht hatte, und so war ihr Gesicht aus dem Halbprofil eingefangen. Einige Locken, die dem Haarband entwischt waren, ringelten sich neben ihrer rechten Wange, eine kurze fiel ihr wie ein Korkenzieher in die Stirn.

Dadurch, dass Sebastian ihr so nahe saß, war nur ihr Gesicht auf dem Bild, vom Hals bis zum Haaransatz. »Nicht schlecht«, stellte sie fest. »Komm, ich mache eins von uns beiden zusammen.«

Sie rückte näher zu ihm, und er legte ihr den Arm um die Schultern. Mit ausgestreckten Armen hielt Elinor die Kamera vor ihre Gesichter und drückte ab.

»Hat was«, sagte sie, als sie das Foto gemeinsam begutachteten. »Wie diese düsteren Grafen aus den Erzählungen.«

Er hob eine Braue. »Schmeichelhaft.«

Ihr gefiel es. Während das Mondlicht sie beide blass wirken ließ, gaben Sebastian die Schatten unter den Augen etwas Dunkles, Geheimnisvolles. Sie saßen immer noch eng aneinander, und Elinor glaubte, durch ihre Jacke hindurch seine Wärme zu spüren. Als sie sich ansahen, war sein Gesicht dem ihren so nahe, dass sein Atem über ihre Wangen strich. Sie wusste, dass er wartete, dass er ihr die Entscheidung überließ. Elinor bewegte sich kaum merklich, wollte diesen verzauberten Moment mit einem Kuss besiegeln und zögerte doch. Und genau dieses Zögern war es, das den Bann brach, das sah sie in seinen Augen.

»Und nun?«, fragte er. »Wie geht es nun weiter?«

»Ich weiß es nicht.«

Sebastian setzte sich bequemer hin, legte ein Knie auf die Sitzfläche, sodass er Elinor halb zugewandt war. Seinen Arm hatte er auf der Rückenlehne ausgestreckt, und seine Hand berührte Elinors Schulter, spielte dort mit einer Haarsträhne. »Mein Vater überlegt, Bonn zu verlassen, sobald ich mein Abi habe.«

Damit hatte Elinor nicht gerechnet. »Wohin?« Ihre Stimme verlor sich in der letzten Silbe.

»Keine Ahnung. Aber ich möchte nicht, dass er und Carolin schon wieder meinetwegen alles aufgeben müssen, seinen Job, ihre Schule … Sie hat sich so schnell eingelebt, und der Umzug hierher fiel ihr schon schwer genug. Ich meine, nach dem Abi kann ich hingehen, wohin ich will, auch wenn die Gefahr immer besteht, dass die Geschichte mich einholt.«

Ich meine, nach dem Abi kann ich hingehen, wohin ich will. Und ich?, wollte Elinor fragen. Aber was hatte sie denn gedacht? Ganz selbstverständlich war sie davon ausgegangen, dass er hier in der Region studieren würde, so wie Anna das nach einem Jahr im Ausland plante. Offenbar erahnte er ihre Gedanken, denn er berührte ihre Wange, strich mit den Fingerspitzen bis zu ihrem Hals.

»Wenn es meinem Vater nur darum ginge, meinetwegen hier mit allem zu brechen. Letzten Endes würde sich allerdings auch nichts ändern, wenn ich fort wäre. Die Sache würde ihn bei der Arbeit weiter verfolgen und auch Carolin in der Schule bis zum Abi begleiten.« Elinors Herz schlug schneller, was er unter seinen Fingern an ihrem Hals spüren musste. »Na ja, und vermutlich könnte mich das alles überall einholen.«

Elinor neigte den Kopf leicht, sodass ihre Wange an seinem Handrücken lag. Von der Straße her waren Stimmen später Heimkehrer zu hören, klackernde Schritte, ein unterdrücktes Lachen. Sonst unterbrach nur ein leichter Wind, der die Blätter rascheln ließ, die Stille.

16

Seine Stimme folgte ihr hoch zu den Klippen,
immer wieder ihr Name, den der Wind in Fetzen riss.

Der Vorteil«, sagte Nina, als sie an Elinors Seite die Schule betrat, »ist, dass dein Hausarrest am Samstag begonnen hat, das heißt, dass du nächsten Samstag zu Lauras Geburtstag gehen kannst.«

Elinor murmelte etwas Bestätigendes. Eigentlich hatte sie keine Lust, aber da Laura eine gemeinsame Grundschulfreundin war und sie sich ohnehin so selten sahen, wollte sie nicht auch noch eines der wenigen Treffen absagen, sonst verlor sich der Kontakt irgendwann völlig.

»Du könntest Sebastian mitbringen«, lockte Nina.

Bei dem Gedanken an die Nacht von Samstag auf Sonntag durchrieselte Elinor ein Gefühl, das sowohl Wärme und eine schöne Erinnerung barg als auch einen Anflug von schlechtem Gewissen Marion gegenüber. Es war beinahe vier Uhr gewesen, als sie wieder in ihrem Bett gelegen hatte. Mehr als drei Stunden hatten sie im Garten gesessen, geredet, gemeinsam geschwiegen, die Hände ineinandergeschlungen und waren doch nicht imstande, das letzte bisschen Distanz zu überwinden, jenen Keim des Zweifels, der in Elinor trieb und den sie nicht auszumerzen vermochte. Während sie die Treppen zu den Physikräumen hinaufgingen, erzählte sie Nina davon.

»Seid ihr jetzt so richtig zusammen?«

»Ich glaube schon … irgendwie …«

»Wenn du ihm nicht vertraust …«

»Das ist es nicht«, fiel Elinor ihr ins Wort, konnte aber gleichzeitig nicht erklären, wie es nun eigentlich war.

»Du hast aber auch gleich echt die komplizierte Version einer Beziehung abbekommen.«

Sie gehörten zu den Ersten, die den Physikraum betraten, und ließen sich auf ihren Plätzen an einem der beiden Vierertische in der zweiten Reihe nieder, wo Judith und Eliv bereits saßen.

»Es bleibt bei der Selbstmordtheorie«, berichtete Eliv, deren Vater irgendein hohes Tier bei der Stadtverwaltung war, während Elinor ihr Handy checkte. Sebastian schrieb in den ersten fünf Stunden eine Klausur.

Alles Gute!, tippte sie. *Ich denke an dich.*

»Dann geben gewisse Personen vielleicht endlich Ruhe«, sagte Nina.

Carolin betrat den Raum, das Haar zu einem Pferdeschwanz gebunden, hohlwangig und übernächtigt, was eine dramatische Wirkung bei ihr hatte. Sie sah aus wie diese ätherischen Filmstars aus früheren Zeiten. Sofort umringten sie einige Mädchen, und auch mehrere der Jungen unterbrachen ihre Gespräche, um zu ihr zu gehen.

»Beliebtheitseinbußen hat sie auf jeden Fall nicht zu befürchten«, bemerkte Nina.

Normalerweise nahm Elinor Sebastians Schwester in Schutz, aber angesichts der Sache mit den Mails schwieg sie nun. Sie wusste immer noch nicht, wie sie damit umgehen sollte.

Nach und nach füllte sich der Raum, und obwohl Elinor hier und da einen schrägen Blick abbekam, hatte sich die Neuigkeit inzwischen ein wenig abgenutzt und an Brisanz verloren. Noch dazu, wo sich herumsprach, dass Sophie möglicherweise selbst gesprungen war – auch wenn Henning anderer Meinung war und daraus kein Geheimnis machte. Aber die Schüler hatten offensichtlich noch die Worte der Direktorin im Ohr, und so vermied man offene Anfeindungen und dachte sich seinen Teil. Ignorieren und feindselige Blicke waren zwar auch zermürbend, aber immer noch besser als die Aktionen der letzten Woche.

Glücklicherweise standen an diesem Tag Versuche an, das hielt vom Grübeln ab, und die Zeit verflog nur so. Zudem kam Elinor damit deutlich besser klar als mit dem theoretischen Kram, sodass sie ein paar Pluspunkte für ihre Note verbuchen konnte. Danach folgten Englisch, eine Doppelstunde Deutsch und Mathe. In der Fünf-Minuten-Pause vor der sechsten Stunde kam eine SMS von Sebastian.

Hat alles super geklappt. Wann hast du frei?

Noch eine Stunde.

Ich warte bei den Fahrrädern auf dich.

Elinor steckte das Handy in die Tasche ihrer Jeans und ging zurück in den Klassenraum. Nina stand in der letzten Reihe mit einigen Mitschülerinnen zusammen und unterhielt sich über irgendeinen neuen Laden, der in Köln eröffnet hatte. Als Elinor sich über ihre offene Tasche, die auf dem Boden neben dem Tisch lag, beugte, um ihr Geschichtsbuch herauszuholen, fasste sie in etwas Kaltes, Feuchtes. Ihre Hand zuckte zurück, die Finger mit einer rötlichen, klebrigen Flüssigkeit bedeckt, die nach Himbeersirup roch. Das konnte doch nicht wahr sein! Rasch hob sie die Tasche hoch und betrachtete entsetzt die Bescherung. Bücher, Hefter, Portemonnaie – alles völlig eingesaut mit Sirup. Elinor war den Tränen nahe. Sie schaute auf und bemerkte einige verstohlene Blicke.

»So ein Mist«, murmelte sie.

»Was ist passiert?« Nina sah ihr über die Schulter. »Igitt, was ist das denn?«

»Himbeersirup.«

»Warum nimmst du Sirup mit in die Schule?«

Elinor stand auf. Glücklicherweise hatte ihr Ordner auf dem Tisch gelegen, wenn der hinüber gewesen wäre, hätte sie alles neu abschreiben müssen. »Entschuldigst du mich gleich bitte? Ich muss das hier sauber machen.« Sie eilte an ihrer Freundin vorbei hinaus auf den Flur.

Als sie in den Toilettenräumen ankam, war ihr Drang, zu weinen, bereits wieder fort. Stattdessen hatte sie eine heftige Wut gepackt. Die ganze Aktion war ja wohl einfach erbärmlich. Wenn sie bloß wüsste, wer es gewesen war. Aber vermutlich würde sie das nicht erfahren, so eine Flasche war schnell im Vorbeigehen ausgekippt, und ganz offensichtlich hatte niemand etwas gesehen oder sehen wollen. Während Elinor ihre Tasche ausräumte, schimpfte sie ausgiebig vor sich hin. Das Innenfutter klebte und ließ sich nur notdürftig reinigen. Die Bücher waren vor allem am Schnitt eingefärbt und klebten, aber glücklicherweise war nicht so viel von dem Zeug zwischen die Seiten gelaufen. Auch bei ihrem Portemonnaie beschränkte sich der Schaden auf das Äußere, wenngleich sie es nun vermutlich entsorgen konnte, die Flecken würde sie nie wieder rausbekommen. Sie stopfte Papiertücher in die Tasche, räumte sie wieder ein, klemmte sie unter den Arm und ging zurück ins Klassenzimmer, wo der Unterricht bereits begonnen hatte.

»Hey, alles klar?« Das Schloss von Elinors Fahrrad rastete mit einem Klicken ein.

»Ja, so weit«, antwortete Sebastian. »Und bei dir?«

»Wie gehabt.« Elinor zog ihr Fahrrad aus der Metallschlaufe. Das mit der Tasche verschwieg sie ihm. »Ich gehe am Samstag zum Geburtstag einer Freundin. Möchtest du mitkommen?«

Er wirkte abwesend, nickte jedoch.

»Also nur, wenn du magst …«

»Klar, gerne.« Danach sah es zwar nicht aus, aber Elinor ließ die Antwort gelten.

»Immerhin eine Gelegenheit, uns zu sehen«, sagte sie. »Dann brauchst du dich nicht nachts zu uns zu schleichen«, fügte sie in scherzhaftem Ton hinzu.

»Hat mir trotzdem gut gefallen.« Sein Zwinkern und das Lächeln wirkten gezwungen.

»Ja, mir auch.« Sie hob eine Hand und berührte mit den Fingerspitzen die feine Haut unter seinen Augen. »Und sonst? Wie war es heute?«

»Keine blöden Sprüche mehr. Allerdings lief es damit auf völliges Schweigen hinaus, als sei ich nicht da, aber damit kann ich umgehen.« Elinor hatte allerdings nicht den Eindruck, dass er es konnte. Sie wollte etwas sagen, fand jedoch nicht die richtigen Worte. Er umarmte sie kurz.

»Ich muss wieder rein«, sagte er, und wie zur Bestätigung ertönte der Gong, der das Ende der Pause einläutete. »Wir sprechen uns.«

»Ja, bis dann.« Während sie ihm nachsah, wurde das Gefühl von Hilflosigkeit so heftig, dass es ihr die Brust zuschnürte. Sebastian blickte im Vorbeigehen noch einmal aus einem der großen Fenster und winkte ihr zu, eine seltsam abschließende Geste.

Es ging auf sechs Uhr zu, als Elinor mit den Hausaufgaben fertig war. Dieses Mal klappte sogar Mathe, die Drei hatte sie regelrecht beflügelt, als sei ein Knoten geplatzt. Sie schlug die Bücher zu, stopfte ihren Ordner in ihre alte Tasche, die sie nach langem Suchen ganz hinten im Schrank gefunden hatte, und überlegte, was sie mit dem Rest des Tages anfangen sollte. Marion war bei einem Termin, Anna bei einer Freundin, und Katharina übernachtete bei Andreas.

Im Wohnzimmer warf sie sich aufs Sofa und schaltete den Fernseher ein. Eine Viertelstunde zappte sie durch die Kanäle, dann durchforstete sie den DVD-Schrank, stieß aber auf nichts, für das sie gerade in Stimmung war. Zurück in ihrem Zimmer legte sie sich mit einem Buch aufs Bett, aber weil ihre Gedanken ständig abschweiften, gab sie es nach einigen Seiten auf. Sie nahm ihr Handy, schrieb eine Nachricht an Nina und eine an Sebastian, in der sie die Langeweile beklagte. Ihr Blick fiel auf ihre Kamera. Auf ihrem PC waren noch jede Menge Fotos, die geordnet und sortiert werden mussten. Das konnte sie so langsam mal in Angriff nehmen.

Eine aufsteigende Melodie unterbrach ihre Überlegungen. Nina. *Ich würde dich ja besuchen, Süße, aber heute ist Familienessen bei meiner Oma angesagt.*

Im nächsten Augenblick kam Sebastians Antwort. *Bin unterwegs. Denke nach. Mir sind viele Dinge klar geworden. Muss dich unbedingt sehen.*

Elinors Finger flogen über die Tastatur. *Wo bist du?*

Am Drachenfels, kam es kurz darauf.

Das würde Ärger geben, dachte Elinor. Das würde *so* einen Ärger geben. Sie zögerte die Antwort hinaus. Da ging schon die nächste Nachricht ein.

Bin ziemlich fertig. Bitte komm.

Sie würde mit der Bahn direkt nach Königswinter fahren, das letzte Stück mit dem Rad fahren und dann den ganzen Weg zu Fuß hinaufgehen. Da war sie mindestens eine Stunde unterwegs. Sie stieß die angehaltene Luft aus. *Fahre jetzt los.*

Eilig zog sie sich Mantel und Stiefel an, griff nach Schlüssel und Umhängetasche und verließ die Wohnung. Mit dem Fahrrad fuhr sie zur U-Bahn-Haltestelle, wo sie einige Minuten auf die nächste Bahn warten musste. Etwas mulmig war ihr schon, wenn sie sich vorstellte, wie Marion reagieren würde, wenn sie nach Hause käme und Elinor nicht da war. Vielleicht hätte sie lieber einen Zettel hinterlassen sollen. Dann wäre Marion zwar ausgeflippt, aber wenigstens würde sie sich keine Sorgen machen. Sie kramte nach ihrem Handy, um Nina eine Nachricht zu schreiben, damit jedenfalls eine Person Bescheid wusste.

»Ach, Mist«, murmelte sie, während sie ihre Tasche durchsuchte. Sie hatte das Handy nach der Antwort an Sebastian auf ihr Nachtschränkchen geworfen, und da lag es nun vermutlich immer noch. Als könnte sie das Handy damit herbeiwünschen, durchsuchte Elinor jede Seitentasche, natürlich vergeblich. Noch mal zurück nach Hause? Die Bahn kam in zwei Minuten. Wenn sie jetzt zurückfuhr, war fraglich, ob sie noch mal fortkonnte. Und selbst wenn, würde das ihre Ankunft noch weiter verzögern.

Der Ton von Sebastians Nachricht war seltsam gewesen, und in Elinor nagte die Sorge, er könnte sich vielleicht etwas antun. Sie hatte diese Verzweiflung die ganze Zeit unterschwellig gespürt. Vielleicht hätte sie mehr darauf eingehen sollen, anstatt so zu tun, als ginge das Leben normal weiter. Wie konnte sie ihn nur fragen, ob er sie auf Lauras Geburtstag begleitete? Ging es noch ein bisschen taktloser? Wenn sie diese Verluste und Verdächtigungen ertragen müsste, wäre eine Party sicher das Letzte, wonach ihr der Sinn stehen würde.

Die Bahn fuhr ein, und die Türen öffneten sich mit einem Zischen. Elinor schob ihr Rad in das Abteil und setzte sich ans Fenster. Die Dämmerung legte sich in bläulichem Grau über die Stadt, und der bewölkte Himmel wirkte violett mit Schlieren von Rot und einem ausgefransten Gelb. Obwohl sie wusste, dass es vergeblich sein würde, suchte Elinor noch einmal nach ihrem Handy. Ohne fühlte sie sich seltsam nackt.

In Königswinter stieg sie aus und fuhr mit dem Fahrrad bis zum Eselsweg, warf einen sehnsüchtigen Blick zur Zahnradbahn, die für heute ihren Dienst eingestellt hatte – dabei wäre doch gerade eine nächtliche Tour überaus faszinierend –, kettete ihr Fahrrad an und machte sich an den Aufstieg. Die einbrechende Dunkelheit verdichtete sich zwischen Bäumen und Sträuchern zu einer fast undurchdringlichen Finsternis. Warum hatte sie nicht an eine Taschenlampe gedacht? Äste wurden zu bizarren Silhouetten, Büsche zu kauernden Gestalten. Elinors Herz hämmerte so heftig, dass jeder Atemzug in der Brust schmerzte. Sie ging stetig weiter, hielt den Blick unmittelbar auf den Weg vor sich gerichtet, hörte das Brechen kleiner Zweige und das Knirschen von Steinchen unter ihren Schuhsohlen.

Als sie auf halbem Weg das Schloss und die erste Station der Drachenfelsbahn sah, stieß sie einen erleichterten Seufzer aus. Der Rest hatte es zwar immer noch in sich, aber es war überschaubar. Eine gute halbe Stunde später kam die Endhaltestelle der Bahn in Sicht, und als Elinor nach rechts abbog, sah sie den Glaskubus, der leider jetzt nicht mehr geöffnet war. Aber irgendwie hatte diese stille Dunkelheit etwas Verzaubertes. Wenn nur ihre Angst sie nicht stetig begleiten würde. War Sophie bei ihrem abendlichen Aufstieg auch so zumute gewesen? Der Gedanke an sie brachte Elinor unweigerlich zu jenem Moment, in dem sie sie entdeckt hatte. War sie aus Verzweiflung hierhergekommen? Oder hatte sie jemand hergelockt? Unvermittelt blieb Elinor stehen und machte einen hastigen Atemzug. War sie eigentlich völlig bescheuert? Aber sie vertraute Sebastian doch, oder nicht? Zurückzugehen war keine Option mehr. Und so ging sie weiter, leise, aber nicht unhörbar. Schritt um Schritt führte sie die Ruine hoch, entlang an altem Gemäuer und überwucherten Felsen. Erst jetzt bemerkte sie einen schwachen Lichtschimmer, als säße oben jemand mit einer Taschenlampe. Zögernd ging sie näher, hielt die Hand um den Tragegurt ihrer Tasche gekrampft und folgte dem

Weg, der einen sanften Bogen hinaufbeschrieb. Nun sah Elinor eine auf dem Boden liegende Taschenlampe, in deren warmen Schimmer eine schlanke Gestalt auf einem Felsbrocken saß. Ein kurzer Moment der Erstarrung, ein flüchtiges Innehalten, dann brach sich Elinors Erstaunen Bahn.

»Du?«

17

Der Wind war kühl auf Merles tränennassen Wangen.
Ihr blaues Seidenkleid flatterte und fühlte sich an,
als gleite es flüssig um ihren Körper. Schritte hinter ihr.
Sie drehte sich um, zwang sich zu einem Lächeln.
»Danke, dass du gekommen bist.«

Carolin sah auf, als Elinor sie ansprach. Sie runzelte die Stirn, sah sich um, als erwarte sie jemand anderes. »Hat Sebastian dich auch hierherbestellt?«

»Dich auch?« Irritation, Sorge und eine Spur von Angst trieben in raschem Wechsel durch Elinors Gedanken. Und vielleicht auch ein klein wenig Erleichterung, weil nicht nur sie, sondern auch Carolin hier war. *Es sei denn,* hörte sie Ninas imaginäre Stimme, *sie macht mit ihrem Bruder gemeinsame Sache.* »Ja, ist klar«, murmelte sie.

»Wie bitte?«

»Nichts.« Elinor ging zu ihr. Außer ihnen beiden war kein Mensch mehr hier, und die Konturen verschwammen in der Dunkelheit. »Sebastian hat mir gesagt, er sei schon hier.«

»Mir hat er nur gesagt, er wolle mich hier treffen.«

»Könntest du ihn anrufen? Ich habe mein Handy nicht dabei.«

Carolin holte ihr Handy aus der Tasche, und das bläuliche Licht des Displays beleuchtete ihr Gesicht, als sie tippte. Dann hob sie das Telefon ans Ohr, wartete, sah stirnrunzelnd darauf und steckte es ein. »Mailbox«, sagte sie zögernd.

Ratlos drehte Elinor sich um, als würde Sebastian jeden Moment um die Ecke kommen.

»Sollen wir bei der Bahn warten?«, fragte Carolin. »Da ist es vielleicht weniger unheimlich.«

Elinor drehte sich um und ging ihr voraus, hörte Carolins Schritte auf dem steinernen Grund, ihren rascher gehenden Atem. Eine unbändige Angst rang jede andere Empfindung nieder. Wenn er sich nun etwas angetan hatte? Aber warum bat er dann die beiden Mädchen hierher?

»Sollen wir die Polizei rufen?«, fragte sie, als sie die letzten Meter zum Bahnhäuschen gingen.

»Spinnst du? Die sind vermutlich die Letzten, mit denen er jetzt zu tun haben möchte.«

»Er klang so depressiv. Was, wenn er sich umgebracht hat?«

»Der bringt sich nicht um.« Carolin ging über die Plattform zu der unebenen, in den Fels geschlagenen Treppe, die hinunterführte, balancierte am Abgrund und ließ sich auf einem Stein nieder. Widerwillig folgte Elinor ihr.

»Und warum bestellt er uns hierher?«

»Das werden wir schon noch erfahren.«

»Aber er hat geschrieben …«

»Scheiße, Elinor! Dann geh doch einfach!«

Elinor war völlig verunsichert. Aber schließlich setzte sie sich neben Carolin und lehnte sich mit dem Rücken an die felsige Wand.

»Willst du was trinken? Ich habe Cola dabei.«

»Ja, gerne.« Elinor hörte ein Zischen, dann bekam sie eine kleine Plastikflasche in die Hand gedrückt. Sie nahm einen Zug und starrte hinunter auf den Rhein und die weit verstreuten Lichtpunkte der Stadt.

»Bist du mir eigentlich böse?«, fragte Carolin. »Wegen der Sache mit den Mails?«

Elinor überlegte, bevor sie antwortete. »Erst war ich es, aber inzwischen frage ich mich einfach nur noch, warum. Sebastian ist wohl derjenige, der deshalb sauer sein müsste.«

»Ist er auch.«

Die Flasche zwischen den Fingern drehend wartete Elinor auf eine Erklärung, die nicht kam. Dann nahm sie einen weiteren Schluck und sah, wie Carolin ihre Flasche ebenfalls an den Mund hob. Offenbar hatte sie Proviant für sich und Sebastian eingepackt, in der Hoffnung auf eine romantische Nacht hier oben an der Ruine. Ihre Enttäuschung konnte Elinor sich nicht mal ansatzweise vorstellen. Mitleid keimte in ihr auf, verdrängte für einen Moment die Sorge um Sebastian, die sie dann wieder mit der Wucht einer Welle überrollte.

»Rufst du ihn noch mal an?«

Ohne zu antworten kramte Carolin ihr Handy hervor, tippte kurz auf eine Taste, vermutlich die Wiederwahl, und wartete. »Mailbox.«

»Da muss doch was passiert sein.«

Carolin schwieg. Etwas stimmte da doch nicht. Elinor wandte sich zu ihr um, eine offenbar zu heftige Bewegung, denn ihr wurde schwummrig. Sie fasste sich an die Stirn, blinzelte, um wieder klar zu sehen.

»Mein Vater«, sagte Carolin übergangslos, »hat sich nach Monaten mal wieder gemeldet. Er hat sich überlegt, dass er das Sorgerecht für mich nun doch nicht mehr haben möchte, war aber immerhin so nett, mir das vorher noch mitzuteilen. Ich bin zwar in weniger als drei Jahren ohnehin volljährig, aber er hat einfach nicht mehr das Geld, so lange noch für mich zu zahlen.« Carolin lachte bitter auf. »Als käme es auf sein kleines Taschengeld an.«

»Ich dachte, ihr hättet keinen Kontakt mehr?« Der Schwindel ließ nicht nach, und durch das seltsam wattige Gefühl machte sich nun auch Elinors Magen bemerkbar.

»Doch, immer mal wieder. Er sagte, sobald er seinen Durchbruch als Musiker hat, nimmt er mich mit auf seine erste große Tour. Solche Sprüche eben. Hätte mir klar sein sollen, dass das nur Gerede ist.« Carolin hob die Hand und setzte sich die Flasche an den Mund.

Elinor wollte es ihr gleichtun, hatte aber leichte Koordinationsschwierigkeiten und setzte die Flasche an ihrem Mundwinkel auf. »Irgendwie«, kam es leicht verwaschen aus ihrem Mund, »irgendwie ist mir komisch.« Sie setzte die Flasche ab, so ruckartig, dass die klebrige Flüssigkeit über ihre Hand schwappte.

»Wirkt es schon?« Carolin klang erstaunt. »Das ging ja schnell.«

»Ich ...« Elinor verstand kein Wort. Sie ließ die Flasche fallen und versuchte aufzustehen.

»Das würde ich lassen.« Carolin deutete auf den steilen Abgrund.

»Warum ...«

»Als kleines Kind fand ich meinen Vater richtig toll, ich habe nicht verstanden, warum er uns von einem Tag auf den anderen verlassen hat. Er hat immer gesagt, es liege an meiner Mutter, nicht an mir. Und als Mama gestorben ist, gab es wieder andere Gründe, warum ich nicht zu ihm konnte. Und jetzt ...« Carolins Stimme brach, und sie rieb sich mit beiden Händen über das Gesicht, was Elinor seltsam verzerrt wahrnahm. Überhaupt dröhnte Carolins Stimme ihr in den Ohren.

»Ralf bezahlt alles für mich, sicher auch mein Studium, weil er meine Mutter geliebt hat. Aber ich glaube, er mag mich nicht besonders. Und Sebastian ... Hat er dir erzählt, dass ich vor einem Monat nachts in sein Bett gekommen bin? Und er hat mit mir geredet wie mit einer Geistesgestörten, die er beruhigen muss, hat mich in mein Zimmer zurückgebracht. Und am nächsten Morgen ist er mit Sophie frühstücken gegangen.«

»Nein ...«, das Wort kam seltsam langgezogen aus Elinors Mund, »... hat er nicht erzählt.« Sie wollte zurück, wollte nach Hause, wollte, dass Sebastian hier war und sie vor seiner gestörten Schwester rettete. »Kommt Sebas...« Sie bekam seinen Namen nur mühsam über die Lippen.

»Nein, ist bei dir immer noch nicht angekommen, dass nicht *er* dich hierherbestellt hat? Das war *ich*, mit seinem Handy. Er hatte es im Wohnzimmer liegen gelassen, dann kam deine Nachricht, und ich war stinksauer!«

Übelkeit stieg Elinor in die Kehle. Wieder versuchte sie, aufzustehen, und dieses Mal zog Carolin sie grob zurück, sodass sie hilflos wieder hinplumpste.

»Sophie hatte mich angerufen«, sagte Carolin. »War total breit. Ich habe mich hier oben mit ihr getroffen, die blöde Kuh wollte springen. Und ich war so wütend auf sie, dass ich ihr geraten habe, es zu tun, ich habe sie ermutigt, sie bis an den Rand geführt, und dann ist sie gesprungen.« Carolin schnippte mit den Fingern. »Es ging ganz schnell.«

»Merle?«, fragte Elinor leicht lallend.

Jetzt schwieg Carolin, und in dem verschwommenen Oval ihres Gesichts erschien ein grimassenhaftes Lächeln. »Hast du Sebastian mal danach gefragt?«

Dann war etwas zu hören, das nicht hierher passte, der Motor eines Autos. Eine Tür wurde zugeschlagen, rennende Schritte.

»Elinor?«

Carolin fuhr herum, und auch Elinor machte eine mühsame Bewegung. Mama? Ehe sie jedoch ein Wort herausbringen konnte, bemerkte sie, wie Carolin sich aufrichtete, jedoch nicht zurückging. Sie wollte springen. Obwohl Elinors Reflexe nur zeitverzögert funktionierten, schaffte sie es irgendwie, ihre Hände in Carolins Jacke zu krallen. Doch es reichte nicht aus, sondern sorgte dafür, dass Elinor mitgezogen wurde. Gemeinsam rutschten die Mädchen den Abgrund hinunter, Steine, Äste, Gestrüpp schlugen Elinor ins Gesicht, sie hatte den Mund voller Erde, überschlug sich, schien für einen Moment im freien Fall zu sein. Dann wurde die nächtliche Dunkelheit von einer tiefen Schwärze geschluckt.

Jemand schien von innen mit einem Hammer gegen ihren Schädel zu schlagen, wieder und wieder. Elinor hob die Hände an den Kopf, wollte, dass das Hämmern aufhörte, aber es wurde immer schlimmer, zerfaserte an den Rändern ihres Bewusstseins in ein stetes Tuckern, ehe es wieder von Neuem einsetzte. Jemand umfasste ihre Handgelenke mit kühlen Fingern.

»Liebes, wie fühlst du dich?« Marion.

»Wie ausgekotzt«, nuschelte Elinor.

»Es scheint ihr besser zu gehen.« Anna.

Elinor lag eine entsprechende Antwort auf der Zunge, aber es gelang ihr nicht, zu sprechen.

»Es dauert ein bisschen, bis die Wirkung nachlässt.« Andreas.

Die schweren Lider glitten wie Sandpapier über Elinors Augen. Sie blinzelte in sterile Helligkeit. Schemen waren auszumachen, die sich langsam zu Formen und Personen blinzeln ließen. Marion hielt immer noch ihre Hände. Hinter ihr stand Andreas, und von der anderen Seite des Bettes hörte Elinor Annas leise Stimme. »Da bist du ja wieder.«

»Was …«, krächzte sie. »Mein Kopf …«

»Das sind die Nachwirkungen vom Tramadol.«

Tramadol? Nur langsam tröpfelten die Erinnerungen in ihr Gedächtnis. »Carolin …«

»Sie liegt hier auch irgendwo, und es geht ihr besser als dir.« Marions Stimme war in Richtung Polarkreis gerutscht.

»Okay«, antwortete Elinor schleppend. »Das ist gut.«

»Gut? Was soll daran gut sein?«

»Marion«, mahnte Andreas.

»Sie hat sie fast umgebracht!«

»Sie hat vor allem versucht, sich selbst umzubringen.«

»Dass du auch noch Verständnis …«

»Hey, Auszeit, ja? Bitte!« Anna klang genervt.

Die beiden schwiegen, nachdem Andreas noch ein gemurmeltes »Ich habe kein Verständnis« und Marion ein »Klar musst du das letzte Wort haben« hinterhergeschickt hatten.

»Sebastian?«

»Der ist mit seinem Vater bei Carolin«, erwiderte Anna.

Erleichtert seufzte Elinor. Dann sah sie ihre Mutter an. »Woher wusstest du ...« Sie schluckte, um ihre kratzige Kehle zu befeuchten, aber Marion verstand auch so.

»Ich bin nach Hause gekommen, und du warst nicht da. Als ich versucht habe, dich anzurufen, hat dein Handy im Zimmer geklingelt.« Mit sichtlicher Verlegenheit erzählte sie, wie sie die Nachrichten geöffnet und gelesen hatte. »Was ich nie getan hätte, wenn ich mir nicht ernsthafte Sorgen gemacht hätte«, versicherte sie. Danach hatte sie Sebastian angerufen, um Elinor zu erreichen. Als der jedoch völlig erstaunt reagierte und – wie Marion da noch glaubte – vorgab, von nichts zu wissen, war sie in ihr Auto gestiegen und hoch zum Drachenfels gefahren. Sie war zehn Minuten vor Sebastian dort eingetroffen, der die Nachricht auf seinem Handy gefunden und seinen Vater alarmiert hatte.

»Carolin wollte springen«, murmelte Elinor.

Niemand antwortete.

»Du solltest jetzt ein wenig schlafen«, sagte Andreas.

»Kann ich nicht.« Sie rieb sich die schmerzenden Augen. »Kommt Sebastian nachher noch?«

Andreas lächelte. »Wenn du das möchtest.«

»Ja.«

»Wir sagen ihm Bescheid, er hat schon nach dir gefragt.«

»Und«, sagte Anna, »liebe Grüße von Nina. Sie passt gerade auf Katharina auf, damit ich zu dir kommen konnte.«

»Umarm sie von mir«, antwortete Elinor.

Ehe sie mit ihren Eltern das Zimmer verließ, drehte Anna sich noch einmal zu ihr um und neigte sich zu ihr. »*Noch* überwiegt ihre Sorge«, flüsterte sie in schwesterlicher Vertrautheit mit einem Zwinkern.

»Dachte ich mir schon«, krächzte Elinor kaum hörbar. Das würde den Hausarrest ihres Lebens geben.

Elinor starrte an die Decke, dann sah sie den schlichten Pressholzwandschrank an, die abgenutzten Stühle, den Tisch, das leere Bett neben sich. Zwar tat jede Bewegung weh, aber mit geschlossenen Augen dazuliegen erschien ihr schlimmer. Ein Arzt war da gewesen und hatte ihr etwas gegen die Kopfschmerzen gegeben, was allerdings nicht nennenswert geholfen hatte. Erst jetzt wurde ihr bewusst, wie groß die Angst gewesen war, die sie ausgestanden hatte, und sie ahnte, dass ihre Erinnerung Bilder von Carolins verzerrtem Lächeln und Sophies toten Augen an ihre Lider malen würde. Und Merle? *Hast du Sebastian mal danach gefragt?*

Nach einem kurzen Klopfen wurde die Tür zögerlich aufgeschoben, und Sebastian sah ins Zimmer. »Störe ich?«

»Nein.« Elinors Lächeln fühlte sich grimassig an, daher gab sie den Versuch wieder auf. »Schön, dass du hier bist.«

Er kam in den Raum und schloss die Tür hinter sich. Sein Haar sah aus, als habe er es mit den Händen zerwühlt, und seine Augen waren gerötet. Hatte er geweint? »Alles klar?«

»Mein Kopf zerspringt, und ich glaube, ich bin voller blauer Flecken und Kratzer, aber ansonsten …« Wieder bemühte Elinor sich um ein Lächeln.

Sebastian zog einen Stuhl zu ihrem Bett. »War die Polizei schon bei dir?«

»Nein«, antwortete Elinor.

»Dann kommen sie später.«

»Kann es kaum erwarten.«

Ein kurzes, geisterhaftes Lächeln glitt über Sebastians Lippen. »Carolins Vater ist mit einem ganzen Tross von Reportern hier aufgetaucht und hat eine Riesenshow abgezogen. Er hat behauptet, mein Vater habe nicht gut genug auf Caro achtgegeben, daher sei sein kleines Mädchen überhaupt erst in diese Gefahr geraten und so weiter. Noch hat er das Sorgerecht, er hätte zu ihr gedurft, aber Carolin wollte ihn nicht sehen.«

»Ist sie wach?«

»Ja, sie hat uns alles erzählt, also erst uns, dann der Polizei. Auch von Sophie.« Er rieb sich die Augen. »Sie hat dich hoch zum Drachenfels gelockt und dir Tramadol-Tropfen verabreicht. Wäre deine Mutter nicht gekommen, wärst du vermutlich irgendwann abgestürzt. Ich glaube, so recht hat sie selbst nicht gewusst, was sie da eigentlich geplant hat.«

»Sie hat mir gesagt, ich sollte sitzen bleiben und nicht versuchen, aufzustehen. Ich glaube nicht, dass sie wirklich wollte, dass ich sterbe.«

Sebastian hob die Schultern. »Ich vermute, dass sie es einerseits wollte, andererseits aber Angst hatte vor den Konsequenzen. Immerhin hat sie bei dir vorsätzlich gehandelt, während sie Sophie *nur*«, er malte Anführungszeichen in die Luft, »in dem bestärkt hat, was die ohnehin vorhatte, als sie total betrunken und nicht mehr ganz zurechnungsfähig war.«

»Was passiert nun mit ihr?«

»Ich weiß es nicht. Ihr Vater besteht darauf, das Sorgerecht zu behalten und sich um sie zu kümmern, zumindest war das seine Aussage vor der Presse. Aber ob ihr das guttut … Ich habe Carolin wirklich gern, aber das mit Sophie kann ich einfach nicht vergessen. Ich meine, sie hätte Hilfe holen können und führt sie stattdessen selbst zum Abgrund. Das ist, als hätte sie sie eigenhändig runtergestoßen.« Er beugte sich vor und umschloss Elinors rechte Hand mit beiden Händen. »Ich bin so froh, dass dir nichts passiert ist.«

»Hast du der Polizei auch die Wahrheit über Merle gesagt?«

»Niemand würde mir glauben, wie es wirklich gewesen ist.«

Elinor wollte noch einmal nachfragen, wollte fragen, ob es noch eine Wahrheit hinter der gab, die er ihr erzählt hatte. Sebastian kam ihr jedoch zuvor.

»Ich werde mir vermutlich immer Vorwürfe machen, sie damals nicht ernst genommen zu haben. Wir hätten uns aussöhnen können, wären zusammen zurückgegangen, fort von den Klippen. Auch wenn ich sie nicht eigenhändig runtergestoßen habe, bin ich doch in gewisser Weise schuld.«

Elinor sah ihn forschend an, lotete seinen nach innen gekehrten Blick aus.

»Wir sollten sie ruhen lassen«, sagte er schließlich und stand auf. Hinter seinem Lächeln lag immer noch etwas Dunkles, in das sie vor einigen Wochen faszinierende Geheimnisse gedeutet hatte und das nun eher abgründig wirkte. »Sehen wir uns morgen?«

»Klar.«

Nachdem Sebastian die Tür hinter sich zugezogen hatte, löschte Elinor das Licht und schloss die Augen, angespannt, mit angstvoll klopfendem Herzen. Doch da lauerte nichts in der Dunkelheit.

EPILOG

Noch ehe er sie sieht, hört er Carolins Stimme. Merle antwortet nicht, sondern balanciert über den Rand der Klippe, als würde sie mit dem Wind tanzen.

Er hat ihren Anruf erhalten und ignoriert. Dann aber hat ihn die Sorge hierhergetrieben. Nun steht er von den Mädchen unbemerkt da und beobachtet sie. Merles dunkelblaues Kleid umspielt ihren Körper. Sie sieht aus, als sei sie dem Meer, das sie so liebt, entstiegen.

Wieder sagt Carolin etwas, das er nicht versteht. Er geht näher, ohne dass sie ihn bemerken.

»Vielleicht beruhigst du dich erst mal.« Carolin klingt genervt.

Merle schüttelt nur den Kopf und setzt ihre halsbrecherische Balanciernummer fort. Sebastian ruft nach ihr. Es ist wie ein Reflex, und er weiß noch im selben Moment, dass er einen Fehler gemacht hat.

Sie fährt zu ihm herum, gleitet aus, rudert mit den Armen in der Luft. Für die Dauer eines Lidschlags scheint sie zu schweben, dann rutscht sie ab, wird von Carolin, die blitzschnell reagiert, am Arm festgehalten, reißt diese jedoch mit sich. Zwar gelingt es Carolin, sich am Felsen abzufangen, aber Merles Gewicht zieht sie an den Abgrund.

Sebastian stürzt zu ihnen, lässt sich auf den Boden fallen, umfasst Merles Hand, die Carolin erleichtert freigibt, weil sie sich nun mit seiner Hilfe wieder hochziehen kann. Er spürt den Griff ihrer Hände um seinen Arm. Und er sieht Merles geweitete Augen, nachtgefärbtes Grün. Die Dunkelheit verschlingt den Ausläufer der Klippen weit unter ihnen, an dem das Meer mit schwarzen Wellen leckt. Steine bröckeln. Er verliert den Halt. Dann entgleitet ihm Merles Hand.

Wer ist hier die Böse?

Heike Eva Schmidt
TAUSEND MAL GEDENK
ICH DEIN
256 Seiten
ISBN 978-3-414-82405-9

Eigentlich läuft alles rund für Nelly. Mit Pina hat sie eine tolle beste Freundin an ihrer Seite, und als sie sich auch noch in Elias verliebt, den Jungen mit den dunklen Wuschelhaaren und den graublauen Augen, könnte ihr Glück perfekt sein.
Doch dann werden in ihrer Klasse immer wieder Mitschüler in merkwürdige Unfälle verwickelt – und der Verdacht fällt ausgerechnet auf Nelly. Schon bald verwischen sich die Grenzen zwischen Gut und Böse. Und Nelly muss erkennen: Das Schlimmste ist manchmal gar nicht die Lüge – sondern die Wahrheit ...

Ein aufregender Psychothriller für Mädchen!

Boje

Die Wahrheit ist oft viel komplizierter als man denkt

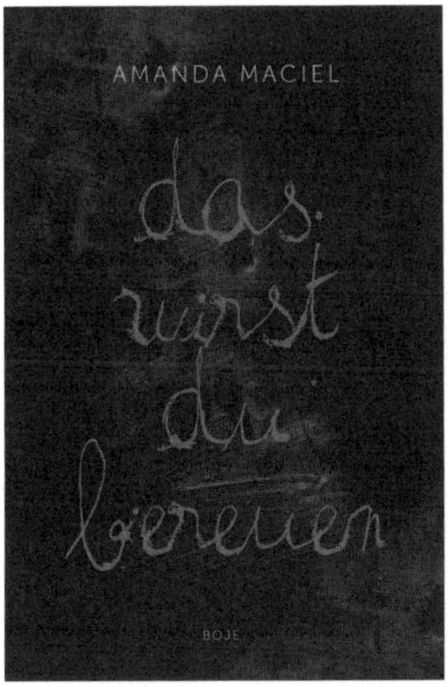

Amanda Maciel
DAS WIRST DU BEREUEN
Aus dem amerikanischen
Englisch von
Christa Prummer-Lehmair,
Katharina Förs
304 Seiten
ISBN 978-3-414-82406-6

Alle Welt denkt, dass Emma Putnam sich umgebracht hat, weil wir sie Schlampe genannt haben – und nicht weil sie eine Schlampe war. Echt klasse.

Sara und ihre beste Freundin Brielle müssen sich vor Gericht verantworten – angeklagt, ihre Mitschülerin Emma gemobbt und in den Tod getrieben zu haben. Dabei war es doch Emma, die sich an Saras Freund Dylan rangemacht hat. Ein kleiner Denkzettel über Facebook muss da schon drin sein, finden die Freundinnen. Doch dann verselbstständigen sich die Dinge und plötzlich ist Emma tot ...

Ein Roman, der einen so schnell nicht mehr loslässt

Boje

»Ein absoluter Pageturner voller zauberhafter Ideen. Romantisch, witzig – magisch! Unbedingt lesen!« KERSTIN GIER

Eva Völler
ZEITENZAUBER
Die magische Gondel
336 Seiten
mit zahlreichen
Abbildungen
ISBN 978-3-8432-1070-6

Die 17-jährige Anna verbringt ihre Sommerferien in Venedig. Bei einem Stadtbummel erweckt eine rote Gondel ihre Aufmerksamkeit. Seltsam. Sind in Venedig nicht alle Gondeln schwarz? Als Anna kurz darauf mit ihren Eltern eine historische Bootsparade besucht, wird sie im Gedränge ins Wasser gestoßen – und von einem unglaublich gut aussehenden jungen Mann in die rote Gondel gezogen. Bevor sie wieder auf den Bootssteg klettern kann, beginnt die Luft plötzlich zu flimmern und die Welt verschwimmt vor Annas Augen …